CW00485421

151

«Ni está el mañana —ni el ayer— escrito.»

ANTONIO MACHADO
El dios Ibero

1. La colección ESPEJO DE ESPAÑA, bajo el signo de Editorial Planeta, pretende aportar su colaboración, no por modesta menos decidida, al cumplimiento de una tarea que, pese a contar con tantos precedentes ilustres, día tras día se evidencia como más urgente y necesaria: el esclarecimiento de las complejas realidades peninsulares de toda índole —humanas, históricas, políticas, sociológicas, económicas...— que nos conforman individual y colectivamente, y, con preferencia, de aquellas de ayer que gravitan sobre hoy condicionando el mañana.

2. Esta aportación, a la que de manera muy especial invitamos a colaborar a los escritores de las diversas lenguas hispánicas, se articula inicialmente en siete series:

I los españoles
II biografías y memorias
III movimientos políticos, sociales y económicos
IV la historia viva
V la guerra civil
VI la España de la posguerra
VII testigos del futuro

Con ellas, y con las que en lo sucesivo se crea oportuno incorporar, aspiramos a traducir en realidades el propósito que nos anima.

3. Bueno será, sin embargo, advertir —puesto que no se pretende engañar a nadie— que somos conscientes de cuantas circunstancias nos limitan. Así, por ejemplo, en su deseo de suplir una bibliografía inexistente muchas veces, que cabe confiar estudios posteriores completen y enriquezcan, ESPEJO DE ESPAÑA en algunos casos sólo podrá intentar, *aquí* y *ahora*, una aproximación —sin falseamiento, por descontado, de cuanto se explique o interprete— a los temas propuestos, pero permítasenos pensar, a fuer de posibilistas, que tal vez los logros futuros se fundamentan ya en las tentativas presentes sin solución de continuidad.

4. Al texto de los autores que en cada caso se eligen por su idoneidad manifiesta para el tratamiento de los temas seleccionados, la colección incorpora un muy abundante material gráfico, no, obviamente, por razones estéticas, sino en función de su interés documental, y, cuando la obra lo requiere, tablas cronológicas, cuadros sinópticos y todos aquellos elementos que pueden complementarlo eficazmente. Se trata, en definitiva, de que cada uno de los títulos, en su unidad texto-imagen, responda a la voluntad de testimonio que preside las diversas series.

5. Sería ingenuo desconocer, empero, que este ESPEJO que, acogido a la definición que Stendhal aplicara a la novela, pretendemos pasear a lo largo del camino, según se proyecte a su izquierda o a su derecha recogerá, sin duda, sobre los mismos hombres, sobre los mismos hechos y sobre las mismas ideas, imágenes diversas y hasta contrapuestas. Nada más natural y deseable. La colección integra, sin que ello presuponga identificación con una u otra tendencia, obras y autores de plural ideología, consecuente con el principio de que ser liberal presupone estar siempre dispuesto a admitir que *el otro* puede tener razón. Aspiramos a crear un ágora de libre acceso, cerrada, única excepción, para quienes frente a la dialéctica de la palabra preconicen, aunque sólo sea por escrito, la dialéctica de la pistola.

6. Y si en algunas ocasiones la estampa que ESPEJO DE ESPAÑA nos ofrezca hiere nuestra sensibilidad o conturba nuestra visión convencional, unamos nuestra voluntad de reforma a la voluntad de testimonio antes aludida y recordemos la vigencia de lo dicho por Quevedo: «Arrojar la cara importa, que el espejo no hay de qué.»

RAFAEL BORRÀS BETRIU
Director

Diciembre de 1973.

Francisco Umbral

Del 98 a Don Juan Carlos

Francisco Umbral

Del 98 a Don Juan Carlos

EDITORIAL PLANETA BARCELONA

ESPEJO DE ESPAÑA
Dirección: Rafael Borràs Betriu
Serie: Los españoles

Córcega, 273-279, 08008 Barcelona (España)
Diseño colección y cubierta de Hans Romberg
Ilustración cubierta: *anterior*, cartel de Picasso (foto Aisa) y fotos Archivo Editorial Planeta y EFE; *posterior*, fotos Archivo Antonio Martín, Archivo Editorial Planeta, Archivo Mas, EFE y Europa Press

Procedencia de las ilustraciones: AFP, A. Harlingue, Alfonso, Archivo Antonio Martín, Archivo Editorial Planeta, Archivo Larousse, Archivo Mas, Archivo Serra, Archivo Vendrell, AP, Camera Press/Zardoya, Campúa, Carlos Pérez de Rozas, Coprensa, Cover, Diego Segura, EFE, Europa Press, Federico Arborio Mella, Francisco X. Ràfols, Frías de la Osa, Fotofiel, Gamma, Giraudon, Goyenechea, Hermanos Mayo, Institut Municipal d'Història, Keystone Magnum/Zardoya, Mateo, Mundo Obrero, Novosti Press Agencia, Pilar Aymerich, Sanz Bermejo, Valentín Pla

Primera edición: marzo de 1992
Segunda edición: mayo de 1992
Depósito Legal: B. 20.053-1992
ISBN 84-320-7550-7
Composición: Fotocomp/4, S. A. (Aster, 10/11)
Papel: Offset Nopaset, de Kymmene
Impresión: Duplex, S. A., Ciudad de Asunción, 26, int., letra D, 08030 Barcelona
Encuadernación: Indústria de Relligats, S. A.
Printed in Spain - Impreso en España

ÍNDICE

España es agua seca
caída en un barranco rojo.

BLAS DE OTERO

Atrio

Todo el siglo XX español, visto ahora en perspectiva, no ha sido sino una larga lucha por la conquista del presente. España decide, en nuestro siglo, ponerse a la tarea de la actualidad y a la altura del tiempo. Europeizarse. Este afán, que se insinúa, como sabemos, en los afrancesados del XVIII y el XIX, llega a ser misión nacional gracias a los grandes educadores de las primeras décadas de la centuria que ahora muere.

Porque los regeneracionistas, los arbitristas, los reformistas, como Ganivet, Costa, Cellorigo, Mallada, Picavea, etc., nos hablan siempre de un proyecto español para España, y en sus programas faltan las suficientes alusiones al modelo europeo. Parece que España, perdido el Imperio, decide encontrarse a sí misma, y esto es la filosofía del 98. Pero paralelamente a estos salvadores de la patria como tal patria corren los europeizantes, los afrancesados, los modernistas, los importadores de Krause y los institucionistas. Todos aquellos, en fin, más interesados en hacer España soluble en Europa que en construir/reconstruir una patria berroqueña.

Nace así la pugna entre casticismo y europeísmo, que recorre todo nuestro siglo XX y le da argumento. Esta pugna la había ignorado el siglo XVII, cerradamente casticista, aunque ya decadente. En el siglo siguiente, los afrancesados —Moratín, Blanco White— son una especie rara: afrancesados y anglosajonizados, como en el XIX lo fue el propio Larra, frente al costumbrismo aplaciente de Mesonero, o Espronceda, baironiano, frente al nacionalismo macho de Zorrilla. En nuestro siglo, Rubén Darío viene a ser una figura providencial, no sólo en la poesía, pero en las costumbres, la moda, el gusto y un cierto cosmopolitismo que empieza a mirar hacia París, y con él la burguesía campoamorina.

El Modernismo convive con el 98. El Modernismo trae el *art nouveau* y el *modern style*. El Modernismo traspasa a algunos noventayochistas, en sus mejores o peores momentos, según, como es el caso de Valle-Inclán y los Machado. Pero, como tendencia general, más allá de lo literario, el 98 pudiera tremolar la frase/bandera de Unamuno: «Que inventen ellos.» Todo el 98, y no sólo don Miguel, hubiese querido españolizar Europa. El afrancesado Azorín, cuando por fin vive en París, se siente ahogado, aislado, solitario, y añora su Madrid y su Levante. Literariamente llega a darse un machihembrado Modernismo/98. Ideológicamente, lo que nos queda hoy del 98 es un casticismo acendrado, y lo que nos queda del Modernismo es un europeísmo vocacional y, de hecho, una europeización de las costumbres, que ya no volvería atrás, siquiera en nuestras minorías y élites intelectuales, sociales y hasta esnobs.

Casticismo/europeísmo, una controversia insinuada dos siglos antes y que ya en el nuestro es el problema callado y crucial, no siempre denunciado, pero siempre presente. Problema que, como hemos dicho, recorrerá todo el siglo, y también este libro, dándole eje de pensamiento y anécdota. Ortega, Azaña, Madariaga, etc., son los grandes educadores de España en una dirección europea, pero el 98 no pierde vigencia en mucho tiempo, sobre todo Unamuno y Azorín, los grandes mitificadores de Castilla, más la lírica de Machado.

Esta duda nada metódica, esta circunstancia conflictiva de España viene de que el español no se encuentra bien instalado en su medio, en su cultura, en su sociedad, desde que empezó la decadencia. El francés no se plantea nunca su ser francés (un hombre tan universal como Sartre sólo hace citas de escritores franceses). En cuanto al anglosajón, no es necesario señalar la condición insular de su cultura. La lengua inglesa sólo se ha universalizado a través de Estados Unidos. El español, en cambio, siempre está citando extranjeros, personas o ciudades, escritores o científicos. El conflicto casticismo/europeísmo se da en España no sólo en unas tribus contra otras, y en unas épocas contra otras, o en un hombre contra otro, sino también dentro del mismo hombre. Veamos.

Unamuno, gran confalonero de nuestro casticismo, es un pensador universal influido por Kierkegaard y que muchas veces está pensando en griego o latín. Ortega, a la inversa, el gran educador en la asignatura occidental, tiene mucho de señorito madrileño, de intelectual madrileño, de torero madrileño, diríamos.

Son nuestros mejores hombres, pues, los que aparecen desgarrados, o cuando menos dubitativos, toda su vida, entre las dos opciones. Ya hemos señalado en la decadencia (XVII) el origen de esta mala instalación del español en España, y todo el siglo XX intelectual, político, social, estético, no es sino un largo esfuerzo por tomar una decisión en un sentido o en otro. O, mejor aún, por llegar a la síntesis dialéctica. Y esto viene pasando siempre, sea el hombre o el momento consciente o no de que eso es lo que le desasosiega. El casticismo ha dado en España a Unamuno y a Franco, a Azorín y Primo de Rivera, a Joselito y Belmonte, a la Argentinita y García Lorca. El europeísmo ha dado a Ortega y Nuria Espert, a Ramón Gómez de la Serna y Madariaga, a don Manuel Azaña y José Antonio Primo de Rivera (los fascismos). El casticismo ha dado guerras civiles y corridas de toros. El europeísmo ha dado la generación del 27, la República y la actual democracia.

Pero dentro de cada hombre, de cada grupo, de cada generación, de cada escuela, incluso de cada núcleo urbano (otra cosa es el agro), anónimo e inmenso, se produce siempre un tirón interno, secreto y opuesto a la actitud manifiesta, exterior, de ese individuo o comunidad. No diría yo que esta dubitación, tan incomprensible para un europeo, que lo es naturalmente, haya sido estéril siempre, negativa e infecunda, sino que, por la mera enumeración de nombres y fenómenos que venimos reseñando, puede deducirse que quizá el viejo conflicto ha operado como estimulante de mucha creación nacional, de una dialéctica muy nuestra, cuya síntesis final no acaba de producirse nunca.

En este repaso del siglo, donde hay un poco de todo, más anécdota que categoría (pero siempre anécdota significativa), he intentado ilustrar con la vida misma lo que, alternativamente, voy reflexionando sobre cada década o tranco de nuestra Historia o más bien biografía familiar, ya que no va más atrás de nuestros abuelos.

España, hoy, no ha resuelto su dubitación. Felipe González parece un europeísta convencido y Alfonso Guerra un casticista machadiano. En eso estamos, pero estamos mejor que antes, con un pasado reciente, de cultura y progresión, a nuestra espalda (también de incultura y regresión, ay). De la lectura de este libro no aspiro a que salga la deseable síntesis, que a lo mejor, como queda apuntado, tampoco es tan deseable. Uno prefiere los períodos abiertos. Y nuestro siglo XX lo ha sido esperanzada y desesperadamente.

Y lo es.

FRANCISCO UMBRAL

La Dacha, 13 de noviembre de 1991.

El siglo XX se inicia el 1 de febrero, en Barcelona, con una exposición de Picasso en Els Quatre Gats.

1900: Picasso

El primer año del siglo es imperialista y volandero, germanizante y britanizante, grave y loco. Parece como que se desgaja briosamente del XIX y del calendario, para entrar en un nuevo continente del tiempo e incendiar la Historia. Es verdaderamente un año inaugural, y no porque lo digan los calendarios ilustrados que se colgaban sobre el piano. Estambul es una orgía, como siempre habíamos pensado, sin saber siquiera por dónde cae Estambul, pero Alemania se consolida en China, se disuelven los Estados pontificios, los mineros están en huelga, como hoy, como siempre, que las huelgas las hacen por salir a por una rebanada de aire fresco, a por una tajada de luz y mediodía.

En África, los campos de concentración británicos todavía no se llaman apartheid, pero existen como tales, y en Weimar muere Nietzsche, a los 56 años, después de haber besado a todos los caballos de la ciudad. En España, como de costumbre, nos habíamos equivocado de filósofo, y el que se leía era Krause, una importación letárgica y mediocre de la Institución Libre de Enseñanza. Cuando los españoles espezamos a enterarnos de que el filósofo de la modernidad era el otro, el de los caballos, Nietzsche era ya patrimonio de los nazis, con lo que tampoco valía.

El siglo XX se inicia el uno de febrero, en Barcelona, con una exposición de Picasso en Els Quatre Gats. Ahí tienen ustedes la viñeta que Picasso dibujó para el menú. La gacetilla le llama «jovencísimo pintor malagueño». El jovencísimo pintor malagueño llegaría a ser gran pintor universal. El primero en el mundo después de Leonardo, mas por entonces aún estaba condenado a dibujar cartas de restaurante. Todavía no ha eliminado de su firma gloriosa ese «Ruiz» menestral y humillante (y otros veinte apellidos que vienen antes del italiano Picasso, como un día demostró el escritor falangista Alberto Crespo).

Eugenio d'Ors decía que, contra la pretensión de los franceses, Picasso es un pintor italiano. Y Gómez de la Serna le encuentra, en París, con pinta de garajista que luego alterna con

Nietzsche.

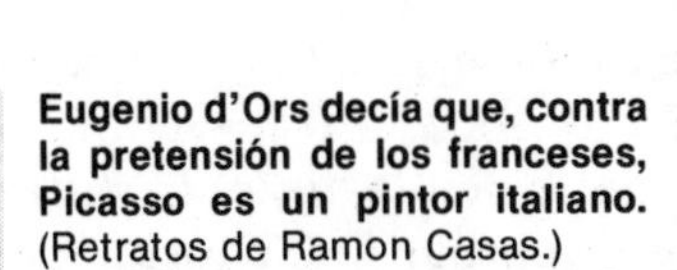

Eugenio d'Ors decía que, contra la pretensión de los franceses, Picasso es un pintor italiano. (Retratos de Ramon Casas.)

«Las señoritas de Aviñó» son unas putas góticas, un cuadro que funda el cubismo aplicado a la figura humana.

Al arte nuevo de Picasso y a la incipiente justicia social del nuevo siglo le pone música Sarasate con su violín de encaje y melancolía.

mujeres enjoyadas y sucias. A Picasso, a aquel Picasso joven y catalanizado de 1900, lo quieren meter en el Modernismo catalán de Gaudí, con esa capacidad de somatización que tiene Barcelona, como París, pero Picasso, un Toulouse-Lautrec de izquierdas, se escapa.

Expuso por entonces veinticinco retratos a lápiz de los habitués de la casa. Como Toulouse en el Moulin-Rouge. Y luego desaparecería. La «estética de la desaparición», teorizada tardíamente por Faucoult y otros, ya la practicaba Picasso de pequeño. El apunte de Picasso presenta un ciprés de maceta, una figura ambigua y noucentista, y un arco de medio punto, muy catalán, muy mediterráneo y muy importante en la «deconstrucción de Picasso» (Derrida), que siempre se rigió secretamente por el arco de medio punto. En Barcelona pinta *Las señoritas de Aviñó*, que son unas putas góticas, un cuadro que funda el cubismo aplicado a la figura humana. Y luego se disipa, según su costumbre.

Picasso trabaja en su estudio catalán todo el día, pero los niños no trabajarán más de ocho horas, según noticia del 13 de marzo. Lo ordenan las Cortes de Madrid, creyendo hacer una hombrada, pero lo cierto es que todos los niños pobres de España trabajan desde los 10 años (desde que tienen fuerza física) hasta que se mueran de asco, cansancio o vejez.

Esto lo resolvería Franco más tarde, mediante su dictadura paternalista, pero sabemos que la prosperidad y reforma de este XX que vamos a narrar tiene su origen, en buena medida, en los niños y las mujeres explotados. Al arte nuevo de Picasso y a la incipiente justicia social del nuevo siglo le pone música Sarasate (parece que la música amansa las fieras de la lucha de clases) con su melena oceánica, su bigote nietzscheano (por entonces todos los bigotes eran nietzscheanos, como luego fueron joseantonianos, siendo así que José Antonio no gastaba bigote) y su violín de encaje y melancolía. El gran violinista Pablo Sarasate consigue en Madrid un éxito memorable con su concierto del seis de abril de 1900. La música, esa gran celestina, cubre bajo su manto de mierda y armonía la revolución picassiana, la explotación infantil, la crueldad de la Guardia Civil contra los bandoleros, que casi todos eran generosos, como Luis Candelas. La música es un ensalmo que redime el crimen y adecenta el odio. Por sobre las vilezas que hemos cronificado, vuela, deleitoso e inconsútil, delusivo, el violín exento, genial y estúpido de Pablo Sarasate, poniéndole música amable a la letra cruenta de un siglo que nace revolucionario, conflictivo y macho.

Campoamor tuvo la cualidad emblemática, misteriosa y civil de representar y hasta condecorar una época y una política. La Restauración/Regencia no tienen otro fondo ideológico que una Dolora.
(María Cristina, viuda de Alfonso XII, jura como reina regente.)

1901: Campoamor

1901 tiene la gracia impar de ese uno que se despega ya de la cifra redonda. 1901, en España, es Campoamor, que muere en ese año. Campoamor hacía los versos que puede hacer un gobernador civil, o sea la poesía del sentido común, o sea todo lo contrario de la poesía. España está en guerra civil asordada, como siempre. Incluso el entierro del aplaciente Campoamor sirve para hacer escándalo y beligerancia. Campoamor era asturiano y trabajaba la mina de oro falso de su poesía. Los mineros de Asturias trabajan la mina de carbón negro del señorito y vuelven a liarla. Doña Mercedes se casa con el carlista don Carlos de Borbón y esto no gusta a nadie en España, salvo quizá a Valle-Inclán, que entonces era «carlista por estética».

En Inglaterra, Disraeli da por terminada la era victoriana. El victorianismo español había sido Campoamor, poeta de la moral burguesa, las buenas costumbres dentro de la propia clase (las clases eran sagradas entonces) y un cierto sentimentalismo menestral que no es sino la represión sexual, moral y social de ese victorianismo a la española.

Galdós estrena *Electra*. Galdós era entonces la izquierda, aunque hoy nos dé un poco de risa, y los españoles armamos el cirio porque la función es anticlerical (el anticlericalismo, en España, sólo sirve para acabar saliendo en los billetes de mil). Lo cual que el público sigue en la moral de Campoamor (moral de gobernador civil, ya digo) y no acaba de entender a Galdós. El 27 de enero había muerto Verdi en Milán. Verdi, aparte hacer muy operístico todo el 1901, es el símbolo musical y garibaldino de la unidad de Italia, que no se lograría hasta sesenta años más tarde, y nuestra burguesía canta *Rigoletto* mientras la señora hace la casa, canta *La Traviata* mientras la señora hace la sopa de almendras y canta *Il trovatore* mientras el marido se va con una pindonga de Fornos.

—¿Oiga, es que nuestra burguesía se pasaba la vida cantando?

Campoamor hacía los versos que puede hacer un gobernador civil, o sea la poesía del sentido común, o sea todo lo contrario de la poesía.

Disraeli.

Galdós estrena «Electra». Galdós era entonces la izquierda, aunque hoy nos dé un poco de risa, y los españoles armamos el cirio porque la función es anticlerical.

Verdi, aparte de hacer muy operístico todo el 1901, es el símbolo musical y garibaldino de la unidad de Italia.

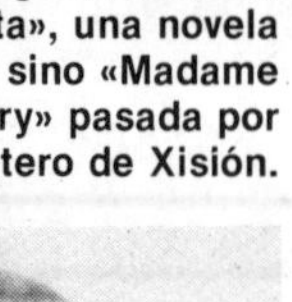

Clarín había conseguido la gloria con «La Regenta», una novela que no es sino «Madame Bovary» pasada por El Gaitero de Xisión.

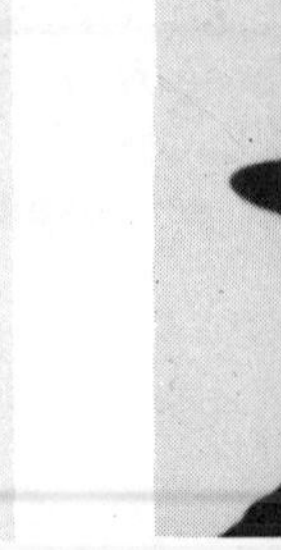

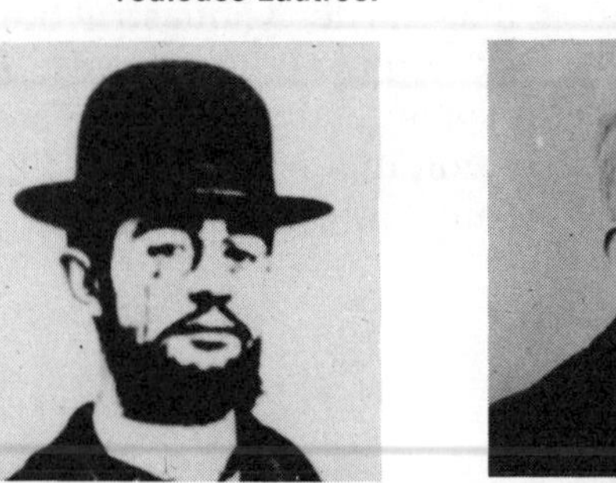

Toulouse-Lautrec.

Pi i Margall.

—Bueno, también recitaban a Campoamor. Eran muy instruidos.

Campoamor, ya digo, es el victorianismo inglés en versión del Retiro. Campoamor es el Verdi de las óperas breves y sin música que se llaman *Doloras*, y que son un muñido de ripio y sentencia moral. La moral siempre es ripiosa. A Gide le faltaban unos años para descubrir que es más decente el inmoralismo.

Sagasta forma Gabinete el 5 de marzo. Sagasta hace una política de fondo campoamorino, como Cánovas, su señorito. Los campesinos incendian la fábrica Larios en Motril. La horda, ya se sabe. En España hay elecciones y disturbios, más las manifestaciones anticlericales de reglamento. Picasso salta de Barcelona a París y muere Clarín, que había conseguido la gloria con *La Regenta*, una novela que no es sino *Madame Bovary* pasada por El Gaitero de Xisión. Al gentío culto le escandaliza y vuelven a Campoamor. En setiembre se prohíbe el vascuence, hoy euskera, que aún no se había inventado la ETA. Muere Toulouse-Lautrec, el primer maestro de Picasso, como más o menos ya se ha dicho aquí (aunque quizá el primerísimo fuera el catalán Nonell). En noviembre, asimismo, muere Pi i Margall, ex presidente de la Primera República, con lo que la causa catalana y federalista (la modernidad) acusa un parón. A todo esto era más o menos ajeno don Ramón de Campoamor y Campoosorio, poeta del Retiro madrileño, político del moderantismo, como le decía Valle-Inclán, y señor bondadoso que perfumó de cacofonía y sentimentalidad todo el novecientos español, e incluso parte del novecentismo, que en Cataluña le decían noucentisme. Campoamor era un cursi trascendente. Tenía 83 años cuando murió, en febrero, de modo que fue el Bécquer civil, municipal y espeso del victorianismo español, tan estrecho como el inglés y más mediocre. Lo fue todo en su tiempo, hasta médico, senador y consejero de Estado. Sus Doloras no duelen, sus Humoradas no tienen humor y su sistema literario es elemental y coloquial. Pero tuvo la cualidad emblemática, misteriosa y civil de representar y hasta condecorar una época y una política. La Restauración/Regencia no tiene otro fondo ideológico que una Dolora.

1902: El Greco

Éste es el año del redescubrimiento del Greco. Madrazo había llamado a los cuadros del Greco «caricaturas absurdas», pero el 98 contribuye mucho a galvanizar al Greco y su estética, a enterrar a Madrazo y Echegaray. Madrazo era un Echegaray de la pintura y Echegaray un Madrazo del teatro. Dos cadáveres ni siquiera exquisitos.

Con el 98, en realidad, nace el siglo XX en España. Lo suyo es un movimiento más romántico que político, más español que españolista. Unamuno, Azorín, Machado, Valle-Inclán, Baroja, toman conciencia de España, redescubren España (y concéntrico a este descubrimiento está el del Greco). Tras el Desastre militar y colonial de dicho año, las mejores cabezas del país, o sea los arriba citados y algunos otros, deciden que España, liberada de andrajos colonialistas, se encuentre a sí misma, limpia y neta, y resuelva sus problemas, que son muchos. En ellos se inicia el planteamiento de «España como problema», que luego tanto se ha plagiado, hasta Laín Entralgo y posteriores.

Pero en febrero hay huelgas generales en Barcelona y los grabados que nos restan de aquellas huelgas no son precisamente hechos a la manera del Greco. Nuestra Historia no acierta a tomar la forma mística y ascensional del pintor de Creta, que no le gustaba nada a Felipe II, aunque lo puso a su servicio por la «unción» con que hacía los temas religiosos: en realidad, los ángeles del Greco son las criadas que el artista seducía en Toledo. En La Mancha se desborda el Guadiana, termina la guerra EUA/España y en Bilbao muere un banderillero, Galleguito, de colapso cardíaco. En el cartel, Cocherito, Mazzantinito y Artillerito. Murieron los caballos, no se sabe si también de infarto, aunque se sospecha que más bien de corná. Hay viruela en Murcia. En marzo hay nuevo Gabinete Sagasta, un Gabinete «de concentración», tal como quiere la reina. Pero, en cualquier caso, el sistema de alternancia, inventado por Cánovas, ya no

En 1902, el Greco se nos aparece a los españoles como en el Renacimiento se les aparece Venus a los italianos.

funciona. Ortega escribiría tiempo más tarde que la Restauración fue un juego de fantasmas.

En abril muere don Francisco de Asís, esposo de Isabel II, tísico y homosexual, en Épinay, Francia. Don Francisco de Asís será luego cruel y genialmente retratado por el Valle-Inclán tardío, en *El ruedo ibérico.* En mayo llega la mayoría de edad de don Alfonso XIII, que alguna esperanza trae a la España (la Dictadura de Primo y la huida del rey probarían más tarde que no). En junio muere Verdaguer en Vallvidrera, cura y excomulgado, poeta y heterodoxo. Calor en Sevilla y Menéndez Pidal académico, a los 33 años. El gran Ramon Casas anda todavía anunciando vinos de Rioja con sus dibujos.

Quiere decirse que hay una España que muere y otra que nace. El siglo XX principia dispuesto a no ser una melancólica continuación del XIX. A falta de modelos políticos o sociales, el modelo es el Greco. Una España moderna (toda la modernidad del pintor *maudit* hasta entonces). Las huelgas catalanas, la declinación del sistema Cánovas/Sagasta, la juventud académica de Pidal, la heterodoxia de Verdaguer, el premodernismo publicitario de Ramon Casas, más el citado 98, periférico, pero concentrado en Madrid, son o parecen la España nueva, la estética ascendente del Greco, la España/Greco. Por el contrario, el postrimero Sagasta, los toreros en diminutivo, la muerte de Paquito Natilla (don Francisco de Asís), los diez caballos sacrificados en una corrida, la viruela de Murcia, son todavía la España caliente y pobre de Goya.

Goya es un aguafuerte y una crítica sin salida. El Greco es un camino, una indicación, una religión, una apertura a lo nuevo. El Greco es mucho más moderno que Goya (en esto de las modernidades poco tiene que ver la cronología). En 1902, el Greco se nos aparece a los españoles como en el Renacimiento se les aparece Venus a los italianos.

Es la insignia, el modelo, la norma, el porvenirismo, el ejemplo a seguir. Ascensionales y «cretenses» son Unamuno, Machado, Valle-Inclán, Juan Ramón Jiménez (bastante menos Galdós, Baroja y Azorín, pegados siempre al terreno, incapaces de vuelo). Ascensional y cretense (del Greco) es Verdaguer. Las plurales Españas despiertan a una ambición nueva, con gracia y violencia. Quizá sea este de 1902 el año en que definitivamente decidimos enterrar el siglo XIX, el sagastacanovismo, Madrazo, los diez caballos corneados y la viruela.

El Greco, ya digo, se nos aparece a los españoles (a una minoría iluminada y eficaz) como la religión estética y salvadora del momento. España tiene que pegar el estirón, vivir y pensar hacia arriba. Años más tarde, a la generación del 27 (García

Madrazo era un Echegaray de la pintura y Echegaray un Madrazo del teatro. Dos cadáveres ni siquiera exquisitos.

Don Francisco de Asís, esposo de Isabel II, tísico y homosexual.

Con el 98, en realidad, nace el siglo XX en España. Lo suyo es un movimiento más romántico que político, más español que españolista. Unamuno (en la foto), **Azorín, Machado, Valle-Inclán, Baroja, toman conciencia de España, redescubren España.**

Verdaguer.

Menéndez Pidal.

Ramon Casas.
(Autorretrato.)

Lorca, Alberti, etc.) se les aparecería Góngora. Estas apariciones estéticas, mucho más reales e influyentes que las religiosas, son las que renuevan la Historia, rejuvenecen un país y, dentro del eterno retorno de Mircea Eliade y Nietzsche, suponen minas de modernidad enterradas en el pasado. Son las minas que nunca encuentran los pasatistas de profesión, los conservadores.

1903: El Modernismo

El Modernismo no es sino una prolongación del Romanticismo en el siglo nuevo. Muere don Práxedes Mateo Sagasta, con lo que acaba una política vieja. El mundo cambia, España cambia.

Art nouveau, modern style, Modernismo. Pero en Barcelona hay doce mil señoras que se montan una campaña contra la blasfemia, o sea que no se han enterado de la dulce blasfemación de las musas desnudas del Modernismo, las «púberes canéforas que ofrenden el acanto», según verso de Rubén, del que García Lorca, mozo de Monleón, dijo:

—De todo el verso sólo entiendo el «que».

Pero Salmerón y Blasco Ibáñez llevan adelante su Asamblea republicana, en santísima trinidad con el confuso, profuso y difuso Alejandro Lerroux, Emperador del Paralelo barcelonés. En el cementerio civil de Madrid está la tumba de Salmerón, que dice: «Dejó el Gobierno por no firmar una sentencia de muerte.» El republicanismo de Blasco Ibáñez, aquel prosista imposible, aquel novelista olvidado, aquel chufero valenciano, aquel guionista de Hollywood, está remordido por los millones que gana con su mala literatura. Francisco de Cossío le ha visto mejor que nadie en París, en su hotel, recibiendo a mucha gente a la vez, haciendo política y literatura al mismo tiempo, fumando puros largos nada más levantarse, en tirantes, regentando el mundo. Hasta que llega Unamuno a París y le muestra Blasco el París nocturno y enceguecedor que se ve desde sus ventanales:

—¿Hay algo más fascinante que esto, don Miguel?

—Gredos.

Y con su invocación a la sierra de Gredos, Unamuno deja callado al folletinista locuaz. El republicanismo es Modernismo en cuanto que viene a quebrar las formas rígidas, anquilosadas, tiesas, almidonadas e inermes de la monarquía. Lerroux, cuando estaba en campaña, viajaba en primera con profusión de lujos. Poco antes de llegar a la estación de turno, al pueblo del mitin, se ponía un mono obrero y comía de un bocadillo proletario.

En diciembre se disuelven las Cortes. Ni Silvela ni Fernández Villaverde le encuentran un camino a la cosa. El Modernismo no ha llegado al Parlamento. En las elecciones de abril avanzan los republicanos, bajo don Nicolás Salmerón, que se está haciendo un sitio, poco a poco, entre los liberales y los conservadores de la vieja política, es decir, el sagastacanovismo residual. En arte, en decoración, en poesía, en la calle ya hay algo nuevo —modernidad—, pero, en la política, el modernismo republicano encuentra fuertes impedimentos y largas cauciones. La Sagrada Familia de Gaudí, en Barcelona, obedece a la misma mística ascensional del Greco. El Modernismo, pues, es, al menos en Cataluña, un Greco puesto al día, un gótico que entoña y reflorece entre mudos neoclasicismos inutilizables. Con la muerte de Núñez de Arce, en junio, se acaba una poesía conceptuosa, lastrada y vallisoletana, que deja paso a todas las alacridades del verso nuevo y modernista.

Pero el Modernismo no sólo es una manera de rimar, sino una manera de vivir. La moda de otoño, en este año, ofrece blusas de estilo ruso, donde los botones adquieren inesperado protagonismo, así como los *trotteurs* de lanilla blanca y gris, las faldas con dos volantes y bolero suelto y los sombreros de paja cruda, con guirnaldas de hojas y plumas blancas y azules. Así fue la moda de la temporada: amarilla, fucsia, empamelada y con monóculo.

Hay disturbios sociales en Bilbao, en el Arenal, lo cual viene a reforzar la oferta republicana. La publicidad, que va por delante en todo, como hoy mismo, es ya directamente modernista: «Pasta y cremas inglesas Zorra.» Y como ilustración una modernista descotadísima que se levanta un poco la falda para enseñar los entonces sacratísimos tobillos. Hay una fina distinción entre Modernismo y 98. El 98 es casticista y el Modernismo es cosmopolita. Rubén Darío y don Mariano de Cavia se meten en una angosta cervecería de la calle Hileras de Madrid a emborracharse e insultarse. En realidad se necesitan mucho el uno al otro. Es la polémica Modernismo/Clasicismo. El Modernismo europeo encuentra en España un soporte previo en el Greco, apóstol de toda modernidad, lo que le da fundamento y futuro al movimiento neorromántico. En Cataluña, la aparición de figuras como Gaudí ponen el Modernismo a la altura de Europa y muy por encima. La Sagrada Familia debiera ser algo así como los Santos Lugares, el Santiago de Compostela, el sitio de peregrinaje para todo el que quiera entender el siglo XX español y europeo, catalán y universal. Rubén Darío en Madrid y Gaudí

a Sagrada Familia de Gaudí, en Barcelona, obedece a la misma mística ascensional del Greco. El odernismo, pues, es, al menos en Cataluña, un Greco puesto al día, un gótico que entoña y florece entre mudos neoclasicismos inutilizables.

Práxedes Mateo Sagasta.

El republicanismo de Blasco Ibáñez, aquel prosista imposible, aquel novelista olvidado, aquel chufero valenciano, aquel guionista de Hollywood, está remordido por los millones que gana con su mala literatura. (El novelista, en el mirador de su finca de Malvarrosa, Valencia.)

Rubén Darío.

En Cataluña, la aparición de figuras como Gaudí ponen el Modernismo a la altura de Europa y muy por encima. (Caricatura en el semanario satírico «Cu-Cut!», alusiva al edificio de Gaudí conocido como «la Pedrera».)

Mariano de Cavia.

Nicolás Salmerón, incluso trufado de Ibáñeces y lerrouxes, supone el modernismo político y republicano.

en Barcelona consiguen que nuestro Modernismo no sea mera modernidad, es decir, una moda, sino la primera estética rupturista del siglo, como don Nicolás Salmerón, incluso trufado de ibáñeces y lerrouxes, supone el modernismo político y republicano. Modernismo y 98 tienen entre sí cruces e influencias, inevitablemente, y todo eso resulta fecundo para la vida y el arte. Más que como una moda, el Modernismo del año tres quedará —ha quedado ya— como la invasión jubilosa de Europa en España. El Modernimo cambia los acentos del alejandrino y hasta el hermoso y distinguido culo de las señoras.

1904: Eleonora Duse

Maura había formado nuevo Gobierno (conservador, por supuesto), y la revista *Gedeón* lo glosaba a su manera festiva. Se había establecido el descanso dominical de los obreros, 2 de diciembre de 1903, fecha que debiera figurar en rojo (también en rojo político), como el primero de mayo, en todos los calendarios laborales de España. Pensemos que hasta Dios descansó el domingo, pero nuestra derecha católica y financiera no les concede el descanso dominical (pagado) a los proletarios hasta hace menos de un siglo.

Quienes vivían perpetuamente en domingo, las clases altas, habían robado el domingo, durante veinte siglos, a los esclavos, los artesanos, los gremios, los braceros y los obreros industriales. La conquista del domingo, un día de oro, por parte de la clase obrera española, equivale a la conquista del Santo Grial de los pobres. ¿No es más cristiano conceder el domingo, ese día santo, a la paz soleada del pueblo, que secuestrarles su único tesoro de ocio y luz? Siempre le ha extrañado a uno que entre las conquistas sociales de nuestro tiempo, junto a las ocho horas de trabajo y las vacaciones pagadas, no figure la conquista del domingo, Bastilla semanal y libre.

El Modernismo que entoña el año anterior, según hemos reseñado, se corporaliza en Italia en la figura de una mujer, Eleonora Duse, genial actriz y lírica criatura que mantiene amores, un tanto desbaratados, con el gran modernista italiano Gabriele d'Annunzio. La Duse se hace famosa en toda Europa y el año cuatro es el de su apoteosis internacional.

Dibujantes ingleses, franceses, españoles, habían diseñado a la mujer modernista, habían soñado la musa de la modernidad, pero Italia, en lugar de dibujarla, aporta esa mujer, esa inspiración, esa musa, en una actriz, en un ser real. Lo diría por entonces Rubén Darío: «La mejor musa es la de carne y hueso.» El ideal romántico/modernista, pues, no es una hembra inasible y

ibujantes ingleses, franceses, españoles, habían diseñado a la mujer modernista, habían soñado musa de la modernidad, pero Italia, en lugar de dibujarla, aporta esa mujer, esa inspiración, esa usa, en una actriz, en un ser real.

alegórica («alegoría» no significa, etimológicamente, sino hablar de otra forma), sino la Francisca Sánchez del citado Rubén, la Sarah Bernhardt de Proust o la Eleonora Duse de D'Annunzio.

El arzobispo Nozaleda, que lo había sido de Manila, celebra una misa en Valencia dando gracias a Dios por la victoria de Estados Unidos (entonces se decía EUA) en Filipinas, contra España. La filoxera, enfermedad mortal de la vid, reaparece en la vinatera zona riojana. La filoxera política nos lleva a perder Filipinas y la filoxera de la vid a perder La Rioja. Isabel II muere en París, al año siguiente que su marido, don Francisco de Asís, de quien ya se ha hablado aquí. Lo que más va a quedar de ambos monarcas es el retrato literario y cruento del modernista Valle-Inclán. Isabel II representó el liberalismo (político y sexual) frente a la reacción carlista, y tuvo generales románticos y conspiratorios tan definitivos como Serrano, Prim, Narváez, etc., que todavía cabalgan en bronce por las calles de Madrid, aunque no se dignan aparecer en el primer concurso hípico de la capital. El caballo, sin duda el animal más elegante de la fauna, ha concitado en su torno las supremas elegancias de Ascot y París. Madrid, siguiendo esta modernidad (tan modernista, y no hay redundancia), inaugura sus carreras de caballos. La verdad es que, aparte Villapadierna, ya en nuestro tiempo, la Hípica ha sido un sitio que siempre les ha quedado un poco a trasmano a los madrileños. Pero los elegantes y sus esposas (las «mantenidas» se reunían aparte, en sus reservas, como bellas pieles rojas) estaban haciendo Modernismo, sin saberlo, en la Hípica de 1904.

En abril hay un atentado contra Maura. Los atentados eran mucha costumbre por entonces. Pero los Maura siguen hasta sus famosos bisnietos Semprún y Carmen. La Duse cumple 45 años e interpreta a *Francesca de Rímini*. Es ya el hada internacional de los grandes viajes. Mientras que el 98 no tiene otra musa que la Chelito, la que enseñaba una teta y se buscaba una pulga, el Modernismo tiene a Eleonora Duse. La mujer es criatura alegórica y tanto la Chelito como la Duse alegorizan bien, respectivamente, el espíritu del Modernismo y del 98. Son dos movimientos que trabajan en distintas direcciones —casticismo, internacionalismo—, y de ahí su fecundidad conjunta. El 98 nos devuelve la Historia y el Modernismo nos sitúa en el presente.

El marqués de Pickman y el capitán García de Paredes se debaten en duelo en octubre. Muere Pickman. Es, quizá, el último duelo del Romanticismo. El cadáver de Pickman se paseó mucho entre el cementerio civil y el católico, que nadie se ponía de acuerdo sobre dónde enterrarle. Pickman tuvo más vigencia y popularidad de vivo que de muerto. En España, país de

Gabriele d'Annunzio.

Isabel II representó el liberalismo (político y sexual) frente a la reacción carlista.

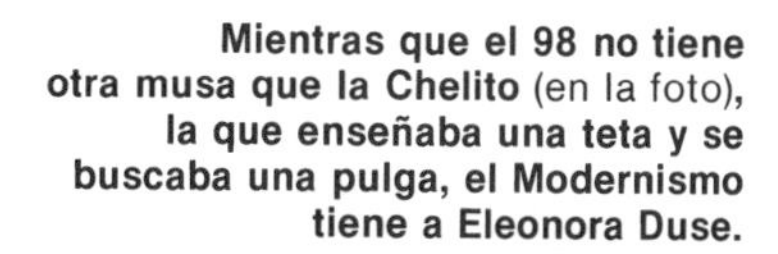

Mientras que el 98 no tiene otra musa que la Chelito (en la foto), la que enseñaba una teta y se buscaba una pulga, el Modernismo tiene a Eleonora Duse.

muertos, también esto es mucha costumbre. El Romanticismo principia a tornarse cómico, lo que quiere decir que muere, renovado a tiempo por el Modernismo. En Barcelona descubren el tenis y el fútbol. Muere de parto la princesa de Asturias. En una *Carmen* de teatro matan de verdad al toro. Otra audacia modernista. España y Francia siguen discutiendo sobre Marruecos.

Le dan el Nobel a Echegaray, con gran indignación de modernistas y noventayochistas. La Academia sueca ha descubierto a Echegaray cuando en España ya es un cadáver exquisito. En este país hay una vieja tradición de llamar a nuestros premios Nobel hijos de puta. Pero lo cierto es que la Duse, por ejemplo, no habría cabido en el teatro gritado y macabro de Echegaray. Y 1904 estaba enamorado de la Duse.

1905: Valera

Como consecuencia del penúltimo duelo romántico, que consignábamos en el año anterior, Pickman/García de Paredes, con la muerte del primero, las damas piadosas inician una campaña contra el duelo, que en realidad ya estaba muerto como rito. Hasta se interrumpen los duelos. Están enterrando, sin saberlo, el Romanticismo.

Es el año en que muere don Juan Valera, lo que supone a su vez la muerte del neoclasicismo. Todo el XIX había sido una pugna entre romanticismo y neoclasicismo. El XX, en sus arranques, es una pugna entre 98 y Modernismo. Valera es un aristócrata de las letras, o sea un diletante, del que se dice que escribe bien porque escribe pulcro. El torbellino de Baroja y Valle-Inclán lo borran en unos días. Todavía conoce una resurrección erudita y muy inteligente en la pluma de don Manuel Azaña, pero ahí se queda. Su *Pepita Jiménez* es una *Madame Bovary* pasada por la castañuela andaluza de Cabra (algo parecido hemos dicho o diremos de *La Regenta* de Clarín). La Bovary, tan sedienta de hombres, es que hizo estragos entre los naturalistas de principios de siglo, en toda Europa. Nieve y hambre en Sevilla.

Durante unas maniobras militares una mujer se arrodilla ante Alfonso XIII. No es bueno que el pueblo esté de rodillas ante los soberanos, como tampoco es bueno que les guillotine. En un término medio está la sabiduría de la Historia. Muere don Francisco Silvela, y es ésta una muerte corroboradora: con Silvela se termina el neoclasicismo político y con Valera el neoclasicismo literario. La primera edición del *Quijote* cumple 300 años y esto se celebra mucho en la calle de Atocha de Madrid, donde estaba la imprenta en que se tiró tal edición.

El *Quijote*, contra lo que pueda parecer, es más modernista que neoclásico, visto con la perspectiva del momento. El *Quijote* viene de la novela gótica y la novela de caballerías, es decir, de la imaginación y la gracia, no del pesado discurso neoclásico. Hay que desmilitarizar el *Quijote*, tan invocado siempre por

los conservadores beligerantes, como hay que desmilitarizar la milicia (en el sentido de desidentificarla con la Patria: en España, tradicionalmente, los militares se han sentido «la Patria» y los políticos «la Nación», dos grandes engaños). Maura renuncia a formar nuevo Gobierno. El conservador Maura se ve superado por algo que no sabe, y que es el Modernismo, al que venimos dedicando varios apartados de este libro, es decir, la ruptura no tanto con el Romanticismo como con el neoclasicismo mostrenco, aburrido y de embalaje. Hambre en Andalucía.

En las elecciones de setiembre, contienda entre republicanos y demócratas, hay muertos, heridos, y algunos electores arrojados al mar, en Castro-Urdiales. España está aprendiendo la democracia con sangre. La democracia, con sangre entra. Miseria en Andalucía. En Lucena y Morón se practica el caciquismo, mientras los campesinos matan las reses, su única fuente de riqueza, para comer. Viene a vernos el presidente francés, Loubet, pero no se le habla de estas cosas, claro.

La muerte de don Juan Valera supone la muerte de un liberalismo conservador e ilustrado, con buena pluma y un aura de europeísmo (Valera es diplomático), pero el siglo pide mucho más. La realidad de Andalucía y la realidad del naciente proletariado industrial es algo que Valera, en su ceguera física penúltima, no puede imaginar.

El controvertir en una novela los problemas teológicos, sexuales, sentimentales, católicos y de clase de la alta burguesía y la aristocracia, para contar un adulterio, es una manera criminal y elegante de ignorar la realidad del inmenso pueblo andaluz, frente a las minorías que andan en estos enredos. Valera es costumbrista para tratar al pueblo y metafísico para tratar a las clases altas. Valera es un reaccionario, aunque le guste mucho al porvenirista Azaña.

Valera cree conocer. Todo el siglo nuevo está ya contra Valera y lo entierra. Su naturalismo elegante no lleva a ninguna parte. La muerte de Valera sí que supone la asunción del 98 y el Modernismo. Valera redacta muy correctamente, y esto se tomaba entonces por virtud literaria, cuando la literatura está hecha de agresiones al lenguaje. (Y la música: Beethoven.) Genio es el que rompe el pentagrama. Baroja, que no sabe redactar, pero es escritor, arrasa. El 98 ha podido, ya que no con el Modernismo, sí con el neoclasicismo látex (mucho antes del látex) de don Juan Valera.

No es sólo una literatura lo que cambia, sino una política,

alera es un aristócrata de las letras, o sea un diletante, del que se dice que escribe bien porque scribe pulcro. Su «Pepita Jiménez» es una «Madame Bovary» pasada por la castañuela andaluza de abra.

Alfonso XIII.

La realidad de Andalucía y la realidad del naciente proletariado industrial es algo que Valera, en su ceguera física última, no puede imaginar.

Con Silvela (en la foto) **se termina el neoclasicismo político y con Valera el neoclasicismo literario.**

una estética y una manera española de ver el mundo. (JRJ es implacable con Valera en su *Política poética*.) El nuevo siglo no es sólo un convencionalismo del calendario, sino una revolución cronológica y estética (las únicas posibles en España).

Valera ha muerto: viva el Modernismo y la modernidad.

1906: Alfonso XIII

Los jornaleros españoles emigran a América. Los cronistas consuetudinarios dicen que estos jornaleros emigran por el calor, pero emigran por el hambre. De su hambre nadie se ocupa. En cambio, se prohíben unos carnavales porque algunas personas se habían disfrazado de frailes. El culto al clero sigue importando más, en aquella España, que el hambre del obrero.

En marzo muere Pereda, el autor de *Peñas arriba*, un señorito costumbrista e ilegible a quien por entonces lee toda la burguesía. En este mismo mes muere Romero Robledo, un líder conservador que ha pasado a la Historia más por sus fracasos que por sus aciertos. Caos en las Cortes. La boda de Alfonso XIII la perpetúa Juan Comba en un lienzo mediocre, pero sobre todo la perpetúa Mateo Morral echándoles una bomba a los novios, envuelta en un ramo de flores. La bomba, calle Mayor, mata algunos caballos, pero los caballos no reinan ni gobiernan.

Uno cree haber dejado claro en este libro que cada año tiene su perfume, su personaje, su esencia, y 1906 es el año de Alfonso XIII, dotado de la simpatía personal de los Borbones («los Borbones borbonean») y de un aura de rey castizo. El anarquista Mateo Morral, autor del atentado, o sea del presunto magnicidio, aterrorizado por lo que ha hecho (o más bien por lo que no ha hecho, la cosa salió chapucera), se suicida en Torrejón de Ardoz, que también es un sitio raro para suicidarse. Aquellos anarquistas primarios es que no tenían gusto para matar ni para morir. La bomba de Morral consigue dar una gran popularidad a don Alfonso XIII, que ya siempre irá de rey peatonal, digamos, así como, ya en nuestro tiempo, el «coño» de Tejero consagra y legitima a don Juan Carlos I, nieto de don Alfonso. No hay como un golpe a tiempo para salvar una institución (la monarquía) en decadencia.

El Modernismo, que venimos estudiando a través de estos años, sigue teniendo sus principales valedores en los dibujantes publicitarios (también hoy la publicidad va por delante, estéti-

1906 es el año de Alfonso XIII, dotado de la simpatía personal de los Borbones («los Borbones borbonean») y de un aura de rey castizo.

Pereda, el autor de «Peñas arriba», un señorito costumbrista e ilegible a quien por entonces lee toda la burguesía.

Pau Casals estrena el «Concierto para violoncelo y orquesta» de Dvorak, una cosa que todavía ha llegado muy viva a mi generación.
(Retrato de Ramon Casas.)

La boda de Alfonso XIII la perpetúa Juan Comba en un lienzo mediocre, pero sobre todo la perpetúa Mateo Morral echándoles una bomba a los novios, envuelta en un ramo de flores.

camente), y el señor Labarta hace unos carteles muy propios para el papel de fumar Roca —¿alguna vinculación con el actual Roca i Junyent?—, a base de enchisterados, achispados y elegantes modernistas. En Barcelona, el joven chelista Paul Casals estrena el *Concierto para violoncelo y orquesta,* de Dvorak, una cosa que todavía ha llegado muy viva a mi generación (mi madre me llevaba a oírlo). Asimismo, se celebra en octubre el Primer Congreso Internacional de Lengua Catalana.

En cuanto a la moda de otoño, se imponen los vestidos marrón, beige y verde, con aplicaciones de pasamanería. Las damas van ya de modernistas, sin saberlo. El siglo XX se adentra en sí mismo. El perfume del año seis es alfonsino, ya lo hemos dicho, y la popularidad del monarca, que tanto le debe a Mateo Morral (a la gente no le gusta que le desescoñen el espectáculo), llega a ser invasiva en España.

Don Alfonso XIII impone un estilo de vida, de moda, de costumbres. Casi todo los caballeros de derechas le imitan el bigote, los cuellos altos, el dandismo. Es el rey que se entiende bien con los limpiabotas. Los reyes godos de la plaza de Oriente están desnarigados por el tiempo. Una tarde entraba don Alfonso en el Tiro de Pichón y la puerta batiente le dio un golpe:

—Casi me deja como los de la plaza de Oriente.

O sea, que tenía un sentido madrileño de la frase y oportunidad. Fumaba muy fino y llevaba una esclava de oro en la muñeca. Por falta de reflexión o de asesores, no supo capitalizar políticamente el referéndum de su popularidad.

Cuando entrega el Gobierno al general Primo, mediante un falso golpe de Estado, acaba de firmar su sentencia de muerte. La derecha se siente traicionada y la izquierda le ve como el gestor de una dictadura.

El rey hablaba de tú a algunos íntimos, como Segur. Cuando hacía las maletas en palacio, para irse, año 31, le dijeron que algunos fieles le esperaban para despedirse. El barón de Segur (padre de José Luis Vilallonga) le acompañaba en el trance. Don Alfonso esperaba un coro de cortesanos, pero eran los cocineros y pinches de cocina.

Y el rey le dice a Segur:

—Segur, aquí no está ninguno de los que me llamaban de tú.

1907: Benavente

Con Picasso arrancamos el siglo y ahora Picasso vuelve, como volverá tantas veces, pues que es la figura recurrente de la modernidad. Le habían dado el Nobel a Cajal, el histólogo, con lo que se demuestra que, pese a la indiferencia estatal, hay una ciencia española.

Lo dijo Silvela, autor de grandes frases: «Los presidentes del consejo se suceden como en cinematógrafo.» Frase que prueba, entre otras cosas, que el cine, aunque sea mudo, y pese a su largo nombre, principia a calar en la vida nacional. Maura vuelve a formar Gobierno. De lo que se trata es de que gobiernen siempre los conservadores. Ha habido Gabinetes, como el de Armijo, que han durado mes y medio. La España anda desnortada. Ya entonces se hablaba de la ineficacia del partidismo, como habla hoy Herrero de Miñón, lo que quiere decir falta de fe democrática, y esto ya sí que es grave. Con *Las señoritas de Aviñó*, del año anterior, aparece el cubismo de Braque en España. Luego, Picasso supera a Braque (en el cubismo y otras disciplinas), el siglo XX principia a tener un perfil picassiano, entre adusto y optimista, que es justo lo que le va a la época. El citado cuadro está pintado en Barcelona, en una casa de putas, aunque los franceses pretendan apropiárselo como «Aviñón» o Avignon. También quisieron hacer una emisión de sellos con la cabcza dc Picasso, y Picasso le dijo a Correos que él era español, y les enseñó el pasaporte. Por cosas así sigue existiendo España.

Los anuncios de Malta Natura, catalanes, son asimismo muy modernistas. El modernismo entra en España por la publicidad, como hoy por la televisión.

El anarquista Ferrer (gran campaña de *ABC* a su favor) resulta absuelto de complicidad con el atentado de Mateo Morral contra los reyes. Nace el príncipe de Asturias. El señor La Cierva presenta una reforma de la ley electoral, que está muy bien traída respecto de la anterior, aunque viene a ser la misma (los

El estreno de «Los intereses creados», de Benavente, consagra a esta joven promesa e inaugura, por fin, en España, un teatro modernista. (El autor en el papel de «Crispín».)

La Cierva son de derechas de toda la vida, desde el autogiro hasta hoy). En lo que no cae La Cierva, con toda su buena fe, es en que el fallo no está en la ley, sino en su aplicación. Como dijo algún político francés (me cuenta Villapalos), las leyes deben acatarse, pero no cumplirse (y el francés se ponía el decreto napoleónico en la cabeza, como mofa y befa). Mientras los caciques sigan comprando el voto, y los partidos ufanándose de ello, el problema no está en la ley, sino en los hombres. El general Primo de Rivera es nombrado ministro de la Guerra. Aunque estamos en 1907, este andaluz simpático, elemental y traidor, va avanzando hacia el golpe de Estado. Inundaciones en toda España.

El automóvil ya es un problema en Madrid, con más de cuatro mil coches, y el Ayuntamiento decide controlar la velocidad. Jorge Guillén hablaría más tarde de «la pérfida bicicleta». El auto es más pérfido porque mata de verdad, ancianas y pardales, en la calle de Alcalá. El estreno de *Los intereses creados*, de Benavente, consagra a esta joven promesa e inaugura, por fin, en España, un teatro modernista (Valle aún no había empezado, pero siempre fueron amigos y afines en el Modernismo). El estreno es en el Lara, hoy Corredera, la calle, y teatro desaparecido. La obra, con su ropaje modernista, es muy crítica, como todo el teatro de Benavente. Los modernistas tenían poetas, pintores, prosistas, pero les faltaba el dramaturgo, y ahí lo tienen, Benavente. El dramaturgo es el que llega directamente al público, de modo que los madrileños se hacen modernistas en una noche de estreno. La crítica va por ellos mismos, la burguesía, pero prefieren adherirse a la estética: ahora, los arlequines modernistas les dicen cosas que entienden, y con buen verso e inmejorable prosa: «He aquí el tinglado de la antigua farsa...» La langosta asola Andalucía.

Hacer aquí el paralelismo Picasso/Benavente parece hoy difícil tarea, pero los arlequines desnutridos del primer Picasso tienen en *Los intereses creados* su palabra, su protesta y su biografía. No tengo noticia de que nadie haya emparentado nunca a dos creadores que parecen tan dispares, mas no en vano son de la misma generación, y sienten la necesidad de decir las mismas cosas marginales (Picasso, iconoclasta; Benavente, homosexual) mediante sus prodigiosos lenguajes respectivos.

Así es como el Modernismo, que había cobrado popularidad entre las sillas y los culos femeninos que se sentaban en esas sillas, pero no más, llega a calar en nuestra burguesía como sólo calan (hoy mismo) el teatro y los toros. El cine lo vemos como una cosa distante, de países extraños, mediatizado por un exceso de técnicas, y por eso cree uno que el teatro (cuya muer-

Con «Las señoritas de Aviñó», del año anterior, aparece el cubismo de Braque en España. El cuadro de Picasso está pintado en Barcelona. («Piano y bandola», de Georges Braque.)

Picasso/Benavente: No tengo noticia de que nadie haya emparentado nunca a dos creadores que parecen tan dispares, mas no en vano son de la misma generación, y sienten la necesidad de decir las mismas cosas marginales (Picasso, iconoclasta; Benavente, homosexual) mediante sus prodigiosos lenguajes respectivos.

te tanto se anuncia) tiene a su favor el directo/directísimo de la representación, y no digamos del estreno.

El teatro y los toros son lo más real de la vida española, ya que en los toros tiene que morir uno de los dos, el torero o el toro, y ahí no hay timo, y en un estreno el autor se la juega. Con Benavente, el Modernismo sube al teatro, que es el púlpito de la burguesía.

Entonces empiezan a enterarse.

1908: Chueca

En Valencia se multa con 500 pesetas los «bailes sicalípticos». *Sicalíptico* es una palabra espuria, que deriva de una errata de imprenta y que no quiere decir nada, pero en el principio de siglo fue el denominador tópico del erotismo. Nuestros abuelos vivían de una errata y oían a Chueca.

Ola terrorista en Barcelona, Gabriele d'Annunzio tiene un pez de oro. Cuando se le muere el pez, le hace un entierro modernista en su jardín. Don Jacinto Benavente es un señor tan pequeñito que su vida parece de juguete: su camita, su tortillita francesa, su vasito de agua. Sólo los cigarros puros quedan en él enormes, por el contraste, ya que son cigarros normales. Vive amancebado con un ex guardia civil en la calle Atocha. Valera aprovechaba su ceguera para tocar el culo a las señoras, como luego Torrente Ballester, y Benavente aprovecha su Nobel para tocar el culo a los guardias. De todos modos, el estreno de *Los intereses creados* supone, respecto del Modernismo español, tanto como el *Hernani* respecto del Romanticismo europeo.

Federico Chueca muere en este año. En el Retiro hay un busto suyo. Tiene carácter, pero es el carácter generacional, bigote nietzscheano y cabeza de artista, de todos los señores de su época. Fue muy popular en el XIX por el madrileñismo acendrado de su música. Sabía poco de composición y tuvo ayudantes, como Valverde. Él ponía la gracia, «el ángel», que años más tarde diría Lorca. Es, mayormente, el autor de *La Gran Vía,* que canta toda España, y que representa, aunque esto no se haya dicho nunca, un esfuerzo desesperado por recuperar el nuevo Madrid neoyorquizante para el costumbrismo. *La Gran Vía* pasa a los teatros internacionales. Otro de los éxitos de Chueca es *Agua, azucarillos y aguardiente* y *El año pasado por agua.* Asimismo, escribió las letras de algunas de sus canciones. Así como el violín de Sarasate, ya glosado en este libro, le pone música al fin de siglo, la música de Chueca suena en los manubrios de los años diez como una complacencia excesiva, fácil y pintoresca mediante la que España se ha encontrado a sí mis-

ma. El 98 sigue buscando otra España que no sea la de Chueca. Se sentencia a pena de muerte al anarquista Juan Rull. Se entierra a Curros Enríquez, en La Coruña, muerto en el exilio laboral y habanero. A La Habana fue a parar porque el obispo de Orense le abrió sumario considerando *Aires da miña terra* como libro blasfemo. En mayo se promulga la ley antiterrorista, que es reaccionaria, y todo el país se vuelve contra ella. Salvo los que siguen cantando *La Gran Vía* al afeitarse: «Yo soy un baile de criadas y de horteras, y a mí me gustan las cocineras...»

Julio Romero de Torres gana en este mismo mes el premio de Bellas Artes de pintura, seguido de Rusiñol. Romero de Torres tiene dos galgos heráldicos, un abrigo con cuello de piel, una amante parisina (nada que ver con sus modelos cordobesas y cenceñas), y una gloria y un dinero. Pintaba en su estudio de la plaza de los Carros, cerca de la Cebada. Llenó todos los calendarios del principio de siglo y hoy se sabe que era un pintor mediocre y efectista. El verano trae la moda de las grandes pamelas y los cuellos altos.

En julio se denuncia y persigue el fraude de los duros falsos, cuya emisión algunos atribuyen a Romanones. Llegaron a cubrir treinta millones de pesetas. También se llamaron «sevillanos» por la ciudad donde se acuñaban. Se teme que los monederos falsos sigan fabricando moneda, y queda una conversación —¿apócrifa?— entre Alfonso XIII y Romanones:

—Romanones, ¿cómo me has hecho esto...?

—Mis duros tienen más plata que los suyos, majestad. Pierdo dinero.

Los duros sevillanos tenían consigo toda la popularidad, ya que daban «más ley», más plata, que los del Gobierno. Todavía hay familias que guardan en la consola de la abuela un duro sevillano, como recuerdo y medalla de aquellos tiempos.

Romanones era un cojo tierno, listo y ágil, que tenía el sentido de la frase: «Para hacer política y triunfar bastan tres cosas: ser alto, tener buena voz y haber estudiado la carrera de Derecho.» A él le fallaba todo esto, o casi, pero dio mucho juego en aquel liberalismo inocente. En setiembre muere Salmerón, desterrado en Pau, Francia, a los 70 años. Fue presidente de la Primera República. Se le entierra en el cementerio civil de Madrid, como ya se ha contado en estas memorias. Muere Sarasate, a quien sus paisanos, los navarricos, comparan con Paganini, pasándose un poco. Pero la música que perfuma el año ocho

La música de Chueca suena en los manubrios de los años diez como una complacencia excesiva, fácil y pintoresca mediante la que España se ha encontrado a sí misma. El 98 sigue buscando otra España que no sea la de Chueca.

«La Gran Vía» representa un esfuerzo desesperado por recuperar el nuevo Madrid neoyorquizante para el costumbrismo. (Estampa de la popular avenida a finales de siglo.)

Julio Romero de Torres llenó todos los calendarios del principio de siglo y hoy se sabe que era un pintor mediocre y efectista.

ya no es la de Sarasate, cuyo violín ha sido glosado aquí, sino la de Chueca.

Chueca es populista y demagógico sin saberlo, pero sus ramos de música, queramos o no, iluminan los patios y corralas de Madrid:

Yo soy un baile de criadas y de horteras
y a mí me gustan
las cocineras...

1909: Barcelona

El señor Chueca tiene hoy una plaza en Madrid, plaza donde vivaquea ya un costumbrismo nuevo, céntrico, recoleto y colgado. En Chueca viven parejas por libre, colgados, camellos, madres de familia y chicas yanquis del periodismo, a más de algún travestí curioso, esbelto y desnortado. El 20 de febrero de 1909 Barcelona es una conjunción de fuerzas que llevan a la Semana Trágica en tecnicolor, cosa que no se había inventado por entonces.

Marinetti publica su manifiesto comunista/fascista cantando la violencia y la velocidad como más bella que la Victoria de Samotracia. Marinetti dice esta cosa definitiva: «La guerra es la única higiene del planeta.» Con esto está consagrando y anticipando los fascismos, y de ahí que Mussolini le condecorase de viejo. Marinetti quiere demoler los museos, las mujeres y las bibliotecas. Quiere, en fin, dejar espacio libre al fascismo. ¿Qué futuro anuncia su futurismo? Un futuro fascista. Muere Chapí en Madrid, otro maestro de la zarzuela, esa «ópera para enanos», como escribiera alguien. Muere Albéniz, también tocado de madrileñismo/centralismo en su *San Antonio de la Florida.* Madrid mandaba mucho en España, por entonces, no sólo políticamente, sino social y culturalmente. Hoy principia a ponerse en cuestión Madrid, y eso es bueno. En Sitges se celebra la Segunda Copa de Automovilismo de Cataluña, en la que participan coches nacionales, como el Hispano-Suiza. El 20 de mayo se canoniza a José Oriol, no sabemos por qué ni si es pariente de la actual Hidroeléctrica que gobierna nuestras abluciones matinales.

En Barcelona se juzga el atentado a Cambó (ya tengo dicho que los atentados políticos eran mucha costumbre por entonces, casi un folklore), y nadie sale culpable. En junio se establece la enseñanza elemental obligatoria, para acabar con el analfabetismo y la explotación infantil. Otra hombrada del Gobierno —¿pero el Gobierno es hombre?— que al final se queda en nada. Del 26 al 31 de julio, Barcelona vive su famosa Semana

Barcelona, que siempre ha ido por delante de Madrid, en la cultura como en la política, anticipa con su Semana Trágica, en 1909, lo que será la guerra civil del 36/39.

Marinetti dice esta cosa definitiva: «La guerra es la única higiene del planeta.» Con esto está consagrando y anticipando los fascismos, y de ahí que Mussolini le condecorase de viejo. (Retrato de Carlo Carrà.)

Ferrer y Guardia, cerebro de la Semana Trágica, fusilado en Montjuich.

Chapí, otro maestro de la zarzuela, esa «ópera para enanos», como escribiera alguien.

Trágica, como respuesta a la mortandad del continuo envío de mozos y fuerzas a la inútil guerra de África. La cosa principia en las Ramblas, como todo en Barcelona, y se llega a la huelga general, pero incluso Esquerra Catalana se niega a promover la huelga (qué cobardes y caucionales, siempre, los partidos, a la hora de la verdad). Mas el pueblo lo desborda todo. Se enfrentan los piquetes de huelguistas y las fuerzas del orden. Barcelona, Sabadell, Tarrasa, Badalona y Mataró constituyen la diadema proletaria de esta huelga general. Incluso se llega a proclamar la república. Con las barricadas nace la rebelión popular, la revolución. Se queman conventos, pero el pueblo expandido carece de una dirección. Las tropas de guarnición en Barcelona se niegan a combatir a los huelguistas. Hay 75 muertos y 112 edificios incendiados, 80 de ellos religiosos. Las momias de los conventos ilustran una Barcelona de contraluz y los adoquines, como siempre, como en nuestro 68, se convierten en proyectiles del pueblo. Sólo faltaba el poeta que lo dijese:

—Debajo de los adoquines está la playa.

En tanto, el gobierno de Melilla toma el ensangrentado Gurugú. Ferrer y Guardia, cerebro de la Semana Trágica, es fusilado en Montjuich. Hay una gran manifestación contra este ajusticiamiento. Ferrer, con su Escuela Moderna, es un héroe del Modernismo revolucionario, que venimos glosando en este libro. Ferrer muere gritando así:

—¡Viva la Escuela Moderna!

En diciembre se produce el fin de la guerra en el Rif. En las minas de oro del Rif tienen altos intereses los Borbones. Aquí se sutura en falso, pues, una vieja herida colonial que rebrotará. Barcelona, que siempre ha ido por delante de Madrid, en la cultura como en la política, anticipa con su Semana Trágica, en 1909, lo que será la guerra civil del 36/39.

Cuando toda España es hacia adentro una inquietud social, política y antibélica, sólo Cataluña lo exterioriza mediante una huelga general (a despecho de los partidos, siempre convencionales) y una semana que luego llamarían Trágica los historiadores, tan retóricos, pero razonables en este caso.

1909, en fin, se mece al ritmo de *Els segadors*, y muchos españoles se enteran de que hay otra España, o lo que sea, más viva, más actual y más eficaz, que no quiere soportar la sangría del sistema en nombre de valores confusos o demasiado claros: minas del Rif. Tan claros como el oro.

Ese protagonismo nacional que alcanza Barcelona como «capital del dolor» anticolonialista, anticentralista, no lo ha perdido ya nunca. Chueca es una zarzuela, pero *Els segadors* tiene tanta grandeza profética como *La Internacional.*

Los años diez: la Gran Guerra

En Pablo Picasso, que principiaba a ser famoso, se da asimismo la dualidad que señalábamos en el «Atrio»: Picasso empieza influido por Toulouse-Lautrec y luego por el cubismo de Braque, que en seguida hace suyo. Al mismo tiempo, toda la obra de Picasso estará presidida por la sombra roja y caliente de don Francisco de Goya. Picasso, queremos decir, es un afrancesado y un castizo, sólo que esto nunca se hace problema ni agonismo en él, sino que su vitalidad, su optimismo creador, lo metaboliza todo hasta llegar a una síntesis que se llama precisamente así, Picasso.

La revolución renacentista de Garcilaso con su «itálico modo» no pasa de los círculos cultos, como tantas otras importaciones. Quiero decir con esto lo que ya se apuntara al principio del libro: que sólo consideramos aquí la dialéctica casticismo/europeísmo a partir del momento en que empieza a hacerse problema para España y los españoles, siglo XVIII, y sólo tratamos este problema en el siglo XX, que es cuando llega a hacerse central y crucial para nosotros, tanto política como intelectualmente, llegando hasta la actualidad.

Campoamor fue un casticista, un Marcial pequeñoburgués encargado de alimentar a las clases conservadoras, y también a las más incultas, con su moral localista, de un humor provinciano y dominical. El Greco, pintor que se le *aparece* al 98, es Grecia, Creta, Italia, Venecia, Europa, pero esta generación, que se acoge en cierto modo a su patronazgo, y por supuesto lo reivindica, tras la ignorancia pictórica de siglos anteriores, lo que hace es «españolizar» al Greco. En Unamuno, aunque su gran poema se lo haga al Cristo de Velázquez, hay mucho Greco interior, mucho agonismo, mucho retorcimiento de alma, presencia y vida. Así como los hermanos Machado se ocupan de españolizar el Modernismo de Rubén, don Juan Valera es un prototipo de intelectual en este cruce de corrientes: Valera, diplomático, viajero, hombres de idiomas, europeo completo, hace su *Pepita Jiménez*, que es una novela casticista en una prosa casticista. Sólo que en Valera esta dualidad tampoco llega a ser angustia personal, malestar cultural. Valera es el hombre/síntesis, uno de los pocos que tenemos, y no en vano don Manuel Azaña le dedica tanta atención y tanta prosa: Azaña admiraba el ecumenismo y el sincretismo de Valera, y aspiraba a él. Sólo que a Azaña se le cruza una guerra civil, y ya saben.

El mismo rey, don Alfonso XIII, es un rey castizo que sin embargo quiere hacer una monarquía a la inglesa, que era el modelo del momento. Pero Alfonso XIII acaba delegando en los militares o dejándose invadir dulcemente por ellos, lo cual está muy en la tradición española: el Ejército es la versión épica de nuestro casticismo.

Don Jacinto Benavente hace teatro modernista, pero acaba centrándose en la crítica, crónica y glosa de la aristocracia y la alta burguesía madrileñas, siempre con un toque wildeano. De modo que la ambivalencia se da asimismo en él, como era de esperar, pero nunca la vive tampoco como cuestión, y aquí vamos a referirnos más bien a los españoles y la España de la gran vivencia/dualidad que centra nuestro siglo, y que luego veremos cómo llega a resolverse/no resolverse nada menos que en la guerra civil.

Madrid, aquel Madrid entre dos siglos, se balancea en la música localista de Chueca, y Barcelona resuelve el problema afrancesando su catalanismo o catalanizando su afrancesamiento. El torero de aquella España es Lagartijo. El intelectual de aquella España es Menéndez Pelayo, un humanista que sólo entiende la cultura clásica como grandiosa introducción a la aparición de España en la Historia. Don Marcelino es el casticismo culto, un sabio que vive instalado en su certidumbre hispánica, y por tanto no tan sabio. Menéndez Pelayo es la consolidación monumental y el manadero erudito de todo el pensamiento tradicional español, de todo el casticismo histórico, y ha contribuido mucho, no diremos si para bien o para mal, a la perduración de viejas creencias y el combate de nuevas ideas. En este sentido pudiera considerársele incluso un precursor remoto del fascismo español.

En 1914, con la explosión de la Grand Guerre o Guerra Europea, la España neutral se parte en dos ideológicamente: germanizantes y afrancesados. Es la vieja y muda polémica casticismo/europeísmo. Los germanizantes saben, o quizá no lo saben, que el triunfo austrohúngaro supondría la desaparición de Europa tal y como la habían soñado y vivido nuestros afrancesados. Son germanófilos porque odian esa Europa de las libertades y las revoluciones. Son los casticistas que quieren insistir en una España muy española y asegundarse en ella bajo el patrocinio de los vencedores, que luego no lo fueron. Los afrancesados, del lado de toda la Europa liberal, están en el otro bando porque ven claro que lo que se juega es eso, el futuro de la Europa de la Revolución, de Napoleón, del progreso y la ilustración. De modo que nuestra polémica nacional, eterna, pero no siempre vociferante ni siquiera expresa, llega a uno de sus momentos más altos con la guerra europea, sólo que de una manera vicaria, con otras palabras, con otros nombres. La síntesis, en este caso, la hace el pensador catalán Eugenio d'Ors: «Toda guerra europea es una guerra civil.» No se puede decir más claro ni más corto.

España no está en guerra, pero las huelgas generales nos manifiestan ya que el obreraje no es tan castizo como sale en los sainetes, sino que va tomando conciencia de pertenecer al internacionalismo proletario. Con lo que se da el conato de que sólo algunas minorías intelectuales y, por el otro extremo, las ya inmensas extensiones del trabajo industrial (el campesino sigue siendo conservador, castizo) han optado por el europeísmo progresista (decía Dionisio Ridruejo que no hay que olvidar nunca que el marxismo es un fenómeno europeo, y no la irrupción más o menos mongol que luego se nos quiso presentar).

Doña Emilia Pardo Bazán se filia a las escuelas naturalistas de Europa, concretamente a Zola. Carolina Otero, la Bella Otero, también galaica, pero artista de otras artes, hace europeísmo a su manera ilustrándose en el trato y la frecuentación íntima de los grandes aristócratas del continente. Otra artista, Raquel Meller, canta para la España muy española del cuplé y las violetas.

Este repaso de realidades y evidencia nacionales nos persuade de que la pugna casticismo/europeísmo no es un invento de intelectuales ni algo a resolver por decreto, sino una dialéctica que se ha resumido en el eslogan de «las dos Españas». No se trata tanto de rojos y azules o blancos como de la herencia cultural española, siempre mal repartida. Unos iban a estudiar a Inglaterra y otros no salieron nunca de su barrio. Las dos Españas vienen de muy atrás, pero en el siglo XX llegan a un acendramiento paralelo, intelectual y social, que va más allá de los ingenuos cuartelazos decimonónicos. El destino hamletiano de una nación no se resuelve en el cuarto de banderas.

España llora por Lagartijo mucho más que por los emigrantes. No sólo la subcultura, sino una huida general y eterna del pueblo hacia adelante, lleva a las multitudes a moverse más por los mitos que por el antihéroe de la calle.

1910: Lagartijo

Contra lo que se cree, la vieja tradición de comer las doce uvas en el cambio de año es más bien reciente: nace en 1910. Hay un calendario modernista que lo atestigua. Temporales en el norte de España. Alfonso XIII encarga a Canalejas de formar Gobierno. De entonces viene un viejo y cruento pareado del pueblo español, o sea de la calle, sobre todo de la calle madrileña, siempre irónica con el Poder, quizá por tenerlo tan cerca:

Si te vas y nos dejas,
hasta luego, Canalejas.

O sea que el pueblo pasaba mucho.

El rey decreta diversos indultos referidos a la Semana Trágica de Barcelona. No son mezquinos, pero tampoco generosos. La cuestión catalana sigue abierta, y además con incrementos sociales, obreros, etc., por lo que los indultos del monarca no hacen sino suturar de momento una situación insostenible. O la monarquía le echa imaginación a España o España acaba con la monarquía. Las feministas canarias quieren tomar el parlamento. Unos 400 000 españoles han emigrado en lo poco que va de siglo. España está imposible para vivir, e incluso para morir, en Andalucía, Galicia y Canarias. El Poder, desde luego no se entera. Pero la izquierda, o lo que entonces pudiera llamarse tal, tampoco.

Tras la Semana Trágica, el país queda como adormecido.

Los españoles se van a Argentina, Brasil y Panamá, pensando, en este último caso, encontrar trabajo en la construcción del luego famoso Canal. Estos españoles se sienten sometidos a toda clase de discriminaciones durante la travesía. Ya se va viendo que don Alfonso XIII tampoco es el rey que necesita España.

En abril muere Lagartijo en Córdoba, a los 69 años, tuberculoso y mítico desde el XIX. Se llamaba Rafael Molina. Fue la máxima figura de su época, pero hacía mucho que se había cortado la coleta. España llora por Lagartijo mucho más que

Ya se va viendo que don Alfonso XIII tampoco es el rey que necesita España.

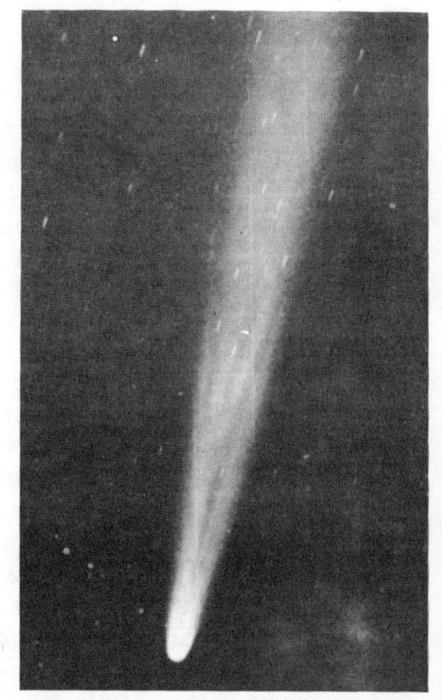

El cometa Halley consigue mucha más popularidad y prensa que los ministros de turno.

Eduardo VII. (En la foto, con su hijo y su nieto, los futuros Jorge V y Eduardo VIII.)

por los emigrantes. No sólo la subcultura, sino una huida general y eterna del pueblo hacia adelante, lleva a las multitudes (esto lo hemos visto desde los griegos y su teatro) a moverse más por los mitos que por el antihéroe de la calle. Los mitos hacen avanzar la Historia (o retroceder, que eso nunca se sabe), y generan cultura y, sobre todo, conciencia colectiva o nacional. La España pobre, hambrienta, sin trabajo y mal administrada por los Canalejas de turno, se emociona con la muerte de un viejo torero retirado. Ni el 98 ni el Modernismo tienen nada que hacer aquí. Quizá, sólo don Manuel Machado.

En mayo pasa el cometa Halley, que es algo así como el Lagartijo de la astronomía, y la gente vive muy atenta este fenómeno, como si fuera sobrenatural. El poeta Juan Ramón Jiménez ve el eclipse y el cometa a través de un cristal ahumado, en su Moguer natal, donde aún residía. El personal lo que quiere es el Acontecimiento, y la astronomía viene aquí en ayuda de Alfonso XIII. El cometa Halley consigue mucha más popularidad y Prensa que los ministros de turno. Quizá la vieja tribu ibérica se vuelve hacia los fenómenos naturales y eternos, o sobrenaturales y mágicos, que son lo que entiende oscuramente, por herencia, y los que en el fondo rigen nuestro irracionalismo.

Lagartijo y el cometa Halley protagonizan el año diez, oscureciendo, eclipsando (aunque no hubo tal eclipse) a Canalejas, al rey y a Eduardo VII, que acaba de morir en Inglaterra. Seguimos siendo un pueblo que se rige por lo crudo y lo cocido, como muchos años más tarde diagnosticaría Lévi-Strauss.

Pero no toda la culpa es de los políticos, claro. Ya se han reseñado aquí las inercias de la vieja tribu de Túbal. En julio, el Gobierno autoriza las religiones no católicas en España, lo cual provoca manifestaciones contrarias en todo el país. Era un nacionalcatolicismo de canotier y misa de una el que se levantaba incluso contra la monarquía. Las fuerzas republicanas y socialistas apoyan al Gobierno, pero hoy mismo, 1992, España sigue siendo un país mayoritariamente católico (que no cristiano), pese a la profecía de Azaña.

Lo dijo don Antonio Machado, nuestro gran poeta cívico:

La España de charanga y pandereta
cerrado y sacristía,
devota de Frascuelo y de María.

En vez de Frascuelo podía haber puesto Lagartijo, pero no le cabía en el verso. Le sobraba una sílaba.

1911: «La Gioconda»

Hemos consumido la primera década del siglo, los tristes, tontos y sombríos años diez, sólo iluminados por el sol rubeniano del Modernismo y la luna naciente del 98. La década siguiente la hemos titulado como una bella e irónica novela del olvidado Fernández Flórez, *Los que no fuimos a la guerra*, que se refiere obviamente a la neutralidad de España en la Guerra Europea, Primera Guerra Mundial o Grand Guerre. Esta neutralidad de España —1914-1918— es interpretada por unos historiadores como nefasta y por otros como feliz. Pero la neutralidad sólo fue oficial y de facto, ya que, por una parte, muchos españoles se enriquecían vendiendo armas y mulas a Francia, y, por otra, los españoles nos dividimos en germanófilos y aliadófilos, que España es muy dada a estas dualidades, que tanto animan la vida nacional de café: Joselito y Belmonte, Lagartijo (cuya figura hemos glosado en el capítulo anterior) y Frascuelo, etc. Entre los germanófilos se encuentra un anarquista como Baroja, lo que dice bien de su anarquismo de sainete, y entre los aliadófilos un «clasicista» como Eugenio d'Ors, gran pensador de derechas que ve con gran penetración, en todo caso, lo hondo del conflicto, y lo resume en esta frase profunda y definitiva, que todavía hoy vale:

—Toda guerra europea es una guerra civil.

En enero muere Carolina Coronado, tía de Gómez de la Serna, que le había reñido mucho por hacer greguerías. Hoy ni se la recuerda, y a Ramón sí. En febrero fallece Joaquín Costa. He estado en su casa de Graus, donde tienen en la pared un recuadrito que enmarca una mancha imposible de identificar: «Aquí apoyaba la cabeza y ésta es la grasa de su pelo.» O sea que los regeneracionistas no se lavaban la cabeza. Costa pedía para España «escuela y despensa». Podía haber pedido para él un poco de jabón Lagarto, que era el de la época.

Costa, como todo el regeneracionismo, el arbitrismo y el

Lo que le da su momento más alto al año 11 es el robo de la «La Gioconda» en el Louvre, en agosto. Europa se había quedado sin sonrisa. Hoy sabemos que el ladrón fue el poeta Apollinaire, y que no lo hizo por lucro, sino por notoriedad.

reformismo —Ganivet, Mallada, Picavea, Cellorigo, etc.—, es de derechas sin saberlo, quiere hacer «la revolución desde arriba» y sueña con «el cirujano de hierro», inspirado en Bismarck, que tendría su primera encarnación en el general Primo y su presencia definitiva en Franco. Cuando Costa entra en la revolución republicana, ya está enfermo y da poco juego. Alfonso XIII manda 5 000 pesetas para su monumento. También en febrero desaparece Isidro Nonell, maestro de Picasso, a los 38 años, padre no reconocido de la moderna pintura española y catalana. En marzo se impone la falda/pantalón de las señoras. A estas elegantes modernistas se les cierra el paso en Parlamentos y teatros. Son las precursoras de Cicciolina que se presentaría desnuda en su escaño del Parlamento italiano, ya en nuestro tiempo. La revolución femenina es que no para. Pablo Iglesias habla en todas las Casas del Pueblo español, con su pelo blanco y su auditorio de boinas. La conjunción republicano/socialista es que arrasa desde el año nueve. No se comprende hoy cómo la monarquía no ve esto y espera al año 31 y la consagración de Azaña para suicidarse políticamente.

Los españoles siguen muriendo en Marruecos por una causa perdida. Pero lo que le da su momento más alto al año once es el robo de *La Gioconda* en el Louvre, en agosto. Europa se había quedado sin sonrisa. Hoy sabemos que el ladrón fue el poeta Apollinaire, y que no lo hizo por lucro, claro, sino por notoriedad. Poco tiempo después devolvía el cuadro. Pero este robo de Apollinaire, que se dice bastardo de un Papa, tiene también un sentido estético: es como un raro y nocturno homenaje a Leonardo, autor del cuadro, y que desde entonces ha sido el modelo del hombre moderno y pluridimensional, frente al gigantismo de Miguel Ángel. *La Gioconda,* musa de las vanguardias.

Agitación obrera en toda España. Hay conflictos en Portugalete y Bilbao. Ni la monarquía ni los Gobiernos quieren tomar conciencia de que España está cambiando, mudando de piel, como una serpiente sagrada. Todo se queda en las 5 000 pesetas, ya reseñadas, que envía el rey para el monumento a Costa. Así no se arregla España, claro. Ha habido un motín a bordo del *Numancia,* con fusilamiento del fogonero, Antonio Sánchez. El Poder se equivoca todos los días. Pero la emoción de clase es tan general que hasta se anuncia un «Licor Obrero» en Barcelona. El licor de los obreros había sido siempre el vino tinto o el orujo, pero éste, además, se promete «muy estomacal». Augura nuevas fuerzas a los obreros para seguir produciendo, o sea que el anuncio es reaccionario. Entre los temporales, la glosopeda y el hambre, unos 2 000 gallegos se embarcan para La

Eugenio d'Ors: «Toda guerra europea es una guerra civil.»

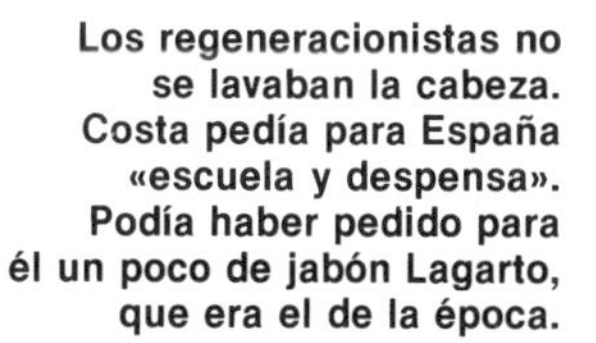

Los regeneracionistas no se lavaban la cabeza. Costa pedía para España «escuela y despensa». Podía haber pedido para él un poco de jabón Lagarto, que era el de la época.

Isidro Nonell, maestro de Picasso, padre no reconocido de la moderna pintura española y catalana.

Pablo Iglesias habla en todas las Casas del Pueblo españolas, con su pelo blanco y su auditorio de boinas.

Apollinaire.

Habana, renunciando a los paraísos artificiales y catalanes del Licor Obrero.

La Gioconda y Leonardo, con el robo de Apollinaire, anuncian una Europa nueva, revolucionaria y porvenirista. Apollinaire canta:

Torre Eiffel, pastora,
el rebaño de los puentes bala esta mañana.

Al siglo, en fin, le sobra imaginación estética e histórica para traer algo nuevo, pero los políticos, y no sólo los españoles, ignoran la calle y siguen en sus pignorancias y sus ignorancias. Europa, ya digo, perdió su sonrisa por unos dias, la sonrisa de *La Gioconda,* pero tres años más tarde la perdería bajo la sombra ominosa de una guerra con perfil de águila. Y Apollinaire volvería herido de muerte, más o menos, de aquella guerra. *La Gioconda* se había puesto seria para mucho tiempo.

1912: Menéndez Pelayo

Problemas graves en Melilla. Un millón de españoles en Argentina (y no precisamente de turismo). El carnaval se anuncia y florece este año en carteles modernistas y todas las bellas van de antifaz. La cara es casi lo único que esconden.

Sevilla aclama a Pastora Imperio. Se llama Pastora Rojas Monje. Lo del Imperio le debe venir de las obsesiones nacionales del momento. Pastora triunfa en el Salón Imperial de Sevilla. Está casada con Rafael el Gallo, un torero de fina lámina romántica, pese a sus *espantás*. Pastora Imperio, siendo una artista refinada, deja una herencia de folklóricas que llega hoy hasta la insoportable Pantoja, pasando por Lola Flores. Los discípulos sólo heredan los defectos de sus maestros, como ya viera Benavente. (De Benavente se puede decir que hereda los defectos de Ibsen, Pirandello y todos los que imitó, incluidos sus contemporáneos los modernistas.) El naufragio del *Titanic* es otra vez el triunfo del Acontecimiento sobre la Historia real. Hay comentarios, periodismo y literatura para mucho tiempo. El tema está tan «hecho» que da como un poco de asco tocarlo.

Vuelta ciclista a Cataluña, el Barcelona campeón de foot/ball y los primeros carteles modernistas anunciando a Raquel Meller, aquel gorrioncillo femenino y prodigioso de las Ramblas catalanas y los bulevares parisinos. Éxito del Ejército español en el Rif, aquella causa perdida. En mayo muere Menéndez Pelayo. Era el maestro intelectual de la derecha española. Sabía mucho y se equivocó siempre. No entendió a Bécquer, «suspirillos germánicos», ni a Rubén, «se le ve por detrás el plumero indio». Don Marcelino tenía más sensibilidad para los clásicos que para lo nuevo, por eso es el héroe intelectual de la derecha. Soltero y solterón, va mucho de putas y bebe cantidad, lo que le alegra con una cirrosis prematura que le lleva a la muerte joven (entonces no se era tan joven, sino ya un viejo, a los 56, que es mi edad cuando escribo este libro, sin ser don Marcelino, ni esperanzas, ya).

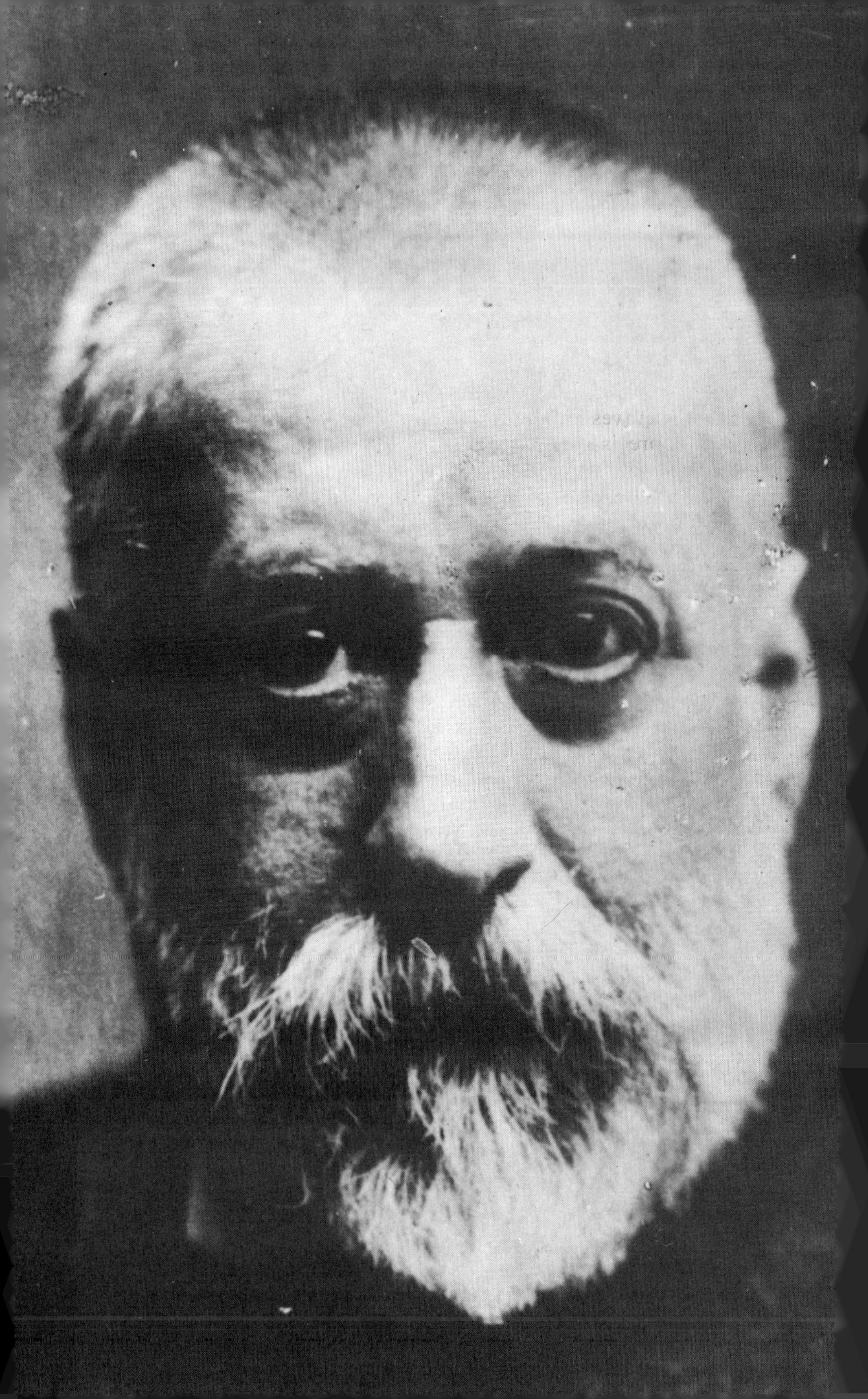

En las casas de putas, que siempre había cola, las glorias nacionales del momento le cedían el sitio:

—Usted primero, don Marcelino, que tendrá mucho que estudiar.

Se pasó la vida «apoyao en el quicio de la mancebía», como luego las seguidoras de Pastora Imperio, antes glosada. Pero se daba una vuelta por la biblioteca del Ateneo, anotaba a un clásico y volvía al lenocinio y la priva, o sea el alpiste. Hoy sólo le cita la derecha, o más bien el culturalismo conservador, ya que es una gran inteligencia obturada para lo nuevo. Necesita tres siglos de perspectiva para enterarse de algo. La foto que dieron entonces los periódicos es la que luego ha salido, mejorada, en los billetes. Llena medio siglo de vida intelectual española, desde Barcelona a Valladolid, pasando por Santander, donde nació. Como España era muy de derechas, se nota menos el reaccionarismo cultural del maestro. El Modernismo y el 98, que son nuestras constantes al historiar estos años abrileños del siglo, no se interesan para nada por don Marcelino, otro cadáver exquisito.

España y Francia se reparten Marruecos. Hasta para anunciar el alquiler de pisos se utilizan dibujos modernistas en Barcelona. La moda de este verano es el sombrero/pamela, la melenita corta, el cuello liberado y el corpiño herido de rosas y jazmines. La mujer es material muy maleable (en el sentido del mal y en el sentido de moldeable), de modo que el Modernismo ha populado ya España de musas anónimas, adorables y peatonales (hasta tenemos una foto modernista de nuestras madres).

Carrera pedestre en Barcelona. Los catalanes siguen creyendo en eso de la cultura física. A otros pueblos les da por tocar la gaita, Escocia, Galicia, etc. El presidente Canalejas es asesinado en la Puerta del Sol de Madrid, por la mañana, mientras miraba el escaparate de la librería San Martín. Ya hemos dicho aquí que el atentado político era mucha costumbre en España, casi como el crimen pasional, una cosa folklórica. Ahora adquieren una circunflexión patética los versos populares: «Si te vas y nos dejas, hasta luego, Canalejas.» La cosa es en noviembre. El asesino, Pardiñas, se suicida en el acto. Como Pardiñas no figura en los archivos anarquistas, se atribuye el hecho a un impulso individual, que es lo que se hace siempre cuando detrás está la derecha (magnicidios de Estados Unidos). Canalejas ha sido un liberal progresista: «ley del candado» contra las comunidades religiosas, supresión del impuesto de consumos (mi abuelo

lenéndez Pelayo: Era el maestro intelectual de la derecha española. Sabía mucho y se equivocó iempre. En las casas de putas, que siempre había cola, las glorias nacionales del momento le edían el sitio:

—Usted primero, don Marcelino, que tendrá mucho que estudiar.

Rafael Gallo, un torero de
fina lámina romántica,
pese a sus «espantás».

Pastora Imperio, siendo una
artista refinada, deja una
herencia de folklóricas
que llega hoy hasta
la insoportable Pantoja,
pasando por Lola Flores.

Raquel Meller, aquel gorrioncillo
femenino y prodigioso de las Ramblas
catalanas y los bulevares parisinos.

Canalejas es asesinado en la
Puerta del Sol de Madrid. El
atentado político era mucha
costumbre en España,
casi como el crimen pasional.

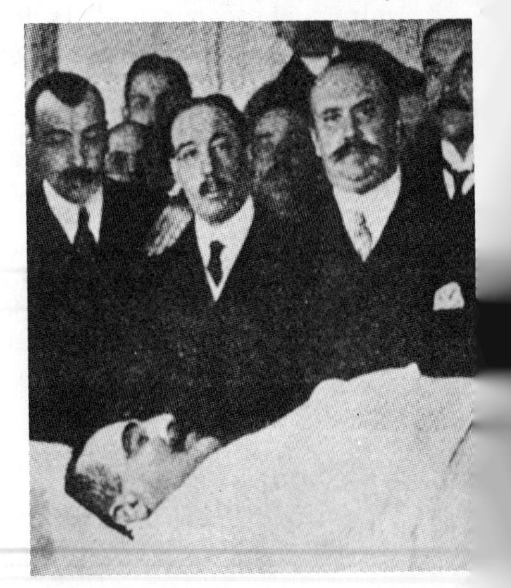

era consumero y le pareció muy mal), proyecto de mancomunidades, hoy autonomías, mañana nacionalidades, regulación laboral, etc. Es enterrado en Atocha.

La España de Canalejas era incompatible con la de Menéndez Pelayo, cantor de Trento y de la España «martillo de herejes», entre puta y puta. A Canalejas lo mata la derecha mediante un kamikaze particular. Don Alfonso XIII ya hemos dicho que no era el rey que necesitaba aquella España conflictiva, pero, por otra parte, cuando el rey intenta una renovación moderada, la derecha profunda lo corta de raíz. La monarquía está secuestrada por el dinero. Raquel Meller canta *El relicario.*

1913: Machaquito

Había muerto Vital Aza, otro que hizo reír a nuestros abuelos con aquella risa ingenua y burguesa de la época. En enero fallece el liberal Moret, un hombre de Sagasta. La Restauración, toda una época no sólo política, sino un estilo (viejo) de vida, se va disipando. En el Liceo de Barcelona estrena Guridi, que entonces era un novel. Barcelona le consagra. En febrero se culmina la normalización del catalán. En abril, Alfonso XIII sufre un atentado en la calle de Alcalá. El anarquista Rafael Sánchez Alegre (detenido) le dispara tres tiros con mala puntería. Matar al rey hubiera sido inútil y ocioso, ya que el sistema se sucedía a sí mismo. Aquellos atentados anarquistas eran testimoniales, más que nada. No así los de la derecha, como hemos explicado en el caso de Canalejas, ocurrido el año anterior, y que claramente tiende a cortar una política liberal. Anarquismo e integrismo se confunden así en el todo violento y confuso de España.

Nueva insurrección marroquí. Esta guerra es el disparate institucionalizado, el fracaso secularizado y la sangría del pueblo español (los señoritos se libran del servicio pagando cuota) considerada como fenómeno atmosférico. El general Silvestre alcanza mucho protagonismo africano en este año trece. En junio se deroga la ley de jurisdicciones, que entregaba a los militares todo el poder para juzgar y castigar delitos de expresión, exhaustivamente. Son los pequeños rastros del liberalismo alfonsino que podemos ir encontrando a lo largo del siglo. Hasta en la plaza de toros de Barcelona se hacen carteles tirando a modernistas.

En junio nace el infante don Juan, padre de nuestro actual monarca y que tanto juego daría en la vida española, la política, la guerra civil y la resistencia monárquica al franquismo. El nacimiento se registra en San Ildefonso de Segovia.

Los peinados de moda en el año trece indican el pelo recogido en coca, con moño grande en la nuca. Esto libera el cuello femenino y deja casi al aire las orejas, que curiosamente aparecen sin

Machaquito ha pasado a la popularidad nacional, inopinadamente, por dar nombre a un anís de primera calidad y hoy me parece que en extinción.

Vital Aza.

Moret.

La guerra de Marruecos es el disparate institucionalizado, el fracaso secularizado y la sangría del pueblo español (los señoritos se libran del servicio pagando cuota) considerada como fenómeno atmosférico.

El general Silvestre.

Poincaré.

pendientes. Otro golpe de modernidad. En octubre se retira de los ruedos el famoso Rafael González, Machaquito, que ha pasado a la popularidad nacional, inopinadamente, por dar nombre a un anís de primera calidad y hoy me parece que en extinción. A mí me iniciara en este anís (en rama) el maestro Tierno Galván, como he contado en algún libro. Pero también he mirado en el Cossío, por saber algo de Machaquito, y ocurre que vienen varios Machaquitos, de distintas épocas de la fiesta. Por datos, investigaciones, erudiciones ociosas y estimulantes, contrastes y cosas, he llegado a la conclusión de que el Machaquito del anís es el que se retira el año trece, Rafael González, o sea éste, que se tira un aire al grabado taurino que viene en la botella. Tampoco puedo asegurarles nada, pero lo cierto es que la España de Machaquito y el anís en rama vivía su vida sin mayor quebranto, curándose de la retirada del gran torero con dos copas de anís.

Es la España provinciana y entrañable que no sabe que está a un año de la guerra mundial, y aquí viene el título de está década, *Los que no fuimos a la guerra.* Porque nos quedamos añorando a Machaquito y discutiendo en las tertulias aliadófilas/germanófilas (nuestra guerra fue meramente dialéctica, con una estrategia de taza de café y terrón de azúcar), en torno a una copa de Machaquito.

—¿Y usted cree que deben ganar los aliados o los alemanes?

—A mí, plim. Póngame un machaquito, ande.

Pero el indiferente no era sólo el español anisado, sino que, en Europa, el gran James Joyce se había puesto un letrero en la solapa que decía: «No me hable usted de la guerra. Sólo me interesa el estilo.» Estaba escribiendo su *Ulysses.*

Don Eduardo Dato forma Gobierno y se anuncian elecciones para marzo del año siguiente. Nos visita Poincaré, el presidente francés, que viene, como siempre nuestros vecinos, a llevarse lo que pueda de Marruecos. Se recupera *La Gioconda* y se detiene a Vicenzo Perugia, que sólo fue «el brazo armado» del poeta Apollinaire. Europa recupera su sonrisa, que perderá al año siguiente con la Grand Guerre de que venimos hablando. Se aprueban en diciembre las mancomunidades, lo cual es otro importante paso en la política liberal de Alfonso XIII.

Pero España necesitaba mucho más. A fin de año se instaura la censura cinematográfica, que todos hemos creído siempre que era cosa de Franco. Invierno de nieves en Barcelona. Y así transcurre y muere el año trece, entre un liberalismo insuficiente, condicionado por anarquistas y reaccionarios, y un pueblo que añora más a Machaquito, como antes a Lagartijo, que la libertad y la justicia.

—¿Y qué le parece a usted lo de las mancomunidades, oiga?

—A mí, plim. Póngame un machaquito, mozo.

DE TODO EL MUNDO, POR CORREO, CABLE, TELÉGRAFO Y TELEFONO

ABC

DE TODO EL MUNDO, POR CORREO, CABLE, TELÉGRAFO Y TELEFONO

EDITADO POR LA EMPRESA PERIODISTICA «PRENSA ESPAÑOLA»

LAS TRAGEDIAS DEL IMPERIO AUSTRIACO

ASESINATO
DEL ARCHIDUQUE HEREDERO Y DE SU ESPOSA

DOS ATENTADOS EN SARAJEVO.—AL IR A UNA RECEPCION: UNA BOMBA.—AL VOLVER A PALACIO: CINCO TIROS

La tragedia

EL PRIMER ATENTADO. UNA BOMBA DE DINAMITA. NUMEROSOS HERIDOS. LOS ARCHIDUQUES, ILESOS

Viena 28, 4 tarde. Según comunican de Sarajevo, capital de Bosnia, en dicha población han sido hoy victimas de un atentado criminal el archiduque heredero del Trono de Austria, Francisco Fernando, y su esposa, la condesa Choteck de Chotkowa, duquesa de Hohenberg.

El hecho, al ser divulgado en esta capital, ha causado una enorme consternación.

La noticia del doble asesinato fué dada á conocer al público por los transparentes de los periódicos, y muchos de éstos publicaron hojas extraordinarias con los primeros despachos recibidos, que á los pocos momentos eran arrebatados de manos de los vendedores.

Aunque, como es de suponer, dado lo terrible del caso y la precipitación de los primeros momentos, faltan muchos pormenores relativos á la forma en que se perpetró el atentado, el relato telegrafico transmitido desde Sarajevo da idea muy completa de toda la magnitud de la tragedia.

Hallábase anunciada para la mañana de hoy, en el Ayuntamiento de Sarajevo, una recepción en honor del archiduque Francisco Fernando y su esposa.

Huelga decir que la presencia de los dos augustos personajes en Sarajevo había despertado interés vivísimo y, por lo tanto, la recepción de hoy era esperada como una verdadera solemnidad.

Teniendo en cuenta estas circunstancias el vecindario en masa se había echado á la calle desde muy temprano para presenciar el paso de la comitiva desde el Konak, palacio en el que se alojaban los archiduques, hasta el Ayuntamiento.

El trayecto que separa estos dos edificios es relativamente corto, y esto ha contribuido á que, tanto en las calles del itinerario como en el puente sobre el Miliachka se agolpase una ávida multitud para contemplar al archiduque Francisco Fernando y á su esposa.

Estos salieron del Konak en un automóvil descubierto, al que seguían otros, ocupados por algunas de las autoridades y por las personas que constituían su séquito.

Cerca ya del Ayuntamiento, y cuando la comitiva avanzaba lentamente y entre las aclamaciones de la multitud, un hombre se abrió paso entre las filas de curiosos y arrojó sobre el primer automóvil un objeto voluminoso y pesado.

Este fué á caer cerca del archiduque, quien, dándose cuenta perfectamente del riesgo que corría, tuvo la serenidad suficiente para erguirse en el asiento y para desviar con su brazo aquel objeto, que fué á caer en el suelo y junto al automóvil que seguía detrás.

La bomba, pues tal era el objeto que había lanzado el criminal, hizo explosión y sus cascos alcanzaron al conde Bosswaldick y al teniente coronel Merizzi, ayudante de campo del archiduque, que resultaron heridos gravemente.

Además, resultaron heridas otras seis personas que se hallaban próximas á aquel lugar.

El espanto y la confusión del público fueron enormes; las gentes corrían en todas direcciones, cayendo al suelo muchas personas, algunas de las cuales resultaron contusionadas.

La misma serenidad del archiduque, que desde los primeros instantes hizo gala de una sangre fría á toda prueba, contribuyó poderosamente á que el pánico cesara, y el público reaccionó pronto y prorrumpió en entusiastas vítores y aplausos.

DETENCION DEL CRIMINAL. SE CELEBRA LA RECEPCION

Viena 28, 4 tarde. Algunos agentes de Policía, los compañeros de los oficiales heridos y algunos curiosos corrieron en persecución del criminal, y éste quedó detenido.

Merced á la confusión que se produjo había conseguido huir á poco de lanzar el explosivo, y con objeto de ponerse en franquía, habíase arrojado al río Miljachka; pero esta estratagema no le dió resultado y fué capturado.

Era tal la indignación del público, que costó gran trabajo á los agentes poder substraer al detenido de las iras de la multitud, que á toda costa le quería linchar.

Llámase el criminal Kabrinowit, tiene veintiún anos de edad, es tipógrafo de oficio y es natural de Trebinje.

Una vez restablecido el orden, el archiduque se opuso á que se suspendiese la recepción, como por alguien se había indicado, y el cortejo continuó su marcha hacia el Ayuntamiento, donde el acto se verificó con gran brillantez.

Las autoridades, los miembros de las diversas corporaciones y cuantas personas concurrieron a la recepción felicitaron al archiduque y á su esposa por haber salido ilesos

EL SEGUNDO ATENTADO. CINCO TIROS DE REVOLVER. FALLECIMIENTO DE LOS ARCHIDUQUES

Viena 28, 5 tarde. Una vez terminada la recepción, el archiduque Francisco Fernando y la condesa Sofía volvieron á ocupar el automóvil para trasladarse al Konak.

La multitud prorrumpió en entusiastas aclamaciones, que se repitieron sin cesar, como si con ellas quisiera desagraviar al príncipe por el cobarde atentado de que había sido objeto y demostrarle su simpatía.

Los archiduques habían rogado que no se extremasen las precauciones, á fin de que el pueblo, que deseaba saludarles con sus aplausos pudiese acercarse al vehiculo.

De repente, un joven empuñando una pistola Browning, llegó hasta el automóvil é hizo hasta cinco disparos, primero sobre el archiduque, y después sobre su esposa.

El primer disparo atravesó la pared del automóvil é hirió á la archiduquesa en el vientre, por el lado derecho

Al mismo tiempo que ésta caia desmayada sobre las rodillas de su esposo, un segundo disparo alcanzó á éste en la garganta, seccionándole la carótida.

El archiduque perdía a su vez el conocimiento pocos momentos después.

Sin pérdida de momento, los dos heridos fueron trasladados al Konak en donde se les prodigó todo género de auxilios.

Desgraciadamente todo ello resultó inútil, y los dos esposos sin haber podido recobrar el conocimiento, fallecieron á los pocos momentos de llegar al Palacio.

Mientras tanto, el asesino había caído en poder de la Policía, y los agentes, lo mismo que la vez anterior, tuvieron que realizar esfuerzos inauditos para evitar que

El atentado de Sarajevo supone un punto y aparte en la Historia y el comienzo de la guerra, ya inevitable.

1914: El resplandor de la hoguera

Winston Churchill, primer lord del Almirantazgo, quiere más buques. «Tenemos que disponer de ocho escuadras; Alemania sólo tiene cinco.» Los laboristas le reprochan a Churchill este belicismo, pero el lord no hacía sino responder a lo que le anunciaba la Historia: la guerra.

Rusia también se rearma, pensando en los Dardanelos. El atentado de Sarajevo supone un punto y aparte en la Historia y el comienzo de la guerra, ya inevitable. Gavrilo Princip, autor del atentado, es detenido en el acto, y no se le condena a muerte por menor de edad. El archiduque Francisco Fernando y su esposa han muerto en la capital de Bosnia. Francisco Fernando, príncipe heredero, tenía la voluntad de otorgar la autonomía a los pueblos eslavos, bajo la monarquía de los Habsburgo. El atentado, pues, procede del pangermanismo más acendrado, que quiere acabar con este príncipe antes de que acceda al trono. Al conocer la noticia del atentado, el Papa Pío X encuentra que lo más práctico es desmayarse. El emperador alemán, Guillermo II, interrumpe sus vacaciones en Kiev y parece que vuelve al trono dispuesto a hacer la guerra. Alemania es una bomba de música y violencia en el corazón de Europa, y esta bomba estalla periódicamente. Guillermo II es bello, belicoso y triste. Alemania va a la cabeza de la carrera armamentista que está arruinando a Rusia, Gran Bretaña y Francia. El imperio zarista y el imperio del Kaiser están madurando hace tiempo el dominio de Europa o del mundo. Sarajevo es el pretexto para los alemanes (pretexto que quizá han forzado ellos mismos). Luego, las otras potencias se alinean según afinidades: Francia y Gran Bretaña están con Rusia (o mejor contra el imperio Austro/Húngaro), aparte que Francia quiere recuperar Alsacia y Lorena. En una guerra, todos tienen algo que ganar y que perder. De hecho sólo se produce una guerra cuando hay botín en juego.

Alemania ha declarado la guerra a Rusia. Todo principió

el 28 de junio en Sarajevo, pero sólo convencionalmente. Italia declara su neutralidad y Alemania entra en Bélgica, un nuevo frente que nadie esperaba. El mapa de Europa, según nos enseña la Historia, es inestable y mudadizo, lo ha sido siempre. Ahora necesita otro reajuste, pero si esta guerra ha sido llamada «mundial» es porque el conflicto alcanza a las colonias africanas e incluso a las costas de América por el Pacífico (Chile). Las grandes potencias tienen cuentas pendientes y las van a saldar a muerte. Hay un deseo en los hombres como de rehacer la Historia cada cierto tiempo, deseo que en el fondo es de suicidio colectivo (somos la única especie que practica el suicidio). Reservistas jubilosos recorren las calles de París. Los soldados alemanes morirían a miles en el Marne. Y los franceses en Verdún. El hombre siempre quiere partir de cero, pero el populoso pasado (somos una especie vieja) decide por él y vuelve a caer en el Tiempo, o sea en la Historia.

En España, el señor Dato decide nuestra neutralidad, contra el criterio beligerante de Romanones. Los periódicos dicen que la economía española se va a resentir con el conflicto, pero lo cierto es que la guerra del catorce nos trajo dinero, exiliados, cosmopolitismo, novedad y alegría. Los periódicos tienen su fundamento en que acostumbran a equivocarse. En realidad, y al margen de los estrategas de café, España no entra en el conflicto porque no tenemos el grandioso arsenal guerrero de las grandes potencias. Hubiéramos hecho un poco el ridículo, o algo así, con nuestras viejas carabinas románticas. De modo que aquí sólo llega el resplandor de la hoguera, como hubiera dicho Valle-Inclán, que por cierto fue invitado por los aliados a visitar los frentes y escribió unas crónicas reunidas en su libro *La media noche*. Los alemanes triunfan en Bélgica, pero eso es presa fácil. Joffre traslada el Gobierno de París a Burdeos y deja a los alemanes que avancen hacia París (la obsesión germánica por París es casi una cosa erótica: en la Segunda Guerra Mundial, cuando Hitler llega a la plaza de la Concordia, manda parar a los ejércitos, contempla aquella inmensa armonía sin nadie y exclama: «Es como la *Quinta Sinfonía.*»).

O sea la fuerza rindiendo tributo a la gracia. Los franceses atacan en el Marne, enviando a las tropas de París en taxi (se requisan todos los taxis de la ciudad), y los alemanes ordenan el repliegue general. Es la primera y única batalla de la Historia que se gana, no con caballos ni con tanques, sino con taxis. En los carteles de propaganda bélica, más realistas que modernistas, el zar Nicolás aparece al frente de sus tropas. Calza gorro de astracán y monta caballo blanco.

Al conocer la noticia del atentado, el Papa Pío X encuentra que lo más práctico es desmayarse.

Guillermo II es bello, belicoso y triste.

En los carteles de propaganda bélica, más realistas que modernistas, el zar Nicolás aparece al frente de sus tropas. Calza gorro de astracán y monta caballo blanco.

Dato decide nuestra neutralidad, contra el criterio beligerante de Romanones.

En octubre, ofensiva rusa en Polonia. Un general ruso resume así la situación:

—El ejército ruso es un gigante paralizado, incapaz de rematar al enemigo.

Alemania inicia la guerra submarina hundiendo el acorazado *Pallada,* del zar. Un submarino alemán hunde tres cruceros ingleses. La derrota del Marne ha decidido a los alemanes a utilizar su arma secreta, el submarino. Alemania siempre ha confiado mucho (demasiado) en sus armas secretas, es decir, en su tecnología. Guerra naval en los seven seas. Cruceros alemanes con bandera turca bombardean Odessa y Sebastopol. Maximilian von Spee es quien llega hasta las costas americanas y hunde dos cruceros británicos. El *Emden* germánico, con una trayectoria diabólica, difunde la guerra por los siete mares, convierte la guerra en mundial e incendia los pozos petrolíferos. El *Emden* hace realidad el viejo mito náutico del buque fantasma (aquí de la guerra como generadora de mitología), hasta que, el 9 de noviembre, en el Índico, el mágico y misterioso *Emden* (incluso se ha pensado que se trataba de varios barcos con el mismo nombre y características) es hundido por el crucero australiano *Sydney.* Había sido perseguido por docenas de barcos. Fue algo así como la ballena *Moby Dick* de aquella guerra, hoy ya romántica.

El joven poeta austríaco Georg Tralk se suicida, a los 27 años, habiendo publicado un solo libro, porque no soporta el horror de la guerra.

La neutralidad de España parece decidida. Aquella guerra nos hubiera traído progresos y una mayor identificación con Europa, pero todo ello pagado en monedas de sangre. El conservador Dato, a la postre, tenía razón sobre el liberal Romanones. España no podía ni debía descender a esos infiernos. Lo más aterrador de la Historia es que la guerra trae más bienes que la paz. Napoleón o Churchill hubieran modernizado España mucho más y mucho antes que Dato o Primo de Rivera. Pero uno sigue sin creer en el progreso pagado con moneda humana. Nuestro atraso actual no se debe a la ausencia española de las grandes paces, sino de las grandes guerras.

La resaca de la Grand Guerre arroja a las playas interiores y adustas de Madrid unas putas parisinas que se llamaban cocottes y unas Mata-Haris de cercanías que alegraron mucho los primeros bares diseñados por el gran Penagos. Más que follar, lo que hacían estas europeas era traficar en cocaína, cosa que en seguida fascinó a los señoritos perdis de la época, muy bien descritos por Hoyos y Vinent. Las putas españolas de Cedaceros quieren imitar la industria de la coca, pero son tan burras que, en vez de pasársela al cliente de smoking (se iba a los bares de smoking), se la toman ellas como bicarbonato. Se murieron todas en unos días. Fueron las víctimas anónimas e ignorantes de una guerra lejana. Dios las habrá perdonado por bestias.

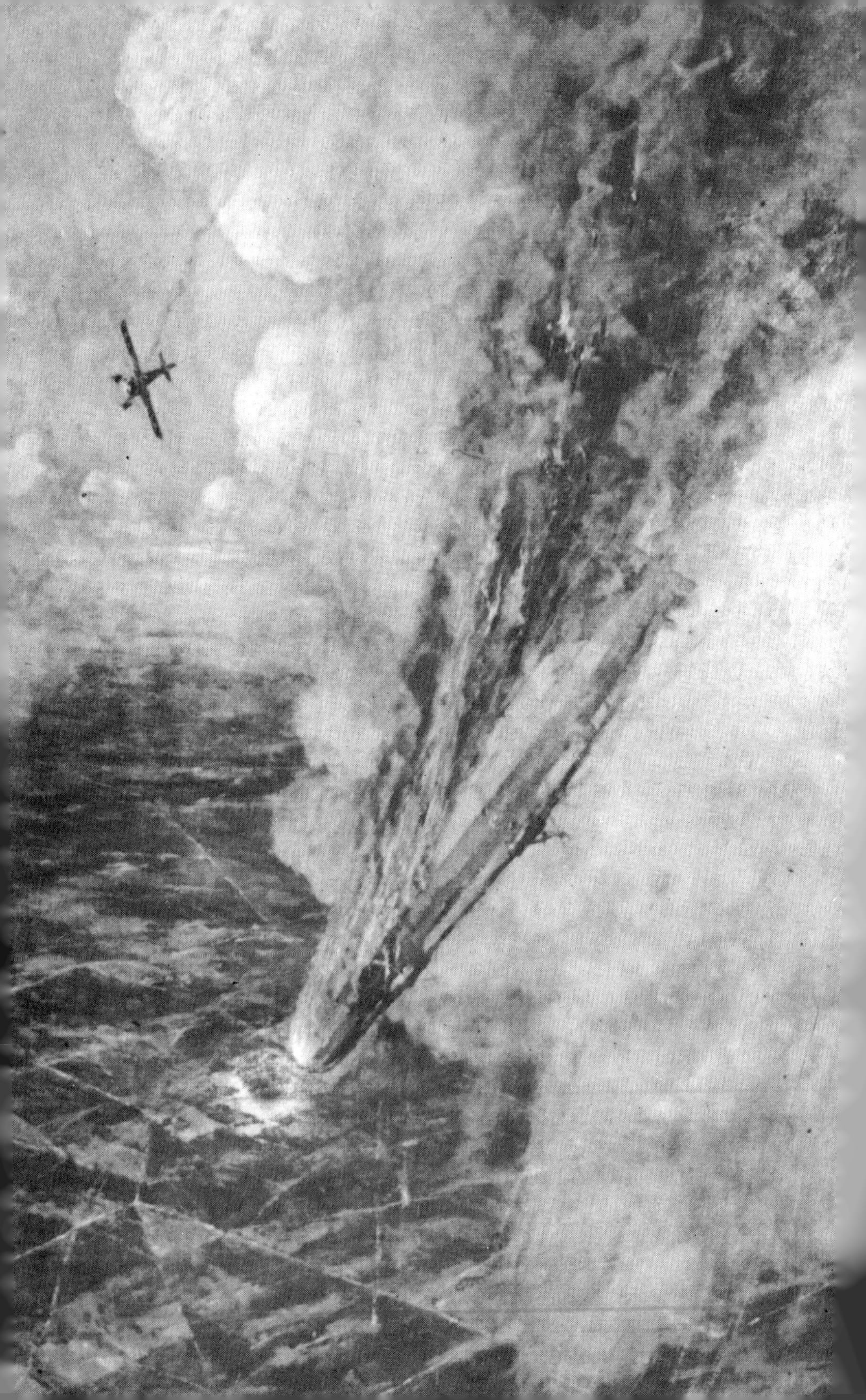

1915: Los zepelines

España comprende al fin, mejor que sus meretrices, cómo se puede capitalizar una guerra en la que no intervinimos, y principian a derivarse beneficios para los sectores textil, metalúrgico, químico y naviero, así como la minería, el cuero, la piel y el transporte. Y las mulas. Las mulas españolas, acostumbradas a recorrer este país de geografía difícil, educadas entre el precipicio y el camino de cabras, le prestan muy buenos servicios a la Francia en guerra. Los muleros fueron los primeros nuevos ricos de este país y de esta guerra que revolucionaría las clases sociales, incluso en la España no intervencionista.

Egipto ya es protectorado británico. Quiere decirse que la guerra es efectivamente mundial, y no sólo «europea», como ha pasado a la Historia. Italia pone precio a su neutralidad. Exige a Alemania el Tirol meridional, sin pelear, y por otra parte sigue negociando con los aliados. Todo muy de la mafia y de la Comedia Italiana, que vienen a ser la misma cosa. Bélgica, ocupada por los alemanes. En los encuentros navales, sólo la Mala Real Inglesa se atreve a enfrentarse con Alemania. En el mar del Norte, le hunden al agresor el crucero *Blücher*. Pero Guillermo II lo ha invertido todo en la guerra y Alemania principia a vivir las colas del racionamiento de alimentos y artículos de primera necesidad. El Imperio no era tan fuerte como se creía. El poderoso siempre calcula mal su poder. Joffre, el héroe del Marne, inicia en este año su campaña de invierno, febrero, y cuando pierde una batalla, dice esta cosa tan francesa:

—Una batalla perdida es sólo una batalla que se cree perdida.

Es decir, reduce la realidad a concepto, según la tradición francesa y cartesiana. En Francia, hasta los militares piensan según Descartes. Hindenburg, el héroe alemán, obtiene victorias en Masuria. Y Alemania amplía la guerra submarina a los seven seas, sin respetar mercantes ni barcos neutrales. Fracasa la ofensiva francesa, pese a la gran figura de Joffre. Alemania tiene dos armas secretas: el submarino en el mar y el zepelín en

zepelín, un arma de lona y audacia, de tela e ingenio, que casi parece un juguete dominical para adultos, adquiere la misma temeridad que los artefactos de acero.

el cielo. El zepelín es un submarino de los mares turbados del azul de Europa. Los zepelines, a 150 metros de altura, lanzan bengalas para iluminar París (una luz roja, cementerial, alucinatoria), y ya con los objetivos a la vista, bombardean la estación Saint-Lazare y otras. El zepelín, un arma de lona y audacia, de tela e ingenio, que casi parece un juguete dominical para adultos, adquiere la misma temeridad que los artefactos de acero. Su forma elíptica y hasta graciosa (aunque letal) cruza todo el cielo de la Grand Guerre, la lámina de aquellos años, ironizando una guerra que hoy ya nos parece romántica, pero que sólo fue el ensayo general para la siguiente. Una guerra entre zepelines y taxis hoy no nos parece una guerra seria, pero de hecho marca y cambia el rumbo del siglo.

Los rusos toman algunas fortalezas austríacas. Los alemanes, por si todo lo anterior fuera poco, introducen en la guerra el gas de cloro en nubes amarillas y letales. Francia se llena de caretas antigás (los primeros marcianos del siglo), pero no cabe duda de que cuando Guillermo II se lanzó a la guerra (como luego Hitler), tenía la manga surtida de trucos que iría utilizando poco a poco. No era un aventurero ni un fanático. El norteamericano Sargent ha pintado muy bien los efectos de la guerra química (el horror como estética).

En mayo, un submarino U-20, alemán, hunde el transatlántico británico *Lusitania.* En él viajaba el millonario yanqui Vanderbilt, que perece. Esta sola muerte (un hombre cuenta siempre más que una multitud, en la Historia) plantea a los Estados Unidos la necesidad de entrar en la contienda contra Alemania. El hundimiento del *Lusitania*, pues, fue un gran éxito bélico, pero un error psicológico del Kaiser, ya que la agresión «personal» a la familia Vanderbilt puede decidir la intervención USA en la guerra y el fracaso de Alemania. Las razones de las grandes cosas siempre son más novelescas que racionales. La Historia es muy poco histórica. Más bien novelesca.

En Italia, cl socialista Benito Mussolini amenaza al rey con una revolución si Italia no entra en la guerra y hace efectivas sus reivindicaciones históricas. Mussolini ya se estaba construyendo un Imperio para luego. Su proclama es secundada por el gran modernista D'Annunzio, que exhorta a los romanos a disfrazarse de guerreros. El Modernismo, así, se mete en política. El Modernismo ha muerto. En todo caso, las vanguardias de la postguerra lo iban a dejar muy atrás. D'Annunzio tiene por entonces un pez de oro, y cuando el pez muere, le hace un entierro modernista en el jardín. Italia lucha al lado de los aliados.

China se convierte en vasalla del Japón. Esta guerra es mu-

Joffre, héroe del Marne.

Hindenburg.

El hundimiento del «Lusitania» fue un gran éxito bélico, pero un error psicológico del Káiser.

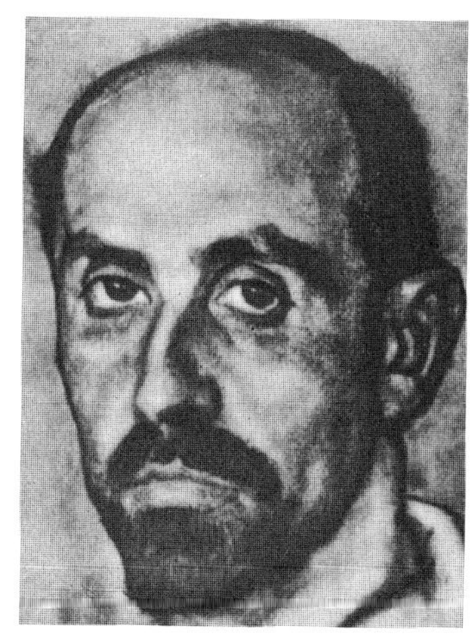

Juan Ramón Jiménez, máximo heredero de Rubén. (Retrato de Vázquez Díaz.)

cho más mundial de lo que creíamos. Lo de «europea» le viene pequeño. El arma definitiva de la guerra son los submarinos alemanes, contra el imperio marítimo de la Mala Real Inglesa. Se somete la cuestión al Derecho Internacional, pero Alemania, naturalmente, no está dispuesta a renunciar, ni siquiera a limitar, su musculatura submarina, que es lo único que tiene contra el rey de los mares. La moda veraniega presenta vestidos blancos, blusas sueltas de manga corta e imaginativos sombreros. Con la guerra, el Modernismo se va quedando en un figurín para damas elegantes. Juan Ramón Jiménez, máximo heredero de Rubén, se va a Norteamérica a casarse. La novia, por cierto, tiene un nombre muy modernista: Zenobia Camprubí.

Rusia se retira de Polonia. Y en seguida toda Polonia aparece ocupada por los alemanes. Un niño, Tadeusz Kantor, luego uno de los más grandes del teatro mundial del siglo, vive aquellas angustias de la patria mártir y, ya en nuestro tiempo, las contaría en sus grandiosos dramas de vanguardia (la última vanguardia del siglo, años ochenta): *Wiellopolle, Wiellopolle*, *La clase muerta*, etc. Polonia, mártir de dos guerras, tierra de nadie y de todos, vive hoy una nueva tragedia entre Wojtyla y Walesa, entre el Vaticano y el sindicalismo. Es uno de los países más finos y difíciles de Europa, la patria de Chopin y el citado Kantor, pero su geopolítica lo condena al sacrificio y la barbarie.

Ofensiva francobritánica en Artosis, la terrible guerra de trincheras (superada hoy por los Estados Unidos, que llenan de arena las trincheras, con sus tanques, entierran vivos a los enemigos y aplanan el terreno como un rodillo). Así ganaron la guerra del Pérsico, hace unos meses. Esto de la guerra es una cosa muy instructiva que no cesa de progresar. También se emplean zepelines en los combates aéreos. Los cruceros de zepelines alemanes derriban aviones ingleses en el mar del Norte. Es el ingenio de lona contra el ingenio de acero, y gana el de lona. Los alemanes, sin duda, tienen el talento de la guerra, lo que les lleva a perder todas sus batallas, pero eso es ya otra cuestión.

David Lloyd George, en Gran Bretaña, llega a la conclusión de que la guerra sale muy cara. Preclaro corolario. Los zepelines bombardean Londres impunemente. Esta destrucción sistemática de Londres se repetirá en la segunda guerra mundial, y ya con aviones muy poderosos. La psicosis de las sirenas de los bombardeos llevaría a la sutil, delicadísima y gran escritora Virginia Woolf a suicidarse en el agua, con los bolsillos llenos de piedras. Es la racionalidad alemana contra el lirismo inglés. En octubre, la enfermera inglesa Edith Cavell es fusilada por los alemanes, bajo la acusación de ayudar a los heridos belgas. También en octubre, Berlín estrena con entusiasmo la *Sinfonía alpina* de Strauss, interpretada por la orquesta de Dresde. La música no es una concesión para los alemanes, sino, como sabemos desde *Edelwaiss*, un incentivo, una droga para la guerra.

Los cafés madrileños y los casinos de provincias siguen todo esto con emoción, como una película, cada uno según sus convicciones, y la guerra, como ya hemos dicho, da lugar a la aparición en España de una nueva figura social, la del «nuevo rico», definido por los cronistas liberales (don Francisco de Cossío) como «rastacueros». Pero el nuevo rico es flor espuria y amena de todas las guerras y en España ha movido mucho el dinero y el trabajo para todos, aunque siga utilizando mal la pala de pescado.

1916: Winston Churchill

A principios de año, el transatlántico británico *Persia* es hundido por un submarino alemán. Pese a la derrota de Gallípolli, Winston Churchill, primer lord del Almirantazgo, sigue siendo el capitán (civil) de toda la defensa aliada (como luego lo sería en la Segunda Guerra Mundial).

En febrero, los alemanes profundizan Verdún, y aquí sufre el general Joffre su gran derrota. Pero Joffre es toda una cabeza militar y denuncia la falta de conexión entre los ejércitos aliados, proponiendo un plan conjunto de mayor eficacia. Esta falta de conexión, ciertamente, es lo que está acarreando a los aliados sus mayores fracasos. Alemania/Austrohungría, en cambio, es un todo homogéneo, fuerte y armónico. En marzo, el barco de pasajeros inglés *Sussex* es hundido por un submarino alemán. Los submarinos, el arma secreta de Alemania (ya nada secreta, pero muy eficaz), están dando al pangermanismo sus mayores victorias. La batalla naval de Jutlandia, en mayo, entre ingleses y alemanes, se salda con una cierta victoria de estos últimos, pero el poderío naval inglés queda muy ratificado, de acuerdo con la tradición. El hundimiento del *Sussex* había producido numerosas víctimas entre los pasajeros norteamericanos, con lo que el presidente Wilson presenta al Kaiser un ultimátum sobre el ataque a barcos no beligerantes. Alemania cede ante USA (entonces EUA). Es el primer amago de la intervención de Norteamérica en esta guerra llamada «europea». Toda una esperanza. La guerra llega a España. Hay dificultades de abastecimiento. Pasa la euforia de la guerra como negocio. España pide o «exige» a Argentina el envío de trigo. Verdún sigue siendo el campo de batalla más importante de esta guerra. Joffre tiene su estrategia sobre esto, pero los ingleses no le secundan. Sigue la falta de coordinación. Los ingleses invitan a los franceses a disparar primero. Así se pierde el tiempo y se pierden las guerras. Como si estuviéramos en el siglo XVIII. Y aquí encontramos la clave de aquella guerra: los aliados están muy poco «aliados» tácticamente. Alemania, aparte de la fuerza, tiene la unanimidad, y eso es lo que gana batallas. Los rusos atacan por Galitzia y Volinia.

se a la derrota de Gallípolli, Winston Churchill, primer lord del Almirantazgo, sigue siendo el ›itán (civil) de toda la defensa aliada (como luego lo sería en la Segunda Guerra Mundial). (En la o con Lloyd George.)

Pétain es comandante supremo tras Verdún (perdería todo su prestigio de espada limpia en la Segunda Guerra Mundial, entregándose a los alemanes).

Rubén Darío.

El patriotismo, la violencia, la nación y la sangre empiezan a venderse como laxantes. Es la caída y manipulación de los valores. Cada país se anuncia gracias a la guerra. Disipadas las causas nacionales como ética, renacen como estética en un affiche.

Rasputín: El monje milagrero y maniobrero, dueño de la voluntad y la ignorancia de la zarina y el zar Nicolás II, es envenenado y rematado a tiros por el príncipe Yusupov. La Rusia mística muere con él, mientras la Rusia moderna sigue su lucha contra Alemania.

Verdún es una guerra dentro de la guerra. Una dura y cara batalla de desgaste. Pétain es comandante supremo tras Verdún (perdería todo su prestigio de espada limpia en la Segunda Guerra Mundial, entregándose a los alemanes). Hindenburg dirige en persona el frente oriental. Es el gran hombre alemán del momento, en julio de este año. El Somme es un nuevo fracaso, muy sangriento, de Joffre, y el británico Douglas Haig no quiere depender de los franceses, cuando sus fuerzas son muy superiores. Los aliados no se alían. Muere el pintor Odilon Redon, el 6 de julio, a los 76 años, en París, pintor y grabador, pariente cercano del impresionismo. Deja su famoso *Nacimiento de Venus*, pero Venus ha sido violada ya, marquesa o campesina, por todos los soldados de esta guerra.

En agosto, Rumania declara la guerra al imperio austrohúngaro. Y los italianos desembarcan en Grecia. Europa se va aglutinando contra Alemania. El traje de baño de este verano es un vestido completo, hasta las rodillas, que hoy serviría como traje de noche. Estaban guapas, pero empapadas y frías como una merluza. Winston Churchill «inventa» el tanque para el Somme, que se utiliza con menos éxito del esperado. Pero todo esto le da protagonismo al famoso político.

Joffre recupera Douaumont. Alemania libera Polonia, la mártir Polonia, a condición de que luche contra sus vecinos los rusos. Es una operación bastante fea que nadie entiende de momento, y que tampoco acaba de funcionar bélicamente. En este año ha muerto Rubén Darío, y con él el Modernismo (después de la guerra vendrá otra cosa). En diciembre es asesinado Rasputín.

El monje milagrero y maniobrero, dueño de la voluntad y la ignorancia de la zarina y el zar Nicolás II, es envenenado y rematado a tiros por el príncipe Yusupov. La Rusia mística muere con él, mientras la Rusia moderna sigue su lucha contra Alemania. Los carteles de propaganda bélica son realistas en Inglaterra, populistas en Austria, de gran calité en Francia, de un grandioso expresionismo en Alemania. En diciembre, fechas propicias, hay propuestas de paz que nadie acepta. La moda del año dieciséis presenta feos y elegantes conjuntos de sombrero explorador, traje/uniforme hasta los tobillos y botines. Se diría que la guerra influye en la moda con su estética ocre y sepia. Se ha dicho mucho que ésta es la última guerra romántica. A nosotros nos parece la primera guerra «anunciada» —carteles, octavillas, publicidades—, y por tanto la primera guerra moderna. El patriotismo, la violencia, la nación y la sangre empiezan a venderse como laxantes. Es la caída y manipulación de los valores. Cada país se anuncia gracias a la guerra. Disipadas las causas nacionales como ética, renacen como estética en un affiche.

Ya todo el siglo será así.

1917: Huelga general en España

El zar ruso Nicolás II parece no haber entendido la situación y que su final se acerca. El pueblo carece de todo y no entiende la guerra en que está metido. Alemania trata de pactar con Méjico en prevención de una intervención de Estados Unidos a favor de los aliados en Europa. Finalmente, con quien pacta Méjico es precisamente con Estados Unidos. El aviador francés Guynemer hace la guerra por su cuenta y derriba él solo muchos aviones alemanes. Es el héroe provisional de la película de la guerra.

Alemania se lanza a la guerra submarina ilimitada, hundiendo cientos de barcos aliados en el mar del Norte. En febrero, Estados Unidos rompe con el imperio austrohúngaro. Ayer como hoy, los americanos no toleran que cualquiera de sus ciudadanos se vea afectado por una guerra que no es la suya, y numerosos yanquis han muerto ya en el hundimiento de trasatlánticos. Aunque esto es más bien la excusa americana para entrar en el conflicto por la parte aliada. Los británicos toman Bagdad. En España, los republicanos celebran asamblea en Zaragoza. Revolución de febrero en Rusia. Se canta *La Marsellesa,* todavía *La Marsellesa,* en las calles de Petrogrado. Nicolás II abdica en su hermano Miguel, lo que, naturalmente, no soluciona nada. Lo que está claro es que el mundo, del maximalismo de Trotski al democratismo americano, pasando por el socialismo español, tiende a derribar los sistemas piramidales y que con esta guerra está empezando realmente el siglo XX. Por fin, el 2 de abril Estados Unidos entra en la guerra a favor de los aliados, aunque su decisión se materializa antes en ayuda económica y de subsistencia que en grandes contingentes guerreros. En cualquier caso, este nuevo aliado va a cambiar el curso de la guerra. En Alemania principia a haber hambre, desmoralización e inseguridad.

Lenin regresa a Rusia en abril y es muy aclamado. En seguida se le unen Trotski y Stalin (que viene de su deportación en

n agosto, primera gran huelga revolucionaria en España. (Grupo de huelguistas detenidos por la uardia Civil y fuerzas del Ejército.)

Siberia). Si los revolucionarios triunfan, parece que van a hacer la paz con Alemania, pues lo que les interesa es la revolución en su propio país, antes que las aventuras exteriores. En este mismo mes, se estrena en España *Marianela*, de Galdós, por la Xirgu, en adaptación de los hermanos Quintero. Galdós, pues, sigue triunfando, pese a los odios del 98. Los noventayochistas van haciendo cada uno su obra: Unamuno en la cátedra, Valle-Inclán en el café, Baroja en sus viajes, Machado en la provincia, pero su movimiento general, su reivindicación de una España interior, tan propiciado por Azorín, queda como superada por la guerra, que arrastra a los españoles hacia inquietudes internacionales. Está naciendo un mundo nuevo, está creciendo un siglo que en realidad no tiene fecha, y el noventayochismo ya cumplió su función. Ahora siguen su carrera individualmente, cada uno por su lado. El sentido moral y estético de este grupo no se entenderá hasta mucho más tarde. Ellos eran nacionalistas de izquierdas, digamos, y lo que viene es el internacionalismo.

París, en mayo, estrena *Parade*: los ballets rusos de Diaghilev, con música de Erik Satie y decorados de Picasso, más la coordinación inspirada de Jean Cocteau. En mitad de la guerra, París sigue siendo la viñeta cultural y única, la ciudad que, en todo caso, prefiere morir estéticamente a subsistir en la grisalla de la guerra. Y París enciende esta luminaria de *Parade*, clara e imaginativa, entre las luminarias siniestras y oscuras de la guerra.

En España, las Juntas de Defensa, una especie de criptopartido militar que va cobrando protagonismo, encuentran la secreta aquiescencia de Alfonso XIII y su primer ministro, Eduardo Dato. La monarquía se encuentra (como en Rusia, como en todas partes) sitiada por los movimientos obreros, y más vale contar con el ejército a la hora de la represión. Estados Unidos progresa en Europa. El general Pershing es el héroe. Los pósters americanos de propaganda introducen una estética enérgica e invitan a las amas de casa americanas a comprar bonos de guerra. Hay que construir barcos y América sigue siendo un matriarcado. Se fomenta el odio a Alemania y a la popular hamburguesa se la bautiza como «Liberty».

Primer congreso de los soviets. La revolución rusa está teniendo su eco en el mundo, como pasa siempre con estos grandes movimientos por contagio (movimientos anarquistas y socialistas en España). Apariciones en Fátima. La Virgen parece partidaria de la oración como remedio contra la guerra y la injusticia. En julio, paro ferroviario en Valencia y reconocimiento de las Juntas de Defensa. En agosto, primera gran huelga revo-

Estados Unidos entra en la guerra, a favor de los aliados, aunque su decisión se materializa antes en ayuda económica y de subsistencia que en grandes contingentes guerreros. («¡Ya llegamos, hermanos, ya llegamos, somos cien mil combatientes!»)

La Juntas de Defensa, una especie de criptopartido militar que va cobrando protagonismo, encuentran la secreta aquiescencia de Alfonso XIII y su primer ministro, Eduardo Dato. (En la foto, al salir de Palacio.)

Besteiro.

Largo Caballero.

Pestaña.

Mata Hari era una bailarina exótica que hacía modernismo sin saberlo y danzaba desnuda, sin llegar jamás a ser ni siquiera la sombra pálida de Isadora Duncan.

Lenin principia a dominar la situación.

lucionaria en España. Se veía venir. Dato manipula la huelga hábilmente y anuncia el estado de sitio. El ejército carga contra los huelguistas en la Gran Vía madrileña. *El Hogar y la Moda* presenta una *toilette* de verano que todavía tiene mucho del rango modernista. Los soldados protegen la estación madrileña de Atocha. La huelga, por UGT, la llevan Besteiro y Largo Caballero, entre otros. Son partidarios de un paro pacifista. Por la CNT, el anarquista Pestaña, más bien inclinado a la huelga violenta. Estas diferencias restan cohesión al movimiento obrero. Finalmente es detenido y condenado el comité de huelga, los citados Besteiro, Largo Caballero, etc. Pero el socialismo y el sindicalismo ya están en mitad de la calle, en España, y se sabe que la cárcel es ahora un mérito para salir diputado por la izquierda, como efectivamente saldrían estos políticos un día.

La huelga general española ha sido una reproducción a escala de la revolución rusa. Algo mucho más modesto y que además fracasa. El eco débil de lo que está pasando en el mundo. La espía Mata-Hari es fusilada en octubre por los franceses, en Vincennes. Su doble juego con los alemanes se había descubierto precisamente en Madrid. Mata-Hari era una bailarina exótica que hacía modernismo sin saberlo y danzaba desnuda, sin llegar jamás a ser ni siquiera la sombra pálida de Isadora Duncan. Una meretriz internacional de vida complicadamente literaria que se enfrentó al pelotón vestida de rojo, esposada por delante y muy entera. Ha generado literatura, teatro, cine y leyenda en enormes contingentes, como la última heroína que es de la *belle époque*. Marlene Dietrich la reprodujo muy bien en el cine, pintándose los labios en el espejo de la bayoneta del soldado que la va a ejecutar: un joven soldado que llora.

La guerra ha cambiado definitivamente de signo con la intervención norteamericana (y la adhesión de Sudamérica a los aliados). Austria-Hungría ya no puede retener ni siquiera el avance italiano. (El protagonismo de Italia en esta guerra llevaría sin duda a Mussolini a fundar el fascismo y lanzar el país a otras aventuras bélicas.) Revolución rusa en octubre. Durante la noche, los guardias rojos entran en Petrogrado y asaltan seguidamente el Palacio de Invierno. Ya se lee mucho *Pravda* e *Izvestia*, o sea Verdad e Izquierda, aunque luego estos periódicos no fueran siempre fieles a su cabecera. Todo ocurre el 25 de octubre, según el calendario ruso, que para nosotros es el 7 de noviembre, más o menos. Lenin principia a dominar la situación. Charlot estrena sus primeras películas en España.

En diciembre se produce el armisticio ruso/alemán, que los rusos apenas cumplirían, naturalmente. Hay derrotas electorales de los bolcheviques, y quizá entonces es cuando Lenin decide que el sufragio universal no es lo suyo. Los bolcheviques tienen el Poder, lo han conquistado en un golpe de fuerza y audacia, con muy poca sangre, limpiamente, y no van a dejarlo. Han llegado hasta ayer mismo. Son detenidos el zar y los suyos. España ha pasado de la euforia económica de los primeros tiempos de la guerra a una penosa escasez de subsistencias y combustible. Hay pocos coches y además no andan. Somos un país neutral que está sufriendo todas las penas de esta gran guerra, sin ninguna gloria. ¿Tenían por eso razón los intervencionistas? Creemos que no. La falta de gasolina no mata a nadie, mientras que la guerra está matando mucha gente en Europa, según dejarían constancia, aparte los historiadores, los novelistas Eric María Remarque y Roland Dorgelés. Digamos que la izquierda española en general (salvo el anarquismo sainetesco de Baroja) está con los aliados y la democracia. En cuanto a nuestra derecha, siempre ha sido, no sólo germánica, sino incluso pangermánica. En Madrid, a falta de gasolina, se ensaya un nuevo producto, el Rofe.

Pero no funciona, claro.

1918: La Pardo Bazán y Carolina Otero

El *Blanco y Negro* saca portadas que están pasando del Modernismo a la nueva estética/sintética que ha traído la guerra, y cuyo maestro en España es Penagos. Las elegantes, para jugar al golf, se visten según Penagos. Nunca se sabe si un gran creador recrea su época o es creado por ella. Consagración bélica de la aviación en todos los bandos.

La guerra en el aire es ya una premonición de las futuras guerras, hasta la venidera guerra de las galaxias. El presidente norteamericano Wilson presenta sus 14 puntos que la Europa en guerra debe aceptar. Son muy democráticos sobre el papel. Estados Unidos redacta y produce muy buenos papeles, pero luego no los cumple. En cualquier caso, USA había asumido ya el «liderazgo moral» de Occidente, que aún mantiene. La guerra incide negativamente en la España neutral, como ya hemos dicho, y las mujeres, irritadas por la carestía de la vida, eso que ellas llaman «la vida», se manifiestan en Valencia y otras ciudades. Trotski organiza con gran eficacia el ejército rojo. Rusia, debilitada tanto por la guerra como por sus conflictos intestinos, va perdiendo su imperio. Alemania y los soviets firman en marzo un tratado de paz que, lógica y sensatamente, no van a cumplir. En este mes muere Debussy, que marca ya el paso del Modernismo al Impresionismo en la música, pero la moda sigue siendo fea por inconsciente influencia de la guerra: sombreros masculinos, bufandas de rayas y faldas tobilleras. Aparte cambiar los mapas del mundo, la guerra ha cambiado el mapa femenino. El tobillo, antes fugaz y perseguido, ahora se exhibe consuetudinariamente en toda su esbeltez y gracia de pata de ave.

Hay una ofensiva alemana de primavera, pero la guerra parece decidida. Los prusianos de casco en pico no han conseguido sino que se les mellase el pico ante la coalición occidental. Maura forma nuevo Gobierno.

La situación social en España es prerrevolucionaria. García Prieto resulta desbordado. La Cierva llega a proponer un Gobier-

y toda una generación femenina, española y obrera, que, sin haber leído a la condesa de Pardo
zán, está influida por ella

no de militares. Siempre han sido una familia belicosa en la Historia de España. En la madrugada del 22 de marzo, Alfonso XIII amenaza con expatriarse si no se forma un Gobierno en la reunión que está teniendo lugar. Este Gobierno, llamado «nacional», con extraña redundancia, lo preside el renuente Maura, y en él están Romanones y Cambó, entre otros. La monarquía juega siempre con las mismas piezas su desconcertado ajedrez. Vivimos, efectivamente, la última guerra romántica, como tanto se ha dicho, y este romanticismo se explica por la abundancia de héroes personalistas. Ahora surge el Barón Rojo, que tripulaba un triplano Fokker, con grandes y míticos éxitos personales. La guerra todavía puede ser una audacia personal, como el amor. Francia derriba al Barón Rojo, y lo sepulta en el sitio donde cayó, con grandes honores militares. ¿No es esto una guerra romántica? Pero en este mismo mes de abril los alemanes bombardean París, con el famoso cañón *Bertha*, que no era uno, sino cuatro. Cuando Francia los localiza y destruye, el mito *Bertha* ha terminado. París ha sido siempre una tentación más erótica que política para los alemanes. Es la gracia contra la fuerza, como ya se ha dicho en este libro. Alemania codicia la gracia francesa, la destruye, la viola. París es una ciudad hembra. Y aquí cabría toda una reflexión sobre el sexo de las ciudades, pero limitémonos a decir que el Berlín de hombros altos es una ciudad macho.

Atroz guerra civil en Rusia. Trotski contra los cosacos y los rusos blancos. Esto hubiera incidido gravemente en la guerra general, europea, mundial, si esta guerra no estuviese ya claramente elucidada. Todavía, en mayo, ofensiva alemana en la Champagne. Se combate cerca de París. José Stalin, al mando del ejército rojo, es el que consigue homogeneizar la situación rusa. Trotski es un intelectual, pero Stalin es un político y un guerrero puro y duro, acuñado en el exilio siberiano. Los alemanes son detenidos a setenta kilómetros de París. Termina la larga batalla del Marne, muy bien pintada por Willye, y ya con técnica impresionista, una pintura que parece más adecuada para flores y bailarinas que para bombardeos. Las tropas americanas penetran en la Europa profunda. Esto lo dicen poco los periódicos porque la guerra la está decidiendo Estados Unidos, cosa que humilla a los aliados. El 17 de julio, ejecución del zar y su familia.

La guardia roja bolchevique pasa por las armas a la familia imperial, no tanto por un afán de revancha como porque siguen constituyendo un núcleo de atracción para las tropas de los rusos blancos. La zarina Alejandra había llegado a ser novelesca, gótica y trágica por su relación con Rasputín, de quien ya se ha hablado aquí. En Barcelona muere Eusebio Güell, conde de

El presidente norteamericano Wilson presenta sus 14 puntos que la Europa en guerra debe aceptar. Son muy democráticos sobre el papel. Estados Unidos redacta y produce muy buenos papeles, pero luego no los cumple.

Trotski organiza con gran eficiencia el ejército rojo.

Debussy.

Chaplin.

La Bella Otero ha conquistado París mediante el camino tradicional de la hembra: el viejo oficio de la fornicación, la antigua, noble y compleja herramienta del sexo.

La guerra ha terminado. Se firma el armisticio en un vagón de tren (tierra de nadie). Alemania se proclama como república.

Güell, famoso hoy por el parque que lleva su nombre en Barcelona, y que es la obra maestra del Modernismo urbano de Gaudí.

El presidente americano Wilson sigue produciendo decálogos morales para ajustar la victoria al sentido democrático de su país. En el Congreso soviético, Lenin utiliza por primera vez la afortunada acuñación «dictadura del proletariado», tanto más sugestiva porque esconde una contradicción interna. Derrumbe absoluto del frente alemán. Foch es ahora el héroe de Francia. En agosto, atentado contra Lenin. Frente al terror contrarrevolucionario, Lenin decide invocar el «terror rojo». El 30 de agosto de este 1918 Lenin acuña por primera vez la palabra «comunismo», que va a ser la palabra clave y tabú de nuestro siglo. Asimismo, en este mes se crea la Checa, organismo policial cuya eficacia conoceríamos luego los españoles, incluso con excesivo verismo, durante nuestra guerra civil.

Huelga en Sevilla. Los anarcosindicalistas andaluces, alentados por la revolución rusa, reivindican todos los derechos de clase mediante la huelga. El genial dibujante Opisso hace una caricatura cruel e inspirada de las famosas procesiones sevillanas. Pershing, el héroe americano de la guerra, asiste a los últimos espasmos bélicos de Germania. Las potencias occidentales solicitan el armisticio. Pero el presidente de Washington, Wilson, es premeditadamente difuso, abstruso y confuso en las condiciones de estos armisticios, ya que, sin duda, la Casa Blanca y el Pentágono sueñan con rentabilizar largamente su victoria en Europa. En cualquier caso, todavía estábamos en una época de armisticios, cuando las guerras podían resolverse mediante una merienda y unas firmas. Luego, las guerras ya han sido siempre a muerte. Cuando a Franco se le propone el armisticio, en nuestra guerra civil, responde con la aniquilación total. En octubre ha muerto el centenario imperio austrohúngaro. Los Habsburgo pasan de la Historia grande a la crónica *mondaine* y la Prensa del corazón. Hasta hoy.

Epidemia de gripe en España. La gripe, no sabemos por qué, es una consecuencia natural de la guerra, incluso en España. El que no tiene que ir al frente tiene gripe. Chaplin ridiculiza la guerra en su *Charlot soldado*. La flota alemana se amotina contra sus jefes. No quieren ir a una guerra perdida. En esto se ve que Alemania está acabada. En noviembre muere Guillaume Apollinaire, soldado aliado y maestro de las vanguardias, que se decía hijo de Papas, como ya hemos contado aquí.

Tiene 38 años y lo mata esa gripe tonta que acabamos de reseñar. La gripe quizá sea una prolongación doméstica y letal de la guerra. Combatió en Verdún como un hombre. Herido gravemente en aquella batalla grandiosa, sufre una trepanación que le mantiene siempre con un turbante de vendas en la cabeza. Es el ladrón de *La Gioconda* y el genio de las vanguardias (qué lejos nuestro amado 98). Con *Caligramas* recupera su jefatura literaria. Se casa con una modelo de Picasso a la que llama siempre «la bella pelirroja». En Apollinaire, la nueva Europa que nace de la guerra:

Sol oh vida oh vida
apacigua las cóleras
consuela las penas
ten piedad de los hombres
ten piedad de los dioses,
los dioses que van a morir
si la humanidad muere.

La guerra ha terminado. Se firma el armisticio en un vagón de tren (tierra de nadie). Alemania se proclama como república. Hay desórdenes en Alemania, pero la Historia es irreversible. París presenta peinados altos, faldas de gran campana y brazos desnudos. Verdún, bajo el monolito, es una manigua de «cruces y muertos», según el título de Dorgelés. Las feministas españolas recogen tarde la herencia de doña Emilia Pardo Bazán («la inevitable doña Emilia», según los literatos de su época), y hacen sus revoluciones en el trabajo, paralelamente a Europa, donde la tarea de la mujer ha sido bélica: preparación de granadas y fabricación manual de cartuchos. El feminismo español, dejando atrás a las sufragistas, lo pide todo. Aún hoy se le discuten a la mujer sus derechos. Pero hay toda una generación femenina, española y obrera, que, sin haber leído a la condesa de Pardo Bazán, está influida por ella. Algo semejante ocurría años más tarde en Inglaterra, con Virginia Woolf.

Pero hay una mujer española, galaica, la Bella Otero, que ha conquistado París mediante el camino tradicional de la hembra: el viejo oficio de la fornicación, la antigua, noble y compleja herramienta del sexo. En diciembre se estrena en España una película suya, donde baila y canta, *El otoño del amor*. El fin de siglo, tan retórico, la había definido como la mujer más hermosa de Europa. Derrochó hacia adentro y hacia afuera, enamoró a los reyes de Europa, hizo su guerra europea personal y ahora anuncia que se retira a Niza. En los daguerrotipos de la época queda como una modernista un poco hortera, cuyo encanto no se entiende bien hoy. Es, en todo caso, la contrafigura de la Pardo Bazán. Ella cree que la mujer está para explotar a los hombres. Muchas han seguido su ejemplo, más que el de la Pardo Bazán.

En cualquier caso, era de Pontevedra y un poco burra.

Los españoles del año 19 mueren espantosamente pronto, 43 años la mujer y 39 el hombre, pero er cualquier caso mueren oyendo «El relicario» de Raquel Meller a una vecina, lo que siempre consue la mucho.

1919: Raquel Meller

Ya en enero entoña el movimiento autonómico, protagonizado por la Mancomunidad Catalana, y seguido por Aragón, Navarra y Castilla la Nueva. La Corona y el Gobierno no tienen mucha voluntad autonomista, pero lo cierto es que la situación social y política del país tampoco permite grandes juegos ni nuevas complicaciones. En cualquier caso, la *Gaceta* llega a regular un estatuto (que en lo referido a Cataluña se publica también en catalán), y ahora de lo que duda todo el mundo es de que se aplique. En España somos más aficionados a redactar papeles que a cumplirlos, y esto vale para todos.

La CNT promueve grandes huelgas en Barcelona. Con la industrialización está llegando a España, como a toda Europa, inevitablemente, la lucha de clases. Pero también el campo se levanta en armas, hasta el punto de que en febrero se declara el estado de guerra en Granada. Lo que más denuncia la población es el caciquismo. En marzo nace en Milán el movimiento fascista de Mussolini, que se presenta como un socialismo armado, digamos, y que sólo los más suspicaces diagnostican como una futura y cruenta derecha. Joan Miró, 25 años, viaja por primera vez a París: es la aportación de Cataluña a las vanguardias que luego se llamarían «de entreguerras».

Estado de guerra en Barcelona. Artillería en la plaza de Cataluña, contra los anarcosindicalistas, y el Noi del Sucre de conciliador. Toda España, en fin, está pegando un vuelco después de la guerra, como Europa. De nada nos valió nuestra neutralidad. Tras la distante revolución soviética, el mapa humano y social de nuestro país se mueve todos los días. Hay como una guerra civil silenciosa, guerra de clases, que se haría explícita en el 36, guerra ya atroz y abierta. En la moda femenina se presentan modelos muy poco atractivos. Se diría que Europa, tras el esfuerzo ingente de la guerra, ha perdido la inspiración o el sentido fino y sutil de la belleza.

Raquel Meller es ya la voz femenina, pajaril y popular de toda España, y *El relicario* nos devuelve al clima caliente, castizo y trágico del 98. En agosto se concede indulto general a 6 000 condenados, la mayoría de ellos por actividades sociales y huelguísticas. El Poder se ve que hace lo que puede —poco— por relajar tensiones, pero lo que nadie tiene en la cabeza es una buena política laboral, social, un nuevo esquema de la España de postguerra, que en cierto sentido está naciendo ahora al siglo XX, el siglo de las masas. A la burguesía le falta voluntad, claro, pero tampoco era fácil para cualquiera entender lo que estaba pasando, y es que la Tierra mostraba su otra cara, la proletaria. Estaba empezando a asomar la otra cara de la Tierra, mientras que el Antiguo Régimen seguía soñando con la otra cara de la Luna.

Esta tensión, como todas, España la desfoga en los toros: en Cádiz se produce una corrida que hoy hubiéramos llamado surrealista, concretamente en el Puerto de Santa María, con los aficionados en el ruedo, agrediendo a los matadores, los picadores y los banderilleros. El toro pareció ponerse de parte de su gremio, los toreros, e hirió a muchos aficionados, en noble solidaridad con la profesión.

En septiembre, Hitler principia a destacar en el Partido Obrero alemán. Los fascismos entoñan en Europa. Son la solución incorrecta a «la cuestión social», como se decía entonces. Son la respuesta burguesa al comunismo, pero esto entonces era muy difícil verlo claro. La Paramount lleva al cine *El pájaro azul*, de Maeterlinck, con lo que el desfalleciente Modernismo europeo entra en el séptimo arte. En octubre se implanta en España la jornada de ocho horas, siete para los mineros. Es otra medida social que nos permite calibrar la cautela con que la monarquía y los sucesivos Gobiernos van iniciando una política laboral más justa, o más aproximada a la nueva realidad humana de España y sus clases. En cualquier caso, los empresarios juegan a la contra por sistema y hay que imponer negociaciones por decreto. Evolucionan los hombres, las ideas, los sistemas, pero el dinero es un peñón de oro que está siempre en el mismo sitio. El oro es hermoso, pero no piensa.

Alfonso XIII inaugura el Metro de Madrid, Puerta del Sol/Cuatro Caminos. Es, de alguna manera, otro paso adelante en la «socialización» de España, ya que el Metro viene a poner ruedas a las clases populares, que secularmente iban al trabajo en alpargatas. En noviembre hay conflictos laborales en toda España. Incluso se evoca la famosa huelga general revolucionaria del año diecisiete (de que aquí hemos dejado constancia), y existe la posibilidad de que se repita. La Historia, como el toro de Cádiz, está perdido en el barullo y ya no sabe a quién cornea. Lo que el tiempo está pidiendo es una salida violenta por la

Nace en Milán el movimiento fascista de Mussolini, que se presenta como un socialismo armado, digamos, y que sólo los más suspicaces diagnostican como una futura y cruenta derecha. (En la foto, con su mujer y sus hijos.)

Joan Miró, 25 años, viaja por primera vez a París: Es la aportación de Cataluña a las vanguardias que luego se llamarían «de entreguerras». (Autorretrato, 1919.)

Hitler principia a destacar en el Partido Obrero alemán. Los fascismos son la respuesta burguesa al comunismo, pero esto entonces era muy difícil verlo claro.

Proust.

derecha o por la izquierda. Pocos años más tarde, con la Dictadura de Primo, Alfonso XIII optaría por la salida por la derecha, sin entender que con este golpe a la Constitución se estaba suicidando políticamente y haciendo que se suicidase la monarquía. La reina lo había visto más claro, pero entonces las mujeres no opinaban, aunque fuesen reinas.

Las mujeres empiezan a opinar en las novelas de Proust, que en diciembre gana el Goncourt, revolucionando la novela del siglo XX.

Se incrementa el éxodo rural. Sólo uno de cada treinta españoles muere de viejo. Disfrutamos el término de vida más bajo de Europa: 43 años para la mujer y 39 para el hombre. Se ha hecho mucha literatura sobre las afinidades entre el español y la muerte, pero la citada estadística manifiesta que esta relación no es metafísica, mística, unamuniana, noventayochista, sino, más sencillamente, una relación de hambre, escasez y mucho trabajo. Los españoles del año diecinueve mueren espantosamente pronto, pero en cualquier caso mueren oyendo *El relicario* de Raquel Meller a una vecina, lo que siempre consuela mucho.

Los años veinte: la Dictadura

Franco aparece en África con una cierta leyenda, que luego sería mítica y duradera. A Franco lo hace África, la Legión. Por debajo del hombre callado, grave y casi sigiloso hay siempre un legionario en Franco. Se va perfilando ya como una de las metáforas humanas más evidentes del casticismo español, dentro de esa gran filosofía casticista que es nuestro Ejército.

Cuando Primo de Rivera da su golpe de Estado, que no parece sorprender en exceso a Alfonso XIII, algunos ven en el Directorio Militar la cirujía de hierro que necesita España. Otros ven, sencillamente, que el país se ha encontrado a sí mismo y que los militares pueden gobernarnos mejor que los civiles y con más fidelidad a unas hiperbóreas esencias nacionales que no acabamos de saber cuáles son. Luego se vería que no. Durante la Dictadura España se festeja a sí misma todos los días y se produce un interesante episodio de nuestra historia contemporánea: el gran castizo militar, Primo, se enfrenta al gran castizo intelectual, Unamuno, a quien destierra, como sabemos. ¿Y qué es lo que diferencia ambos casticismos? Unamuno atribuía a Castilla un alma dermoesquelética y quería hacer de este país una llama mística. Unamuno entiende lo español como el camino más corto para llegar a Dios. O quizá (demos la vuelta a la frase, como haría él) a lo que quiere llegar es a establecer la identidad española de Dios. En cualquier caso, se trata de una regeneración espiritual de España, mientras que al general sólo le interesa la regeneración de las carreteras, que cumple en parte. Lo que no sabía Unamuno es que su casticismo intelectual estaba propiciando la aparición o militarización de España. Cuando se enfrenta a la realidad de una España *española*, que se rige por himnos y banderas, comprende que no le han entedido. Lo que sin duda no llegaría a admitir nunca, en sí mismo, es que él, enemigo público número uno de la Dictadura, ha sido también en alguna medida el padre o el abuelo de este régimen dictatorial y militar. La filosofía de un pensador arriesgado y aprovechable siempre es utilizada por los hombres de acción para otra cosa. Esto también les pasaría a Marx y Nietzsche, como sabemos.

Unamuno, con Franco, en el 36, estaría otra vez a punto de equivocarse. El Partido Socialista Obrero Español es el único que hace posibilismos dentro de la Dictadura, de acuerdo con una cierta ambigüedad de origen que ha aquejado siempre al PSOE, incierto entre el socialismo lasaliano, el socialismo elitista de la Institución Libre de Enseñanza y el socialismo gremial y proletario de Pablo Iglesias. Cosa semejante ocurrió en el XIX con los socialismos europeos. Cuando la Dictadura cae, el PSOE no ha logrado mejorar nada «desde dentro», y en cambio le queda para siempre una mancha de colaboracionismo. La Dictadura no tiene otro intelectual que Calvo Sotelo, padre luego de un fascismo moderado que se enfrenta pronto al fascismo armado de José Antonio, el hijo del dictador.

España baila el charlestón. Las clases altas se sienten a gusto con el «hombre providencial», pero los más auspiciadores saben que la dejación constitucional que Alfonso XIII ha hecho en los generales tendrá a la larga graves consecuencias. Primo pacifica África con el desembarco de Alhucemas y hace que España se corrobore en sí misma y se olvide de muchas cosas. Todo el cosmopolitismo de entonces se queda, ya digo, en el charlestón. La Dictadura supone, sí, un gran momento, un éxtasis, digamos, de nuestra ideología castiza más popular y callejera. El destierro de Unamuno ha hecho comprender a muchos que el casticismo intelectual del 98 sólo es traducible a populismo y demagogia por los hombres de acción y los militares.

Cuando cae la Dictadura, el rey vuelve a su sitio ya malherido. Ha quemado a los militares y ha perdido la confianza de los políticos liberales y progresistas. Este golpe astuto de la Dictadura, aparte arreglar algunos problemas de la intendencia y elevar el casticismo español a su momento estático, le ha costado a España nada menos que su monarquía.

Todos empiezan a comprenderlo, y algunos, nada monárquicos, a lamentarlo en secreto. Agotadas las soluciones *castizas* (militares, monarquía anticonstitucional), el camino queda abierto para las soluciones ideológicas, *europeas*: la República.

No tardaría nada en llegar.

Durante la Dictadura de Primo afloraría, paradójicamente, en pleno casticismo, la generación literaria más europea del siglo, la llamada generación del 27, Guillén, Aleixandre, Cernuda, Salinas, etc., muchos de claro parentesco con los movimientos occidentales de vanguardia (Guillén/Valéry, Aleixandre/surrealismo). Esto quiere decir que, cuando más fuerte es la implantación castiza en nuestra sociedad, más fuerte se hace, por lógica (luego no hay tal paradoja, sino aparente), la respuesta europeizante, actualizante, renovadora y moderna, que no ya modernista.

1920: Eugenia de Montijo

Pianistas rubios, violinistas ambiguos, saxos calvos, bailonas de lujo, inútiles de smoking, lesbianas de ojos al carbón, burgueses con monóculo, gordas con alhajas y rubias de cocaína y cigarrillo. Son los felices veinte, que arrancan con música de jazz y ese descubrimiento atroz de los negros, de «lo negro», como esnobismo. Faltaba mucho para llegar a la «negritud» política de Sartre y Senghor (pero llegaremos). Jazz, fox-trot, joyas romboidales y champán rosa. Son, sí, los felices veinte (para algunos).

En enero muere Galdós en Madrid. La gente sensata acostumbra a morirse a tiempo. Su Madrid ya había muerto y él no podía ser el cronista del nuevo Madrid que acabamos de explicar. El noventayocho ya había enterrado a Galdós hace mucho, como sabemos. La moda principia a ser nuevamente imaginativa, con pamelas aviónicas, blusas japonesas y faldas de flor, a rayas. Cada día se ve más tobillo, más pierna. En África se funda la Legión Extranjera, para seguir manteniendo el exiguo imperio, ahora mediante mercenarios y aventureros de todos los puertos, de todas las Marsellas perdidas del mundo y del mapa.

Nace el PCE. Es como una rama desgajada hacia la izquierda del socialismo, y de clara inspiración en Moscú. Pero esta fundación no es gratuita, ya que la confusa y violenta situación social se hace intolerable en toda España. Las masas obreras se sienten potenciadas por lo que está pasando en el mundo y los Gobiernos de la monarquía, pequeñoburgueses liberales o conservadores, no sólo no resuelven la situación, sino que además no la entienden. Y están todos vendidos a los grandes intereses. El primer realismo socialista soviético da obras de fuerza y calidad, sobre todo en los carteles. Luego, esta escuela degeneraría, como todas.

El matador José Gómez Ortega, Gallito, muere el 16 de mayo, víctima de una cornada. Era hombre redondeado y terne. En

El 11 de julio muere Eugenia de Montijo, siempre coronada y vestida muy Segundo Imperio, bella y perdida, viuda de Napoleón III. Es la muerte definitiva de la «belle époque».

España, las únicas dinastías que cuentan son las de los toreros y las de los reyes. La dinastía de los Gallos y Gallitos ha ilustrado, con su naipe nacional, que es toda una baraja, los peores y mejores momentos de nuestra vida colectiva. En Berlín triunfa dadá, que es la variante suiza del surrealismo francés, nacida en el cabaret Voltaire de Zurich, que hemos visitado y hoy es sólo un inocente café burgués. Picabia, Duchamp, Arp, Tzara, Aragón, Soupault, Éluard, etc., entre dadá y el surrealismo, están continuando la guerra europea por otros caminos, asesinando el arte burgués. Sus epígonos españoles —Ramón Gómez de la Serna— quedan ya muy lejos del Modernismo (cursi) y del 98 (moralizante). Se trata del arte por el arte, ahora, y de la destrucción por la destrucción. Sartre lo definiría mucho más tarde como la técnica de «provocar incendios en los matorrales del lenguaje». Nuestro Ortega había hablado de las «combinaciones eléctricas de palabras». La literatura y la poesía renuncian a otros contenidos que los irracionales, pues que la guerra ha acabado, al fin, con los viejos contenidos burgueses. Cansinos, Ayala, Obregón, Gerardo Diego, etc., son algunos de los continuadores de la revolución ramoniana en España. Ramón llega a ser popular en Europa y prologa un libro de Apollinaire. Es el mismo año, claro, de la muerte de Galdós, como ya hemos reseñado. A veces se diría que la Historia tiene su lógica.

El 11 de julio muere Eugenia de Montijo, siempre coronada y vestida muy Segundo Imperio, bella y perdida, viuda de Napoléon III. Es la muerte definitiva de la *belle époque*. Con cada uno de estos muertos —Galdós, la Montijo— estamos enterrando, no un siglo, sino una época, que es concepto más concreto e impreciso al mismo tiempo. El siglo XX se ha encontrado a sí mismo.

La guerra de Marruecos sigue siendo una llaga por la que sangra España sin sentido. Esto, sumado al malestar social y laboral de las clases trabajadoras, configura una España nueva a la que no se le da salida. Ya sabemos que lo que nos esperaba era la solución Primo de Rivera, que no es solución, sino el suicidio de toda una clase dominante. Algún marxista dijo alguna vez que lo mejor que puede hacer la burguesía como clase es suicidarse. Esto hoy ya no tiene sentido, pero entonces parecía sensato y hasta moderado. La moda de playa, este verano, es en negro y buen gusto, pero tan hermética y refractaria al mar que hoy quedaría muy discreta como vestido de noche. El mar y el socialismo son dos conceptos cósmicos que el Antiguo Régimen no acaba de entender.

La Audiencia valenciana condena a Unamuno a 500 pesetas de multa por meterse con el rey. De modo que el rey estaba ya

En África se funda la Legión Extranjera, para seguir manteniendo el exiguo imperio, ahora mediante mercenarios y aventureros de todos los puertos, de todas las Marsellas perdidas del mundo y del mapa.

José Gómez Ortega, Gallito.
(En la foto, primero por la izquierda, con Belmonte y Gallo.)

Picabia, Duchamp, Arp, Tzara, Aragon (en la foto), **Soupault, Eluard, etc., entre dadá y surrealismo, están continuando la guerra europea por otros caminos, asesinando el arte burgués.**

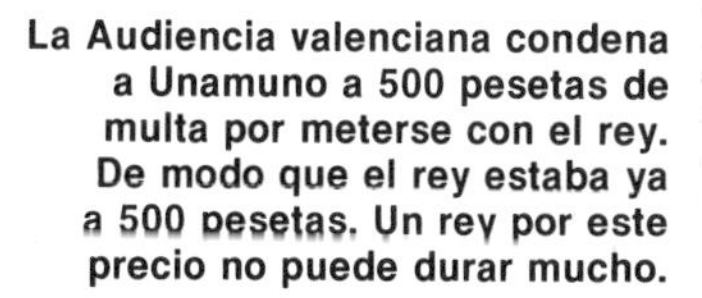

La Audiencia valenciana condena a Unamuno a 500 pesetas de multa por meterse con el rey. De modo que el rey estaba ya a 500 pesetas. Un rey por este precio no puede durar mucho.

a 500 pesetas. Un rey por ese precio no puede durar mucho. Se espera que a Unamuno se le indulte en seguida. Digamos que en el rector de Salamanca se castiga a todo el 98, que así resurge frente a la monarquía. Aún dan señales de vida, pero son más individuales que de grupo. Unamuno y Valle serían los dos niños terribles de la venidera Dictadura. Y uno cree que el papel les gustaba.

En noviembre muere Arturo Soria, escritor, urbanista, matemático, polifacético y políglota, descubridor del Metro (otro Metro) y del pentatetraedro. Madrid le debe la Ciudad Lineal, que hoy lleva su nombre, y otras muchas cosas. Con Arturo Soria, la modernidad española no se limita al jazz y el fox, sino que perfila ya Madrid, por ejemplo, como una gran ciudad europea, o más bien americana. A Eugenia de Montijo la llevan a enterrar a Inglaterra. Hace falta que mueran las emperatrices para que nazcan los pentatetraedros. O sea el futuro.

1921: Sarah Bernhardt

Salen unos anuncios de vino quinado con la imagen de Alfonso XIII. Son de la Unión de Bodegas Andaluzas, Málaga. Cuando un rey empieza a anunciar vinos quinados puede decirse que le queda poco. Entra en vigor la ley de fugas, que permite disparar sobre los presos políticos (anarquistas) que huyen. Así se mata a muchos de ellos. Por su parte, los pistoleros de la patronal matan obreros en las huelgas, impunemente. España vive una guerra civil que no ha pasado a la Historia como tal.

La revista *Baleares* publica el manifiesto ultra de Guillermo de Torre, Jorge Luis Borges, Alomar y otros escritores mallorquines. La revista *Grecia* y Cansinos Assens ya habían prenunciado todo esto. Guillermo de Torre es el autor de un «Manifiesto vertical ultraísta». España se pone a la par de las vanguardias europeas. La nueva estética supone el culto a la metáfora y la supresión de elementos narrativos, anecdóticos o sentimentales. Es la poesía pura. Lo que Ortega llamará luego «deshumanización del arte». Nosotros diríamos que, dado que la tendencia es general en Europa, el poeta ha perdido la fe en el hombre, tras la Gran Guerra, y se refugia herméticamente en la belleza. Incluso en una belleza nueva. En marzo, don Eduardo Dato es asesinado desde una motocicleta en la Puerta de Alcalá. Sigue esta otra fiesta nacional de los atentados políticos.

Dato había intentado, con la aquiescencia del rey, una política laboral moderada, a la que se opone la patronal y el Ejército. Este delicado equilibrio que intenta el señor Dato acaba en grandes concesiones a la derecha, como parecía inevitable, y el atentado se supone que es un acto anarquista. España necesita una revolución de derechas o de izquierdas, como Rusia, Alemania, Italia. Mientras estas revoluciones europeas se realizan, nuestra derecha sólo resuelve problemas inmediatos y se enfrenta por medios equivocados a una izquierda salvaje.

El socialismo español de Fernando de los Ríos rechaza a los soviéticos. Esta inhibición de la izquierda culta explica bien el extremismo de la CNT. Se estrena en cine un *Tenorio* que es

P. BOYER

pura prehistoria de la cinematografía española. La Chelito, la musa que fuera del 98, capitanea el desnudo de cabaret, que triunfa en toda España, aunque luego la propia Chelito modera sus espectáculos por comercialidad: se trata de que al cabaret no vayan los maridos solos, sino las esposas e incluso los niños. O sea más público. Esta operación de «adecentamiento» la repetiría Celia Gámez (aparte censura) en nuestra postguerra de los cuarenta. En Málaga, Cristo parpadea y llora. Es un Cristo maurista, propiedad de don Francisco Martí, un hombre de Maura. Los agustinos dan fe y España recupera la fe nunca perdida.

El peinado garzón triunfa en el deporte, la alta sociedad y la calle. Las mujeres han descubierto el nuevo erotismo efébico del pelo a lo chico, una androginia que crea nueva estética y olvida definitivamente a las profusas mujeres del Modernismo. La langosta asola Zaragoza. El Gobierno prohíbe cruzar la calle por cualquier sitio, detenerse en las aceras, ir juntos al cine hombres y mujeres (salvo palcos) y jugar a la ruleta. A todo esto se le llama conductas frívolas y costumbres desordenadas. Cruzar la calle o saludar a un amigo en una esquina se ha vuelto desordenado. Es, como siempre, el Orden sustituyendo a la Justicia. Con la agravante de la discriminación de clases: en los palcos, más caros, los hombres y las mujeres sí pueden reunirse y hacer lo que se acostumbra entre ambos sexos a oscuras (entonces). El rey sigue anunciando vinos quinados.

Lo de Marruecos va fatal. Debuta en Madrid Sarah Bernhardt, la musa de Proust y de toda Europa. Es la última y grandiosa superviviente del Modernismo de principios de siglo. Su presencia europeiza un poco aquel Madrid lóbrego, tenso y prohibitivo. Muere la Pardo Bazán, musa local de Galdós y Blasco Ibáñez, musa naturalista de piel asalmonada y dentadura postiza. Se bota en Cartagena el primer submarino español. Principia la censura de Prensa sobre la guerra de Marruecos, lo que es el más claro síntoma de que la guerra va mal. Los carteles, pósters y *affiches* frívolos empiezan a estar en la línea de Rivas y Penagos, pura y depurada estética de los veinte.

El 21 de agosto de este 1921 (el 21 del 21) se produce en África el desastre de Annual, gran victoria de los moros sobre los colonialistas. 13 000 muertos españoles. Esta batalla decide y explica el carácter absurdo, criminal y fallido de una guerra colonialista que está pagando en sangre el pueblo español. El gran perdedor, el general Silvestre, resulta muerto, suicidado o, en todo caso, desaparecido. Se sabe que había recibido un telegrama entusiasta del rey: «¡Vivan los hombres valientes!» Con ese telegrama en la mano debió suicidarse el general Silves-

—arah Bernhardt, la última y grandiosa superviviente
el Modernismo de principios de siglo.

Guillermo de Torre.

Jorge Luis Borges.

Gabriel Alomar.

Eduardo Dato es asesinado desde una motocicleta en la Puerta de Alcalá. Sigue esta otra fiesta nacional de los atentados políticos.

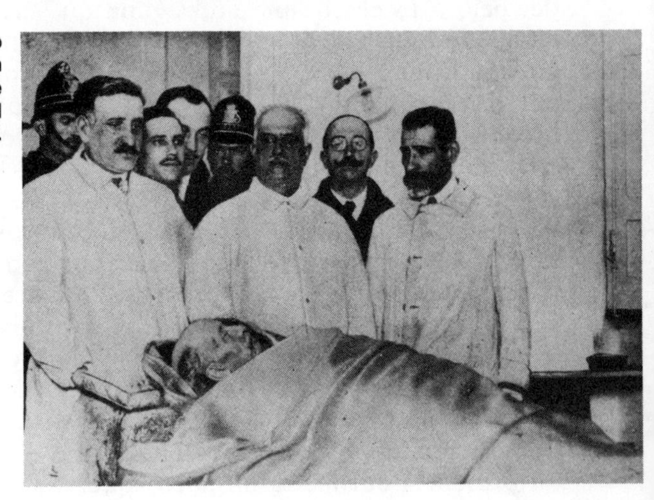

Fernando de los Ríos. (En la foto, con Pablo Iglesias y Julián Besteiro.)

Annual. Esta batalla decide y explica el carácter absurdo, criminal y fallido de una guerra colonialista que está pagando en sangre el pueblo español.

tre. Seguidamente, otra gran derrota en Monte Arruit. En septiembre se moderniza la campaña militar y las damas elegantes hacen colecta de tabaco para los soldados de África. El ministro La Cierva visita la tumba de los 2 500 soldados españoles de Monte Arruit.

Marruecos, más que el último rastro de un colonialismo disipado, es para España una rémora social, política y económica que impide al país avanzar por el camino de la europeidad. La monarquía y la derecha se niegan a entender esto. Mientras las vanguardias intelectuales y poéticas miran para Europa, encarnada unos días en Madrid por Sarah Bernhardt, como una aparición, la España imperial arruina al país y apuesta a muerte por lo imposible, con sangre obrera, campesina sangre de España.

1922: Franco

Francisco Franco Bahamonde aparece en África como comandante. Gorro y botines militares, capote de campaña y bigotillo. Siempre había sostenido entre sus íntimos que África era el único porvenir para un militar español con ambiciones e inquietudes. Franco, con una clara voluntad de triunfo y una identificación sentimental con la España inmanente, llega a África serenamente decidido a hacer carrera. Es un hombre hermético, solitario, quizá triste, audaz, un táctico más que un estratega y un autista en cierto modo. Sus éxitos en la absurda guerra de África, si no mejoran mucho la situación, le llevan a él prontamente al generalato. Será el general más joven de España, quizá de Europa.

Alfonso XIII visita Las Hurdes en automóvil y en mula. Alfonso XIII es un rey gentil y popular, moderno y lleno de buenas intenciones, dandy y porvenirista, pero su falta de formación política, quizá, y su desconocimiento de la realidad española (más un cierto secuestro de la monarquía por otros poderes, como siempre) le impiden llegar hasta donde hubiera sido necesario para salvar España del caos y, lo que a él más podía importarle, salvar la monarquía. Pero le da perfume y perfil a toda una época. El gran cronista don Paco de Cossío comenta el viaje real a Las Hurdes, con el doctor Marañón, diciendo que el rey no debe conocer una España extrema, en un sentido ni en otro: ni Las Hurdes ni la aldea más próspera y feliz, sino una aldea cualquiera en un día cualquiera, para enterarse fielmente de la realidad media española.

En agosto, atentado contra el anarcosindicalista Ángel Pestaña en Manresa. Pestaña es un hombre de ojos nobles, nariz grande e ideas decantadamente revolucionarias. Tras pronunciar un mitin en Manresa, los pistoleros de la patronal, «sindicatos libres», disparan contra él, dejándole herido en lo hondo. Estos pistoleros están actuando ya en España como un gangsterismo nacional que tiene detrás, como en Chicago, poderes muy

anco: Sus éxitos en la absurda guerra de África, si no mejoran mucho la situación, le llevan a él ontamente al generalato. (El general Losada condecora al comandante Franco.)

Alfonso XIII. **Su desconocimiento de la realidad española (más un cierto secuestro de la monarquía por otros poderes, como siempre) le impiden llegar hasta donde hubiera sido necesario para salvar España del caos.**

Mussolini marcha sobre Roma. Los capitalistas al fin lo han entendido y están con él, o mejor tras él.

Einstein. (En la foto, en el Ayuntamiento de Barcelona; a su derecha, Esteve Tarrades.)

Benavente. Un cierto cinismo de hombre bajito, homosexual y frívolo, le deja en un Oscar Wilde doméstico de la calle de Atocha. (En la foto, con la actriz Lola Membrives.)

honorables. Ya hemos hablado aquí de una guerra civil que uno llamaría «de paisano». Esta guerra civil de paisano (que en el 36 se militarizaría dramáticamente) está todos los días en la calle. España es un país sólo oficialmente en paz.

El 18 de noviembre muere en París Marcel Proust, a los 51 años. Deja inacabados muchos textos (era un corrector incesante de su obra), pero se le ha reconocido ya como el creador de la novela del siglo XX, que viene a superar a Balzac, Anatole France, etc. Entre el psicologismo y el lirismo, entre la metáfora y el análisis, su escritura nos da un mundo nuevo, o una manera nueva de ver el mundo, que luego ha sido imitada en toda Europa. Como figura *mondaine*, como dandy del Ritz, se había creado una leyenda singular y maldita, homosexual y privilegiada, que le convierte en la metáfora humana de París mismo. Se le entierra en el Pére Lachaise de París. Pero hasta hoy mismo sigue enviándonos inéditos desde la tumba.

Mussolini marcha sobre Roma. Ya está claro que su socialismo militarizado, que él llama «fascismo», va a estar al servicio de la gran empresa y va a ser una respuesta nacionalista y violenta al comunismo internacional. Los capitalistas al fin lo han entendido y están con él, o mejor tras él. Mussolini es hijo de un herrero y una institutriz, maestro nacional y socialista radical en sus inicios. A la síntesis que hemos hecho aquí de su trayectoria hay que añadir, para entenderle, un culto a la propia personalidad, equivalente al de Hitler, aunque muy distinto. Los fascismos, entre otras cosas, suponen el triunfo irracionalista del líder mágico sobre las ideas y la inteligencia. Las masas tienden a buscar el hombre providencial (es otra forma de religión), y esto, sin el correctivo democrático, lo halaga el nazi/fascismo hasta el delirio. Pero los soldados mussolinianos llevaban botas de guerra con suela de cartón, y no lo sabían.

En diciembre se conceden los premios Nobel. El de ciencia corresponde a Einstein y el de literatura al español Jacinto Benavente. Don Jacinto es un escritor prodigiosamente dotado para el teatro, que nunca utilizó sus habilidades a fondo para decir la verdad del hombre o, siquiera, de la sociedad española. Prefirió el juego escénico entre la crítica de costumbres y el drama rural, entre *los intereses creados* (último brote modernista, en el teatro) y el halago amargo y aperitivo a la burguesía que le pagaba. Un cierto cinismo de hombre bajito, homosexual y frívolo, le deja en un Oscar Wilde doméstico de la calle de Atocha. En cualquier caso, varias generaciones de autores, hasta Buero Vallejo, ya en nuestra postguerra, aprenden de él a construir una comedia.

Era un maestro que se sonreía de su propio magisterio.

10
11
12
14
7
8
9
4
5
6
2
1
3

1923: Primo de Rivera

Vuelven los cautivos de Marruecos, a un alto precio en pesetas. Al rey se le atribuye una frase que, de ser cierta, desacredita a toda la monarquía:

—No sabía que fuese tan cara la carne de gallina.

En Barcelona, los pistoleros de la patronal asesinan al Noi del Sucre, anarquista moderado, como ya se ha dicho. Manuel de Falla estrena *El retablo de Maese Pedro* en Sevilla, obra basada en el *Quijote*. Falla es el único músico español que está fraguando una música nacional de calidad sin caer en los costumbrismos de la zarzuela y el género chico. La España perdida en la política la encontramos en la música, en esta música. Falla es quizá el compositor del 98. En junio, plaga de moscas en España.

Relevo al frente del Tercio. El que va ascendiendo es el comandante Franco, sonriente e implacable. Dadás y surrealistas se enfrentan en París (son primos/hermanos), en el estreno de *El corazón con barba*. El papado surrealista de Breton acabaría asumiendo todas las nuevas corrientes estéticas y literarias del siglo. Tras la guerra cruenta, Europa vive feliz la guerra literaria. Aparece en Madrid la *Revista de Occidente*, de Ortega, con originales de Baroja, Gerardo Diego, etc. Es decir, que el ecumenismo de Ortega agrupa al 98 con el 27. Esta continuidad de la cultura, siempre tan anárquica entre nosotros, es buena para España.

En agosto, el mes de la luz incendiada, muere Sorolla, un caso singular de pintor prodigiosamente dotado que no llega más lejos (salvo sus últimos tiempos) por limitaciones intelectuales: costumbrismo, realismo, localismo, anécdota, etc.

La moda de los veinte es una alegría de pantorrillas, un fragor de muchachas andróginas, una sofisticación de pieles y gafas negras, un tango amargo bailado por una puta cara y un macró triste, un turbante femenino a toda hora, un desmayo de la ropa y el cuerpo, una moda garzón y francesa que los ilustra-

3 de septiembre: Un golpe de Estado incruento
ue sin duda el rey esperaba.

El Noi del Sucre.

Falla es el único músico español que está fraguando una música nacional de calidad sin caer en los costumbrismos de la zarzuela y el género chico.

Año I N.º I

Revista de Occidente

Director:
José Ortega y Gasset

LEO

Sumario

— Propósitos • Pío Baroja: Una feria de Marsella • J. Ortega y Gasset: La poesía de Ana de Noailles • Jorge Simmel: Filosofía de la moda.
Nuevos hechos, nuevas ideas. — Adolfo Schulten: Tartessos, la más antigua ciudad de Occidente. — Fernando Vela: El individuo y el medio: nuevas ideas biológicas.
Corpus Barga: La humanidad de espaldas.
NOTAS. — Antonio Espina: Libros de otro tiempo (Galdós, Mathou) • A. E.: Gerardo Diego, Soria (poesías). Alfonso Reyes: Espronceda • A. Marichalar: J. Cocteau, Le grand écart • C. B.: «La noche de Babilonia», por Pablo Morand (en Ferme la Nuit). C. B.: En torno a los tablados de Europa.
ASTERISCOS • LA FLECHA EN EL BLANCO • BIBLIOGRAFÍA

Precio: 3,60 Madrid Julio 1923

«Revista de Occidente»: El ecumenismo de Ortega agrupa al 98 con el 27.

Francisco Franco contrae matrimonio con doña Carmen Polo. Los reyes son padrinos (por delegación). Franco va siendo ya un héroe nacional.

dores de la época no se sabe si reflejan o incrementan. Quizá se trate de un círculo cerrado en el que todos viven o hacen que viven, felices y fugaces, ajenos a Marruecos, Las Hurdes y todo eso.

El 13 de septiembre se produce el pronunciamiento del capitán general Primo de Rivera, como un golpe de Estado incruento que sin duda el rey esperaba. Es la salida por la derecha, de que ya hemos hablado aquí. El rey preside este Directorio militar, vestido él mismo de general, y se hace la foto empastelada y fatal, con orla de generales, que años más tarde le costará el trono. En la izquierda, sólo la UGT funciona con normalidad, lo que viene a corroborar la ambigüedad constitutiva del socialismo español.

Francisco Franco contrae matrimonio con doña Carmen Polo, el 16 de octubre, en Oviedo. Los reyes son padrinos (por delegación). Franco va siendo ya un héroe nacional. En diciembre muere Tomás Bretón, autor de *La verbena de la Paloma*, un localista militante que viene a suponer la contrafigura de Falla.

¿Es el general Primo el «cirujano de hierro» preconizado por Costa, Ganivet, Mallada, Picavea, Cellorigo y todos los arbitristas y regeneracionistas? Es sólo un dictador doméstico (nada que ver con Bismarck), un general inculto y simpático, un héroe eficaz y popular. Pacifica España en cierta medida, desembarca en Alhucemas, representa el triunfo de los mediocres, los conformistas y los tristes frente a la intelectualidad agrupada este mismo año en la *Revista de Occidente*. Ortega es un liberal profundo y Baroja un anarquista literario. Primo va a tener en contra a los intelectuales, a los obreros y a la izquierda. Ya puesto a dar el golpe, ni siquiera lo lleva a sus últimas consecuencias. Se queda en el paternalismo y el finolaína. Viudo, va a casarse con una señorita madrileña, y González-Ruano, con una entrevista a la señorita, destruye la boda.

1924: Unamuno

El dictador Primo de Rivera se ha fijado, aparte las realizaciones materiales, tres objetivos políticos: Tánger, Cataluña y Marruecos. Lo de Tánger y Marruecos está a la espera de contactos internacionales. El dictador se ha impuesto a sí mismo tres meses para resolver los problemas más urgentes de España, y el plazo está a punto de cumplirse. Uno de estos problemas es, para él, «arrancar las raíces de los antiguos partidos». Pero los partidos (es decir, la democracia, es decir, la vida) volverían muy enteros y fervorosos después de la Dictadura. En Cataluña, con motivo de una visita real, Primo de Rivera hace un canto al regionalismo pacífico y una condena del «separatismo irracional». Lo que no explica es por qué el separatismo es irracional.

Este discurso de Cataluña trata de halagar a la burguesía españolista que hace buenos negocios con Madrid. En cuanto al «separatismo irracional», el dictador emprende su lucha contra la CNT, que más que una causa nacionalista es una causa obrera, revolucionaria, de clase. Muere Lenin y es sucedido por Stalin. Dentro de su programa de saneamiento del país, el general Primo destituye a Unamuno de su cátedra de Salamanca y lo exilia en Fuerteventura. Unamuno es el espíritu del 98, todavía vivo y fuerte, pero muy personalizado ya en don Miguel, este pensador y luchador que ha asumido a su manera todos los idearios generacionales y se manifiesta muy «disolvente» contra la Dictadura. Con el destierro de Unamuno, la clausura del Ateneo de Madrid, que siempre fue el vivero de los futuros políticos e intelectuales. Ya se ve que la política del general va a ser no sólo consagratoria del tradicionalismo reaccionario, sino, asimismo, letal contra los elementos críticos y progresistas, contra la España pensante. El general quiere tener razón siempre por el saludable procedimiento de expatriar y clausurar a quienes se la quitan.

Unamuno es el espíritu del 98, todavía vivo y fuerte, pero muy personalizado ya en don Miguel, este pensador y luchador que ha asumido a su manera todos los idearios generacionales y se manifiesta muy «disolvente» contra la Dictadura

Muere Eleonora Duse, la que fuera musa del Modernismo internacional y amante de D'Annunzio, y de la que ya hemos hablado en este libro. No es ni siquiera el último broche perdido de una época que ya se ha cerrado hace mucho, sino el desvanecimiento de un bello fantasma con el que Europa había dejado de soñar y de sentir. Pese al general, hay numerosas huelgas en Zaragoza. La CNT mata al verdugo de Barcelona, Rogelio Pérez Cicario, y el general desencadena una ofensiva amplia y dura contra los anarquistas, llegando prácticamente a aniquilar este fuerte y singular movimiento obrero catalán y español. A esta Dictadura la llamaron luego «blanda», pero el general no era precisamente santa Teresita de Lisieux.

En la Cataluña mártir muere Guimerá, el autor de *Tierra baja*, un precursor del teatro social en España y en el mundo. Hitler escribe en la cárcel *Mi lucha*. Romero de Torres hace el calendario de 1924 para la Unión Española de Explosivos, a base de una bella *romeraca* y faltas de ortografía. Paulino Uzcudun principia a ser un púgil de respeto internacional. Años más tarde, ya retirado, cuando la guerra civil, dicen que puso su gran fuerza física al servicio de Franco. Pese a la nueva política africana del dictador, hay graves combates en Larache. Primo de Rivera ordena una nueva leva para Marruecos, aunque en principio había pensado en una política de abandonismo. En Marruecos pierde Millán Astray un brazo. Este singular legionario, que siempre fue por la vida perdiendo cosas, hasta ser un héroe demediado, llegaría a la consagración patriótica y popular con la guerra civil y sus grandes proclamas, llenas de ardor personal e incorrecciones gramaticales. Escribiría incluso una hagiografía de Franco. El dictador quiere adecentar no sólo las carreteras, sino también el gran arte español, y así, en un libro sobre Goya aparece (es decir, no aparece) suprimida *La maja desnuda*. No se entiende bien cómo va a arreglar España censurando a Goya ni la relación que pudiera existir entre la perpetua rebeldía de los moros y una duquesa desnuda. Pero la derecha/derecha siempre ha gobernado así y un general puede militarizar incluso a Goya.

La UGT y el PSOE colaboran en los aspectos que pudiéramos llamar más positivos de la tarea de Primo de Rivera. Los socialistas no renuncian a hacer posibilismo dentro de un sistema cerradamente dictatorial. A los anarquistas se les ha echado por la puerta y vuelven por la ventana: intento de invasión por Navarra. Matan a dos guardias civiles, pero, naturalmente, lo pierden todo en esta breve y desesperada aventura. Tres de estos anarquistas son ejecutados en diciembre. Los españoles fuman con papel Bambú y el Barça celebra sus bodas de plata.

Muere Lenin y es sucedido por Stalin.

Guimerá.

Hitler escribe en la cárcel «Mi lucha». (En su celda de Landsberg, con dos colaboradores.)

Millán Astray siempre fue por la vida perdiendo cosas.

Los socialistas no renuncian a hacer posibilismo dentro de un sistema cerradamente dictatorial. (Largo caballero, consejero de Estado, con Julián Besteiro.)

Unamuno, desde el exilio, sigue haciendo su guerra personal y nacional mediante artículos, cartas, escritos y alocuciones. El general y el poeta protagonizan un enfrentamiento sesgado o frontal, según los casos. Es el duelo entre la inteligencia y la fuerza, la pugna de dos personalismos, el uno luminoso y el otro cuartelero.

Toda España asiste, no sin cierta frivolidad, al espectáculo. Es casi como ir a los toros.

1925: Pablo Iglesias

Blasco Ibáñez, desde París, publica una carta abierta en la que denuncia la situación española y la dictadura, y culpa de todo al rey. El novelista anuncia (y no se equivoca) una república venidera. Blasco es un buen novelista y un mal prosista, que este mismo año se casará con una chilena, teniendo él 59 de edad.

Relevo en el Tercio. Desde ahora lo dirige el coronel Francisco Franco. Es un Franco combativo y empastelado, guerrero y seguro. Se discute en las Cortes el sufragio universal. El general Primo suprime la Mancomunidad Catalana. Regino Sainz de la Maza triunfa en la sala Pleyel de París. Es un joven guitarrista de cabeza fina y romántica, manos sensibles y una serena seguridad en su arte. Llegan a España los restos de Ganivet, que se ha suicidado en Riga. Ganivet es un precursor del 98 y, según el ensayo que sobre él haría más tarde Azaña, no se trata sino del príncipe de los reformistas, regeneracionistas y arbitristas: es decir, un pensador político de fondo reaccionario que sólo quiere *corregir* las cosas, no cambiarlas. El 98 creyó en él, pero la generación de Azaña ya no. Un cierto postromanticismo mal llevado, pero rubricado por el suicidio en el río Dvina, le prestigia por encima de lo que realmente es. Fue amigo de Unamuno. Norberto Carrasco Araúz, ya en nuestros días, hizo una puntual biografía de él. Nuestro Romanticismo empieza con el suicidio de Larra y termina con el de Ganivet.

Victoria Kent es la primera mujer que prepara una ofensiva contra las tropas invasoras, pero España y Francia están llegando a importantes acuerdos sobre Marruecos. Primo de Rivera pone en marcha la Unión Patriótica, fingiendo que es un movimiento cívico, popular, y que sólo acepta la presidencia porque se le reclama para ella. Con esta fundación de un partido, siquiera sea en falso, el dictador está confesando implícitamente que el Gobierno militar es un instrumento demasiado rudo para llegar a los matices más finos de la sociedad. Ha suprimido y denostado a los partidos democráticos, pero tiene que inventar el suyo propio (a Franco le pasaría lo mismo, andando la Histo-

OBRERO

ria). Primo y Pétain llegan a algunos acuerdos sobre Marruecos. Bombines, cuellos de camisa y corbatas son la moda de 1925 para unas señoritas con falda por media pierna, pero estos desafortunados inventos no consiguen desplazar lo que luego quedaría como característica moda «años veinte», mucho más femenina, frívola y francesa, que es la que recoge nuestro Penagos en sus ilustraciones. La mujer de la calle, una vez más, resulta mucho más bella que la mujer *oficial* de la moda.

Primo de Rivera, con el hoy histórico desembarco de Alhucemas, playa del Quemado, y las operaciones subsiguientes (Franco estuvo en Alhucemas) pacifica África por mucho tiempo. Sanjurjo (que luego se haría famoso por la «sanjurjada» contra la República) es otro héroe de Alhucemas. Los «africanistas» son una suerte de aristocracia militar que se distingue del resto del Ejército, dentro de su generación. Franco, ya en el Poder, tras la guerra civil, siempre que recibía a un militar, le preguntaba:

—¿Usted estuvo en África?

Perdido el pequeño imperio colonial, los militares colonialistas han tenido siempre un prestigio de sangre y oro dentro de nuestro Ejército. Dieron mucho juego en la guerra civil (Millán Astray). Son como una élite de vivos y muertos que rindió siempre culto a Franco como el gran capitán de África.

Exposición surrealista en París. Hay un cuadro de Max Ernst que los saca a todos, Crevel, Arp, Éluard, Péret, Aragon, Breton, Chirico, Gala (luego Gala de Dalí), Desnos, etc. El *Pombo* madrileño de Solana viene a ser el equivalente español de este retrato generacional, sólo que mucho mejor pintado el nuestro que el francés. Miguel Fleta canta *Aida* en Barcelona.

El acorazado Potemkin es una película soviética que muestra genialmente cómo el arte y la propaganda pueden machihembrarse en una obra estética. Eisenstein hace expresionismo ruso, tan violento e inspirado como el alemán, o quizá más.

En diciembre de este año muere Pablo Iglesias, el patriarca socialista de gorra de cuadros y visera, ojos nobles, expresión evangélica, bigote y barbita. Una masa callada y emocionada asiste al entierro de «el abuelo». La Dictadura autoriza esta manifestación política del proletariado en el centro de Madrid gracias al juego posibilista que el PSOE y la UGT se traen con el Directorio. El propio Iglesias era partidario de este posibilismo. A Pablo Iglesias le afecta hondamente el desgarramiento de la rama comunista, que le deja en un moderado y le quita hombres. Era impresor, estuvo encarcelado, fundó *El Socialista* y lo

En su tumba del cementerio civil siempre hay rosas rojas y frescas.

Regino Sáinz de la Maza.

Victoria Kent, la primera mujer que aparece en el Foro y defiende a un procesado.

Abd-el-Krim.

«El acorazado Potemkin» es una película soviética que muestra genialmente cómo el arte y la propaganda pueden machihembrarse en una obra.

Pétain.

dirigió, fue concejal de Madrid y tuvo un acta de diputado el año diez. Con su capita corta y su gorra popular, era el primer obrero que entraba en el Parlamento. Había sido duro con la Restauración, estaba muy enfermo, participó en la Internacional Socialista, creyó en la presencia obrera dentro de la Dictadura (mejor eso que nada), aunque quizá se equivocaba. Era limpio, popular y bueno. Dejó al partido sin líder.

En su tumba del cementerio civil siempre hay rosas rojas y frescas.

El charlestón es el ritual secreto y tan visible de una sociedad que se está sacudiendo de encim[a] muchas cosas, entre otras la dictadura, aunque los propios bailarines lo ignoren.

1926: El charlestón

Muere Filomena Dato, la matriarca de la poesía gallega. Alfonso XIII asciende a Franco, con lo que le convierte en el general más joven de España, 34 años. Franco se había distinguido por su cruel eficacia en la represión de Asturias del 17, pero su gran carrera la hace en África, de cuyo Tercio es ya el jefe.

Otro Franco, Ramón, comandante y piloto, realiza la hazaña aérea del *Plus Ultra*, Palos/Buenos Aires, contra la voluntad y las órdenes de Primo de Rivera. Los Franco, pues, protagonizan la épica cotidiana de estos años. El dictador suprime con un golpe de sable todas las publicaciones pornográficas, que realmente eran muchas en España. El general ignora que la pornografía, como hemos comprobado los españoles en estos años últimos, se agota en sí misma y acaba convirtiéndose en un vicio tan minoritario e inocente como la numismática. Ya de la que va, el general cierra los *music-halls* de Barcelona, que, como ciudad portuaria, como gran puerto del Mediterráneo, siempre ha ido por delante del resto de la península en sus pecados, en sus culturas y en su cultura del pecado.

Estas medidas nos hacen pensar que la derecha se comporta siempre igual. Pone el énfasis de su moralización de las costumbres solamente en el sexo. La corrupción, el caciquismo, la cruel y absurda guerra de África, pagada en sangre de los pobres, no escandalizan a nuestra burguesía bienpensante. El escándalo, para la derecha, está siempre entre las piernas de las mujeres, y este puritanismo no es sino una coartada para dirigir la atención general hacia un pecado, con olvido de los otros, mucho más graves, en que todos son cómplices.

A España ha llegado el charlestón, un baile americano, negroide, que libera el cuerpo, la música y el alma. El charlestón es la danza de la nueva libertad, pero como se baila en el Ritz, el dictador no se atreve contra eso, como no se atreve nunca contra las clases altas. No sabía don Miguel que en el charlestón había mucho más peligro y porvenir que en la vieja y triste pornografía. El charlestón es el ritual secreto y tan visible de una sociedad que se está sacudiendo de encima muchas cosas, entre otras la Dictadura, aunque los propios bailarines lo ignoren. Ya que a los españoles no se les deja mover otra cosa, mueven el esqueleto.

El año anterior ha muerto Maura, moderado y diabético, dubitativo y liberal, represor durante la Semana Trágica, reformista frustrado por el propio rey. El Directorio se convierte en civil. En el nuevo Gobierno sólo hay tres militares. Entre los civiles aparece ya don José Calvo Sotelo, que pronto sería el líder de la derecha nacional e incluso el rival de José Antonio Primo de Rivera, en vísperas de la guerra civil. No se esperan cambios en la política gubernamental, lo que quiere decir que Primo se ha limitado a poner su dictadura de paisano con vistas a las fotos y al extranjero.

Asturianos y españoles en general emigran a América en unas proporciones que llegan a suponer considerable pérdida demográfica para España. El dictador no ha conseguido mejorar a las clases bajas y agrarias, ni quizá se lo ha propuesto. Los andaluces, más quietistas, más árabes y más favorecidos por el clima, su único ahorro, emigran menos o nada, y celebran la romería del Rocío, cubriendo de flores a sus mujeres, sus carros y hasta sus animales de labor. Es una manera barroca de adecentar la miseria. En Barcelona muere Gaudí atropellado por un tranvía. El Modernismo catalán, que él engrandeciera como neogótico, termina así en un accidente callejero. Pero la obra de Gaudí, entre pagana y mística, ya ha quedado ahí para siempre, con esa presencia muda y absoluta de la arquitectura, que ningún otro arte tiene.

La «sanjuanada» no es sino un primer movimiento del Ejército contra el dictador. El hombre que había traído un sistema militar se encuentra con que su gestión resulta incómoda incluso para los militares. Sin duda, don Miguel no es un político y ya tiene enemigos incluso entre los suyos. Su única razón era la de la fuerza, o sea las armas, y las fuerzas armadas empiezan a disentir de él. En septiembre, el dictador disuelve el arma de Artillería. Jefes y oficiales están descontentos con el régimen a que les somete el general. No tenía otra ayuda que el Ejército y se ha servido mal de ella, como si, llevando sable toda la vida, no supiera manejarlo.

La Dictadura, pues, va perdiendo sentido y fuerza. La fuerza de la fuerza. Como todas las dictaduras, Primo acaba recurriendo al plebiscito y la Asamblea nacional, con mucha participación de mujeres, a las que siempre se supone —por entonces— más conservadoras. Las dictaduras militares secuestran la democracia, por ineficaz, y acaban mimetizándola penosamente

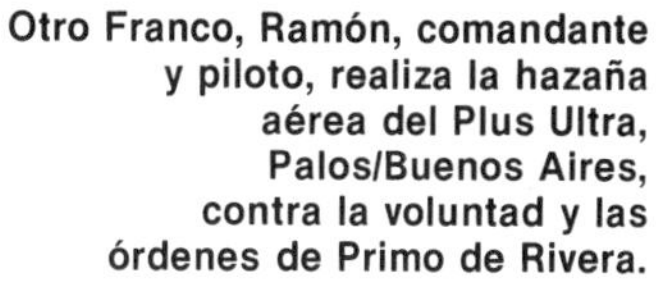

Otro Franco, Ramón, comandante y piloto, realiza la hazaña aérea del Plus Ultra, Palos/Buenos Aires, contra la voluntad y las órdenes de Primo de Rivera.

Rainer María Rilke, el último metafísico de la poesía europea.

José Calvo Sotelo, que pronto sería el líder de la derecha nacional e incluso rival de José Antonio Primo de Rivera, en vísperas de la guerra civil.

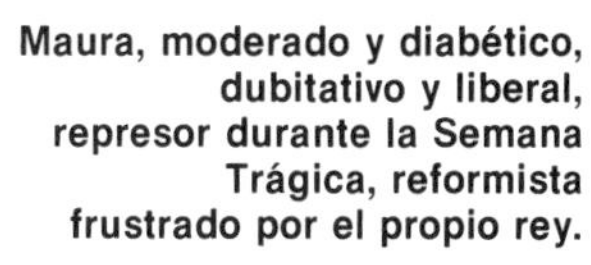

Maura, moderado y diabético, dubitativo y liberal, represor durante la Semana Trágica, reformista frustrado por el propio rey.

mediante fórmulas asamblearias. Las mujeres, integradas o no en el plebiscito, se han dejado revestir ya de flores, margaritas gigantes, pamelas alegres, colores inesperados y falda corta, liberatoria. La calle, como siempre, va por delante de las leyes.

Maciá trata de invadir España desde Francia, y naturalmente fracasa. Alfonso XIII juega al polo. En diciembre muere Rainer María Rilke, el gran poeta checo/alemán, amigo de Rodin y Heidegger. Es uno de los más altos líricos del siglo y ha hecho su obra al margen de las invasivas vanguardias de su época. Hoy, sus libros siguen vigentes y fecundos en verso y prosa. Es quizá el último metafísico de la poesía europea. Como su maestro y amigo Heidegger fue el último metafísico de la filosofía occidental. Europa se seculariza. Todo es ya siglo XX.

El *Boletín Oficial* decide que los soldados en filas no podrán casarse hasta quedar libres. Otra medida arbitraria del «cirujano de hierro», que ha resultado de hojalata.

En el Ritz se baila el charlestón todas las tardes.

1927: Una generación

Desaparece don Julio Cejador, un polígrafo heterodoxo cuya obra sólo se valoraría debidamente después de su muerte. 1927 ha quedado como la fecha augusta de una generación de poetas a quienes se les aparece Góngora, como hemos contado en este libro que al 98 se le aparece el Greco.

Aleixandre, Dámaso Alonso, Gerardo Diego, García Lorca, Alberti, Guillén y Salinas, Cernuda, Domenchina, Bacarisse, Bello, Altolaguirre, Emilio Prados, Ernestina de Champourcin, etc., integran esta «edad de plata», como diría José Carlos Mainer. La antología de Gerardo Diego, anticipatoria e intuitiva, perfila y fija los límites generacionales y estéticos de este gran grupo, cuyo patrón es Góngora. Naturalmente, hay disidencias de la ortodoxia del 27 (disidencias que revitalizan, claro, como los mutantes) en el surrealismo de Aleixandre, el realismo de Dámaso, el clasicismo ocasional de Gerardo, el populismo de Alberti y Lorca, etc. Es una generación de hombres, como el 98 (por entonces las mujeres pintaban poco), y precisamente por eso hemos citado a Ernestina de Champourcin (también habría que incluir al comunista Juan Rejano), y ahora añadimos a María Zambrano, la pensadora lírica del momento, y a Bergamín, que siempre quiso ser «veintisiete», pero resulta más bien un noventayochista tardío, y concretamente un unamuniano. Concha Piquer triunfa en Madrid como en Nueva York. En nuestra postguerra, años cuarenta/cincuenta, llegaría a ser la musa de la calle con *Tatuaje, No te mires en el río*, etc. Es una de esas artistas, después de la Meller, capaces de perfumar toda una época.

Los Zubiaurre exponen en Madrid. Son los dos grandes pintores sordomudos, vascos, hermanos, geniales y costumbristas. Todo en ellos desconcierta un poco. Un poco de rareza conviene, pero los Zubiaurre son demasiado raros, casi un fenómeno de feria. De no haber triunfado en el arte, habrían triunfado en una barraca. El Gobierno compra el manuscrito del *Poema del mio Cid* y lo deposita en la Real Academia. Luego pasaría a la

1927 ha quedado como la fecha augusta de una generación de poetas a quienes se les aparece Góngora, como hemos contado en este libro que al 98 se les aparece el Greco. (En primer término P. Salinas, I. Sánchez Mejías y J. Guillén; detrás: A. Marichalar, J. Bergamín, Corpus Barga, V. Aleixandre, F. García Lorca y D. Alonso.)

Biblioteca Nacional, donde estuvo muchos años en un cajón burocrático, como un expediente.

Muere en Francia el español Juan Gris, de nombre Victoriano González, que ha representado, con Braque y Picasso, el cubismo puro y duro. Su *Guitarra ante el mar* supone todavía una especie de geometría apasionada que nadie ha superado. Gris, para sobrevivir en París, hacía portadas frívolas para las revistas de moda y de modas. El cubismo aún no se cotizaba en millones, como hoy. El encuentro del dinero y el arte siempre es tardío, y el artista o beneficiario ya no suele estar de por medio. Primo de Rivera, como todos los dictadores, ha confundido la democracia con el populismo, y se le ve mucho en las verbenas del Retiro y las fiestas del montepío de actores.

Las faldas siguen acortándose en primavera, con talle bajo y modelos tubo de Lanvin, transparencias por arriba y por abajo. Hay una poesía longuilínea en todo esto. La revolución de las mujeres, como siempre, anuncia otras revoluciones de más fundamento. Pero las matriarcas y madres terribles de Granada y Madrid organizan cruzadas en pro de «Una vestimenta pudorosa, como exige la modestia cristiana». Un eslogan demasiado largo como para triunfar. En Europa, *Die Dame* da faldas por encima de las rodillas y calcetines altos, todo dibujado mediante un cubismo comercial o «aplicado», digamos. El propio Juan Gris es autor de alguno de esos figurines.

En junio fallece García Quejido, notable socialista que luego pasaría a la fundación del partido comunista. En julio, fin oficial de la guerra de Marruecos, pacificación española de la zona. Es una de las pocas promesas del dictador que se han cumplido, aunque con la ayuda de Francia. Queda claro que Primo es mejor militar que político. Pero esto es un principio general que los militares se resisten a aceptar. Se le otorga el monopolio del tabaco al millonario y negociante Juan March, en lo que se refiere a Ceuta y Melilla. Dado que March es dueño de la Transmediterránea, que cubre precisamente lo que luego se llamaría «la ruta del chesterfield», la adjudicación resulta abusiva y es muy criticada. Pero el dictador ha ganado una guerra y ahora reparte el botín entre sus amigos. Juan March es un judío mallorquín de origen humilde que más tarde financiaría en buena parte el levantamiento de Franco.

Desaparece Isadora Duncan. Así como la Duse había sido la penúltima musa del Modernismo, la Duncan, bailarina norteamericana, fue la primera y última musa de una vanguardia que se incorpora irónicamente el clasicismo griego. La Duncan bailaba desnuda, como una Safo del Lesbos manhattánico con rascacielos. Su poeta y amante es el ruso Esenin, que luego se

Concha Piquer, una de esas artistas,
después de la Meller,
capaces de perfumar toda una época.

Juan Gris: Su «Guitarra
ante el mar» supone
todavía una especie
de geometría apasionada
que nadie ha superado.

Juan March, un judío
mallorquín de origen
humilde que más
tarde financiaría
en buena parte el
levantamiento de Franco.

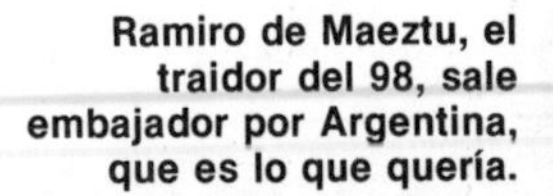

Ramiro de Maeztu, el
traidor del 98, sale
embajador por Argentina,
que es lo que quería.

suicidaría. La Duncan, según es fama, muere estrangulada por su propio echarpe, cuando una punta de éste se enreda en la rueda del coche en que viajaba. Las vanguardias ya tienen sus mártires, aunque no precisamente sus vírgenes. El puritanismo de su país, Estados Unidos, siempre le fue hostil a esta musa del porvenir. Deja unas curiosas *Memorias*.

La Asamblea nacional, producto espurio de un plebiscito que ya hemos glosado, no cuenta ni siquiera con la adhesión de UGT y el PSOE, la izquierda más moderada y posibilista. En la inauguración de la Asamblea, ante el rey, Yanguas no dice más que palabras, palabras, palabras. La política de Primo es una política de hechos, de realizaciones. Unas le salen bien y otras peor. Pero la política de ideas le sale siempre mal.

Don José Calvo Sotelo se inventa otro monopolio, la CAMPSA. Muere en París el hispanoamericano Gómez Carrillo, que había revolucionado el periodismo español durante su estancia en Madrid. Muy literario en sus crónicas y libros, impone, curiosamente, un periodismo sin literatura. Es discípulo directo de Rubén y maestro de González-Ruano. Ramiro de Maeztu, el traidor del 98, tradicionalista y conservador, autor de *El sentido reverencial del dinero*, sale embajador por Argentina, que es lo que quería. Baroja cuenta que Maeztu, de joven, les predicaba todos los días a Nietzsche, pero una vez fueron a buscarle a su casa y Baroja vio que de *Zaratustra* sólo tenía abiertas las primeras páginas. Un día cruzó a gatas la Puerta del Sol, imitando (mal) las excentricidades de Valle-Inclán. Cuando se incorpora, tras cruzar la plaza, se encuentra embajador del general. El general, pues, se está sirviendo de los políticos e intelectuales más ambiguos o de los desplanchados conversos. En diciembre aparece Primo con la Medalla del Trabajo perdida entre las condecoraciones de su uniforme napoleónico.

Todo dictador acaba devorado por sus medallas.

1928: El Opus Dei

Muere Blasco Ibáñez, que ha hecho política, novela, anticlericalismo, cine, socialismo, periodismo, conferencias, intrigas y un poco de todo. Era un valor comercial, un valor de cambio y de uso, pero hoy no le recuerda la izquierda ni la derecha. Es un Zola valenciano, literariamente, que se disipó con su época.

Desaparece asimismo María Guerrero, a quien Benavente, en unas palabras necrológicas y convencionales, considera superior a la Duse y la Bernhardt. Su escuela no ha quedado, pero ha quedado un teatro con su nombre. Gardel trae a España el tango porteño y canalla. Gardel es un Borges bailable. Borges es un Gardel que sabe inglés. El timo argentino triunfando en Europa. Una cosa orillera, afrancesada y de mentira. Primo de Rivera prohíbe el catecismo en catalán, requerido por los sectores más reaccionarios. La Dictadura no es imparcial, sino que está al servicio de los de siempre. La Dictadura pretende estar por encima del bien y del mal, pero tiene dueños. Muere Vázquez de Mella, clerical y germanófilo, que le pasa por la derecha incluso al pretendiente don Jaime. Salen tres concejalas por Sevilla y esto le hace mucha risa al personal. El imperio feminista está aún muy lejos. Por Santander y toda España se va extendiendo la electricidad, como el soplo del siglo XX que apaga para siempre la luz de gas, que es la luz del Romanticismo. Primo de Rivera, como todo dictador, trae alguna mejora material, pero al apagar la luz de gas queda en sombras y olvido todo el Romanticismo español, no muy nutrido, salvo los nombres casi musicales de Larra, Espronceda y Bécquer.

Vázquez Díaz retrata a Alfonso XIII. La obra está entre Zurbarán y el cubismo. Más tarde retrataría a Franco a caballo (de cartón). Vázquez Díaz estaba a todas. Los trajes de baño femeninos para agosto son mucho más pudendos que la minifalda callejera de hoy. Se abre al público la cueva de Altamira. Nuestro bisonte totémico acabará siendo un emblema para la derecha, para la izquierda y para una marca de tabaco. El incendio del

Escrivá de Balaguer, un cura aragonés con inquietudes, pueril, resentido, sentimental, astuto y un poco hortera. Quiso llegar a Papa.

María Guerrero.

Gardel trae a España el tango porteño y canalla. Gardel es un Borges bailable. Borges es un Gardel que sabe inglés. El timo argentino triunfando en Europa.

Vázquez de Mella.

Vázquez Díaz.

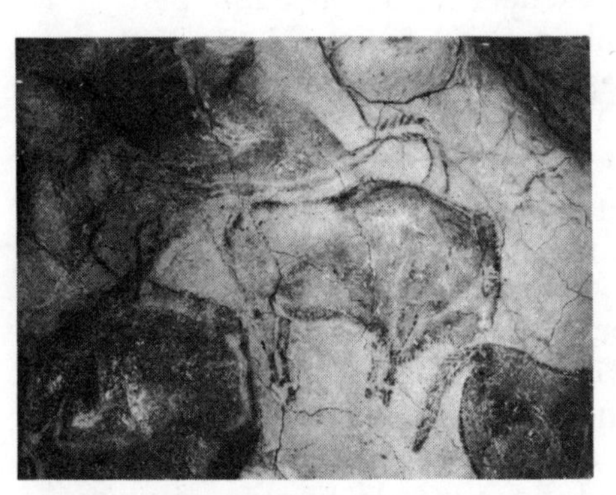

La cueva de Altamira: Nuestro bisonte totémico acabará siendo un emblema para la derecha, para la izquierda y para una marca de tabaco.

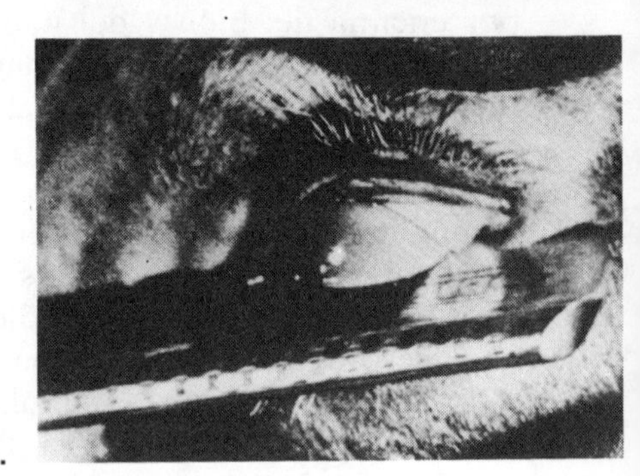

«El perro andaluz».

A Josefina Baker, como es negra, o sea que no tiene alma, se le permite bailar desnuda en Barcelona.

Novedades, en septiembre, aparte la muerte de 200 personas, queda como un referente/recurrente trágico y lírico para los madrileños nostálgicos de los años veinte. Se fuga un toro de un toril y un oso del zoo. Madrid empieza a llenarse de animales inopinados, raros y peligrosos, aparte los políticos del Directorio.

En octubre tiene lugar la fundación del Opus Dei, por parte de Escrivá de Balaguer, un cura aragonés con inquietudes. Imita muy bien a Concha Piquer y, andando los años, llegaría a ser beatificado. Su Obra tuvo gran imperio en el tardofranquismo y hoy lo tiene en el Vaticano. En los años veinte quería ser algo así como una masonería blanca y de derechas, un catolicismo *mondain* y de élite. En cualquier caso, ha ido a más. Escrivá era pueril, resentido, sentimental, astuto y un poco hortera. Quiso llegar a Papa. Sus fieles sólo se le acercaban de rodillas.

Se abre la Academia Militar de Zaragoza, dirigida por Franco. Años más tarde, en la República, cuando Azaña cierra esta Academia, según su reforma militar, copiada de Francia, el general Franco pronuncia un discurso de despedida a los cadetes que anticipa ya la guerra civil. Si Azaña hubiese despreciado menos a los militares, habría entendido este discurso como una amenaza fáctica y nada retórica, sino real.

Se estrena en París *El perro andaluz*, de Buñuel y Dalí, que el surrealista francés Antonin Artaud, poeta y cineasta, denuncia como un surrealismo comercial y falso. En cualquier caso, esta película mítica y corta es muy aburrida.

El general censura y prohíbe incluso una comedia del dócil Benavente, según exigencias de la aristocracia y los curas. Por sus prohibiciones, o sea por su labor negativa, más que por la positiva, se va conociendo a los dictadores. Primo está gobernando cada día más para la oligarquía moral y la iglesia del dinero. En noviembre inaugura un nuevo Gabinete. Primero fue lo militar, luego lo civil y ahora lo cívico/militar. El general, en su laberinto, no acaba de encontrar la fórmula. Aquí están los de siempre, los vendidos al despotismo sin ilustración: Calvo Sotelo, Martínez Anido, Aunós, el conde de los Andes, que luego tendría un hijo cocinillas: Paco Andes, etc. En cualquier caso, la Unión Patriótica ha fracasado como partido único. La Dictadura jadea.

El cine español hace *La hermana san Sulpicio*, de Palacio Valdés, con Imperio Argentina. Es el culto de la derecha a la derecha, mientras a Josefina Baker, como es negra, o sea que no tiene alma, se le permite bailar desnuda en Barcelona. La cursilería de la época la define como «la venus negra» y «la sirena de los trópicos». Pero lo cierto es que a los españoles primorriverizados les distrae mucho más, con su gran cuerpo de raza virgen, que la hermana san Sulpicio.

El diario «ABC» aparecería el 1 de enero de 1903, alcanzando la mayor difusión en España.

1929: Luca de Tena

En febrero desaparece María Cristina, esposa de Alfonso XII y madre de Alfonso XIII. Tuvo que presidir el período de la Regencia, del que se distanció todo lo posible. No fue precisamente una buena sementera para España.

La dictadura decide penalizar la crítica a su gestión, y denuncia la «inquietud pública ante los que desasosiegan con presagio de males y provocaciones de lenguaje». La Unión Patriótica pasará a ejercer funciones de orden público. Lo que había nacido como gran partido nacional, se queda en mera gendarmería.

El 15 de abril fallece en Madrid don Torcuato Luca de Tena, uno de los grandes periodistas del siglo, cargado de gloria y distinciones, entre ellas el marquesado. En 1891 comenzó a publicar *Blanco y Negro*. El diario *ABC* aparecería el 1 de enero de 1903, alcanzando la mayor difusión en España. El periodismo de Luca de Tena es funcional, moderno, muy informativo, pero al mismo tiempo fiel a las verdades de España y al gusto literario de los lectores (en sus publicaciones aparecerán las mejores firmas de cada momento, sin discriminación partidista). La creación de Luca de Tena es tan sólida y fluida que ha cubierto todo nuestro siglo.

Contra la impopularidad creciente del dictador, se le organiza un homenaje nacional, que es el recurso de última hora en estos casos. Pero una buena comida no va a salvar la Dictadura. El «conde Zepelin» sobrevuela España y deja correspondencia en Barcelona. Los zepelines siguen siendo la viñeta porvenirista e ingenua en el cielo litográfico y aserenado de Europa. En Sevilla y Barcelona, año de exposiciones. La estética de estos grandes eventos artificiales está ya entre el sevillanismo de uso y el cubismo comercial y aplicado. Los reyes suelen presidir todas estas cosas, con sus gorros entre Napoleón y auriga sin clientes. Desde Portugal a Dinamarca, Europa está presente en España. Hay un porvenirismo fácil y catalán en casi todo lo que se monta, sin renunciar al culto a la historia, que es ese macero municipal que aparece siempre cuando hace falta. Primo de Rivera visita todas estas cosas. Es el culto al Acontecimiento, recurso final de las dictaduras y de los sistemas que no funcionan. Cuando una política crea descontento, se la sublima hacia el futuro, mediante el Acontecimiento (una exposición, un centenario, algo) que siempre supone fiesta demagógica para el pueblo. La Dictadura jadeaba de muerte y su última apelación fue el Acontecimiento, con lo que de paso ultimaba el separatismo catalán y halagaba el andalucismo del dictador.

Van muriendo los líricos y locos años veinte, quizá la década más brillante del siglo, la de las vanguardias y el *engagement* político de los intelectuales. Las mujeres se ponen sombrero masculino y fuman. El jazz negro y sexual reúne al hombre con la mujer en cópula bailable. Las preciosas se descotan. Las bañistas van a rayas, ya con todo el muslo fuera, y la estética cinematográfica de Mack Sennett equivale al cubismo en movimiento. La libertad canta por todas partes, como un mirlo perdido y cronológico.

Hay un nuevo proyecto de Constitución. Sucesos en Valencia que dejan al dictador sin el valimiento de los militares. Esto se veía venir. Un general no tiene por qué ser un dictador. Primo ha perdido su último apoyo. La derecha, confiando siempre en el conservatismo del ama de casa cantada por Gabriel y Galán, otorga a la mujer el derecho de ser electora y elegible.

El *Graf Zeppelin* da la vuelta al mundo, como una rúbrica celestial de la muerte de los felices veinte o *twenty years*. Muere Diaghilev, creador de los ballets rusos y enamorado de su gran bailarín, Nijinski, el hombre que se mantendría unas décimas de segundo inmóvil en el aire. Nijinski, claro, como todo el que abusa de estas cosas, acabaría suicidándose. Santiago Rusiñol triunfa en Barcelona y Madrid como artista y como personalidad. Muerto años más tarde bajo un gran cartel de Anís del Mono, un cronista le vería, desnudo y tendido, «como un álamo de plata derribado». Otro catalán, Dalí, expone por primera vez en París. Su creación intelectual de la «paranoia crítica» deslumbra a Breton, Papa del surrealismo y de todas las vanguardias. Más tarde, Dalí sería expulsado de la escuela surrealista por sus veleidades capitalistas y de narcisismo. El surrealismo, que había nacido como el máximo antiacademicismo, acaba fundando su propia Academia, y más rigurosa que la otra. Breton, jugando con la ortografía del nombre de Dalí, le bautiza como Avida Dollars. Un día se presenta con un smoking blanco decorado de vasos de leche, y el otro gran pontífice, Louis Aragon, le reprocha:

María Cristina, esposa de Alfonso XII y madre de Alfonso XIII. (En la foto, con su hijo y su nieto, el príncipe de Asturias.)

Torcuato Luca de Tena.

El jazz negro y sexual reúne al hombre con la mujer en cópula bailable. (En la foto, Louis Armstrong.)

Santiago Rusiñol.

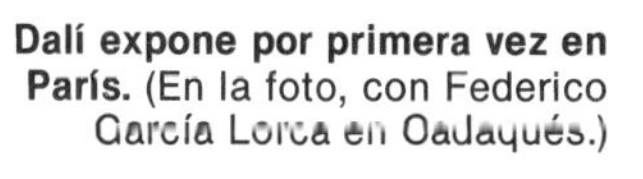
Dalí expone por primera vez en París. (En la foto, con Federico García Lorca en Cadaqués.)

—Con esa leche podrían alimentarse muchos niños hambrientos.

Desde entonces, Dalí pasa a ser el ala derecha del surrealismo. Sólo en los últimos tiempos de su vida, y ahora en nuestros días, se le reconoce en el mundo como el hombre más importante de la pintura y la literatura surrealista. Y, asimismo, se entiende su provocación a los capitalistas yanquis, que es continua y audaz. Esta provocación le reporta muchos millones (el burgués es masoquista y siempre ha pagado porque le castiguen), pero no por eso deja de ser una provocación. Dalí, curiosamente, interesa hoy más a las nuevas mocedades, como discípulo de Leonardo, que el propio Picasso.

En diciembre se anuncia el fin de la Dictadura. El general dice que el sistema «está gastado por la acción del tiempo y la labor de piqueta que contra ella se hace, y los hombres que la dirigen, cansados». Primo confiesa su cansancio, que es histórico más que personal. Se metió en una aventura sin salida. El Borbón, siempre borboneando, le retira poco a poco su apoyo, para no hundirse con el dictador, pero luego comprobaría que ya era demasiado tarde.

En los carnavales de este año que muere se había bailado mucho la java, el tango, el jazz y el agarrado.

Los años treinta: República y guerra civil

Don Manuel Azaña venía prefigurándose como el hombre de la República, y la República era ya una cosa inevitable en nuestro país y en aquel momento, como se ha dicho en este libro. La República, que entra por la puerta de atrás, unas elecciones municipales, se ve en seguida que era esperada por todo el pueblo.

Las fuerzas de la República, aparte el gran apoyo popular, son variadas e incluso contradictorias. El conflicto casticismo/europeísmo se insinúa en seguida dentro de la institución republicana, que parece naturalmente destinada a europeizar y modernizar España, y sin embargo no. Un republicano casticista es Alcalá Zamora, que llevaba botas de guardia civil. Como lo es en buena medida el socialista Prieto, que quiere hacer una República muy española, muy nuestra. Los comunistas, los anarquistas, son fuerzas mucho más internacionalizantes que el PSOE. En cuanto a los republicanos puros, como Azaña, ya hemos estudiado someramente en él un cierto tirón castizo, pero, puesto a actuar, está claro que quiere traer una República a la francesa. Una república burguesa y progresista, intelectual y laica. Para la extrema izquierda republicana se queda corto y para la derecha o el republicanismo moderado (Alcalá Zamora) se pasa. El conflicto de las dos Españas, pues, no es el que se daría rudamente entre el Gobierno y Franco, sino, cosa más grave y sutil, el que amaga ya en el seno mismo de la II República, desde su nacimiento. Esta falta de unanimidad entre las gentes de la República es lo que mataría la institución, tanto o más que el golpe de Franco, golpe que, por otra parte, habría conjurado mucho mejor un Gobierno republicano con disciplina y entendimiento entre sus diversas familias.

Todo esto que venimos diciendo es ya sabido, pero lo que aquí nos interesa es la pervivencia y agudización de la dialéctica casticismo/europeísmo en el corazón mismo, tricolor e inaugural, de una República que suponía, por esencia, la superación de esa dialéctica, la internacionalización de España.

La sanjurjada es el primer brote del casticismo militar contra la República, ya en el año 32. La revolución de Asturias, en el 34, eficaz y crudamente reprimida por Franco, supone el brote opuesto, el levantamiento de unas masas que son puro internacionalismo proletario contra una República que tiene tanto de burguesa como de castiza. España, pues, por un extremo o por el otro, empieza a estar contra una República que más que entidad propia tiene hombres muy importantes, como el propio Azaña, Largo Caballero, Besteiro, Prieto, etc. Hoy, a tantos años, podemos ya preguntarnos si en realidad hubo alguna vez una II República en España, pero de lo que sí estamos seguros es de que hubo unos cuantos republicanos grandes y sinceros, a la altura de los mejores políticos de Occidente. La pugna españolismo/internacionalismo, eje de este libro, es lo que realmente seca por dentro aquella República inaugural y tan esperada.

Hasta 1936, en que el golpe militar pone a la República en situación de guerra, y de guerra perdida desde el primer día, como viera Azaña: «No quiero ser el presidente de una guerra civil.» El golpe militar, en vez de reunir a los republicanos en torno de sí mismo, por natural reacción, viene a exacerbar las diferencias entre las familias republicanas. Comunistas y anarquistas (que tampoco se entienden entre sí) quieren utilizar el golpe como gran ocasión de convertir aquella República burguesa en una auténtica revolución del pueblo. Los republicanos/republicanos son muy europeos y liberales, pero nada revolucionarios. Quizá hay zonas del anarquismo hispánico en que, curiosamente, lo que funciona es un casticismo inverso y exasperado. Casticismo de Madrid o de Barcelona. Los europeístas, en esta guerra, son los republicanos puros, netos, y por eso el paradigma de aquel sistema fue y será para siempre Azaña.

Este rastreo de un casticismo que hemos llamado inverso, en el alma violenta del anarquismo español, nos revela hasta qué punto es completo y profundo el problema casticismo/europeísmo, o endogamia/exogamia. Hay endogamia en la extrema derecha, pero también en la extrema izquierda. Hay exogamia en los azañistas, pero también en los fascistas (José Antonio Primo de Rivera, Ledesma Ramos, etc.), fascinados por ese gran movimiento europeo de los años treinta que es el fascismo italoalemán, belga, etc. Sólo que unos identifican Europa con Francia e Inglaterra, y otros con Alemania y la Italia de Mussolini. En cualquier caso, los *exogámicos* coinciden aquí como europeístas. Si hemos dicho antes que el marxismo es una corriente europea, como su fundador, el fascismo también lo es, y ambos se originan en el corazón de Europa: Alemania.

¿Dónde queda el casticismo endogámico, pues? En el Ejército, como anticipábamos en este libro y como pone de manifiesto el golpe del 18 de julio. (Ejército y Falange nunca se entendieron; Franco y José Antonio se repelían.) Identificar casticismo endogámico con Falange no es una simplificación, sino un error. La Falange utiliza un atalaje nacional, naturalmente (el yugo y las flechas), pero su horizonte último es Europa. En lo que no están de acuerdo, pues, republicanos, comunistas y fascistas es en qué entienden por Europa.

El Ejército, el campesinado y las clases medias y burocráticas son los grandes reductos de la endogamia casticista.

Toda guerra sirve para aclarar las cosas a la luz de las hogueras. Toda guerra es un catalizador. La simplificación de «las dos Españas» queda muy matizada, complejizada y al mismo tiempo nítida durante los tres años de guerra. Aquí no sólo hay izquierdas y derechas, rojos y azules, ricos y pobres, sino que viene habiendo, históricamente, una endogamia nacionalista y una exogamia europeísta. Tanto en lo uno como en lo otro coinciden extraños compañeros de cama, que diríamos hoy. Así, los fascismos son tan europeístas como el comunismo, sólo que todo lo contrario. Y los republicanos. Lo único que cambia es el modelo; para unos Rusia, para otros Alemania, para otros Francia e Inglaterra. Ahí es donde no nos entendemos.

Por eso la guerra no iba a resolver nada, sino que, a más de crudelísima, iba a resultar inútil. En lo fáctico, las derechas ganan la guerra, los ricos siguen siendo o vuelven a ser los dueños de las cosas, y el Ejército, tras la victoria, implanta una mística endogámica y castiza: la famosa autarquía de Franco. Esto en lo fáctico, sí, pero en todo lo demás la guerra civil no ha terminado nunca (como que venía del XVIII, según hemos dicho aquí). La vocación europeísta de los primeros fascismos se ve luego tan frustrada por Franco como la de los exiliados o los muertos. Y cuánto casticismo recuperado hemos podido encontrar con la vuelta masiva del exilio. Dentro del bando vencedor, Franco era el nacionalista y Serrano Súñer el europeísta. Ése es el saldo que nos queda de la guerra. Ha ganado el nacionalismo endogámico de Franco y el casticismo del campesinado y los terratenientes. Ha perdido el europeísmo exogámico de republicanos y comunistas, más el casticismo falangista, que esconde una profunda y equivocada vocación europea.

1930: La Paulova

Dimite Primo de Rivera. Se plantea la crisis total. Jadea España. A Primo lo sustituye el jefe de la Casa Militar del Rey. El general Berenguer quiere formar gabinete. A todo esto se le llamaría luego «el error Berenguer». En general, el nuevo Gobierno lo que trata es de parecer más democrático, nada autoritario, poco militarista. O sea que la experiencia de la fuerza ha servido para poco (salvo para herir de muerte a la Corona). Primo triunfó en lo militar (Marruecos), que era lo suyo, pero fracasó en todo lo demás.

Incluso los monárquicos, desconcertados por el borboneo continuo del rey, están ahora reticentes con Alfonso XIII. Berenguer lo tiene crudo. Al pueblo se le quitan muy fácilmente las libertades, pero no tan fácilmente se le devuelven. La gente recela. Quizá el rey comprende ahora que la experiencia/Primo ha sido un error. Demasiado tarde. Una de las primeras medidas es repatriar a los exiliados, y así Unamuno —todavía el 98— regresa triunfal a Madrid tras su segundo destierro en Francia. Es el caballero inactual, siempre de chapiri, gafas redondas y barba cuadrada. La juventud le sigue. El 98 no ha muerto.

En marzo muere Primo de Rivera en París. Desaparece Gabriel Miró, a quien la Academia había desatendido, pese a que su valedor era nada menos que Azorín. Azorín promete no volver a la Academia, tras este desaire, y lo cumple. El 98 sigue vivo, ya lo hemos dicho. Genio y figura. Miró es otro alicantino/azoriniano muy superior al maestro en cuanto a dotes literarias, pero carece de ese sentido agudo y trágico del tiempo que traspasa y trasciende toda la obra de Azorín. Miró es estático. Así y todo ¿quién es el señor que le quitó el sillón de la Academia? Hoy nadie lo sabe. Dice Sartre que el establecimiento mete a los escritores en el redil de la Academia para que se estén quietos. Pero Sartre llega tarde para defender a Miró.

En mayo, cierre de las Universidades. Las protestas estudian-

Anna Paulova, la Paulova. Era un cisne de los lagos fríos de San Petersburgo, era la pareja femenina arcangélica de Nijinski, era pura, perfecta y última. (En Hollywood, con Charlie Chaplin.)

tiles son antimonárquicas. En Salamanca, Unamuno pacifica un poco a los jóvenes. España se estaba haciendo republicana día a día. Fue el eslogan de los ochenta: «España, mañana, será republicana.» Pero la República fue herida de muerte por Franco. Muere Romero de Torres. Muy popular en su época, sacerdote de un gitanismo estético, los críticos siempre fueron reservones con él. Era un pintor de calendarios. La mayor contestación a Berenguer, una continuación blanda de la Dictadura, es curiosamente la pornografía, lo que lleva a cerrar muchos locales de exhibición en Valencia y otras ciudades. ¿Por qué la pornografía? Cuando el ciudadano se le amputa políticamente por arriba, reacciona por abajo. Gran cuidado con el ciudadano. Pacto de San Sebastián en agosto. Es un pacto republicano en presencia de Lerroux, Azaña, Marcelino Domingo, Albornoz, Alcalá Zamora, Maura, Casares Quiroga, Prieto, Sánchez Román, etc. Los republicanos cuentan con el contrafuerte de los sindicatos, incluso los anarquistas. La República, en fin, se va dibujando en España con nitidez y fuerza, sobre el fondo confuso, militar y cambiante de la monarquía. Los republicanos llenan las plazas de toros, que siguen siendo el sitio donde se dirimen las grandes y pequeñas cuestiones nacionales. El Parlamento natural de España es una plaza de toros. El que llena una plaza de toros ya sabe que va a llegar a figura mítica del ruedo ibérico, tras cortar muchas orejas, o a líder político. Los líderes no nacen del Ateneo ni del Parlamento, como se creía, sino de las plazas de toros. Pérez de Ayala consagraría este paralelismo en *Toros y política*.

Desaparece el general Weyler, protagonista máximo de nuestro colonialismo trasatlántico y frustrado. Es el héroe de una España que se sueña inglesa, con imperio y poder marítimo. Pero ya no hay tal.

Weyler llevaba entre las condecoraciones de su inmensa gloria militar fideos secos de la sopa. Estuvo contra Primo de Rivera y metido en la «sanjuanada». Era un protagonista ciego de muchas cosas y un militar torpe en política, como casi todos. Tuvo una popularidad esperpéntica y sublime entre los españoles. Estas figuras amenizan la historia, decoran los capitulares y luego se olvidan. La Unión Monárquica de Bilbao es violentamente protestada por José Antonio Primo de Rivera, marqués de Estella, hijo del dictador y líder del fascismo español. Se vuelcan tranvías, que siempre es de mucho efecto. Ramón Franco, el famoso avionista, es el hermano golfo y republicano de Francisco Franco, de modo que se le detiene junto a gente tan poco recomendable como el anarquista Pestaña. Parece que andan en una conjura republicana. La República brota por todas

Berenguer, el jefe de la Casa Militar del Rey.

Pacto de San Sebastián: Lerroux, Azaña, Marcelino Domingo, Albornoz, Alcalá Zamora, Maura, Casares Quiroga, Prieto, Sánchez Román. (En la foto, algunos de los prohombres del primer bienio republicano.)

Gabriel Miró.

Weyler llevaba entre las condecoraciones de su inmensa gloria militar fideos secos de la sopa.

Galán y García Hernández se sublevan en Jaca y son ejecutados a las cuatro de la tarde, como los últimos románticos de una milicia liberal y soñadora.

partes, de improviso, como la primavera. Pero Ramón Franco se escapa y desde Bruselas manda una carta mortal a Berenguer. Se le dice influido por su piloto, Rada, que es anarquista. Más bien sería al contrario. Uzcudun pierde frente al italiano Primo Carnera, que pega más duro. Eran los felices tiempos en que había un Ejército republicano, o sea con ideas. Galán y García Hernández se sublevan en Jaca y son ejecutados a las cuatro de la tarde, como los últimos románticos de una milicia liberal y soñadora. Ramón Franco, naturalmente, anda metido en el lío y se subleva en el aeródromo de Cuatro Vientos, Madrid.

Estos brotes violentos de la República aparecen desorganizados, líricos y perdedores. La República, contra todo parecer, llegaría, paradójicamente, el año 31, el próximo, por la vía democrática y pacifista de Azaña. Pero ahí queda la lámina de estos republicanos de romance. Anna Pavlova, la Paulova, no volverá a bailar. Ha muerto en La Haya. Era un cisne de los lagos fríos de San Petersburgo, era la pareja femenina y arcangélica de Nijinski, era pura, perfecta y última. Las revoluciones de izquierda/derecha que vienen después retorcerán el cuello a todos los cisnes melómanos que habían aprendido de ella a ser eso: cisnes.

1931: Azaña

Berenguer dimite tras anunciar elecciones. El almirante Aznar forma Gobierno fijando las elecciones para abril. La convocatoria es del 16 de marzo. Pero al mismo tiempo hay un consejo de guerra contra los republicanos, por el manifiesto de Jaca. Alcalá Zamora, Largo Caballero, Fernando de los Ríos, Albornoz, Maura y Casares Quiroga son condenados por incitación a la rebelión (seis meses y un día).

Aparecen banderas rojas en la Universidad de Madrid. El 12 de abril se celebran las elecciones municipales, que tienen algo de referéndum, algo asambleario, donde la monarquía busca de nuevo la legitimación del pueblo, tras el error de la Dictadura. Pero los votos sumados de la izquierda —republicanos, socialistas, comunistas—, más el triunfo en las grandes ciudades, dejan la Corona como tirada en mitad de la calle. *El Socialista* titula «Espantosa derrota de la monarquía en España». La Puerta del Sol se llena de gente y algunos derriban ese tranvía perdido que, no se sabe por qué, metaforiza siempre el triunfo del pueblo en España. El tranvía es el elefante urbano que perece siempre en cuanto hay cuatro tiros. Pero la República ha llegado sin un solo tiro. Largo Caballero y todo el séquito socialista abren las aguas de este mar Rojo de la multitud para llamar a las puertas cerradas del Ministerio de Gobernación: «Paso a la República.» El famoso reloj se ha parado en una hora perdida. La II República es una tía buena en camisón, una bandera con franja lila y un león de perfil, entre libros abiertos que no parecen interesarle demasiado.

El rey, bien aconsejado, tiene su último gesto de dandismo al abandonar España en silencio. El 16 de abril llega a París. Su dandismo frívolo, en efecto, se profundiza aquí mucho más de lo que él hubiera esperado. Dandy es el que sabe perder, y Alfonso XIII supo.

En las plazas de Cibeles y de Oriente el gentío hace la República intransitable. Un inmenso mapa humano en el que se corporaliza la República. Algo así como la ilustración ingente y

Azaña: Las inmensas clases medias, que aquí como en Francia constituyen el macizo de la nación, tienen en él su voz y su esperanza.

profunda de lo que dicen los datos. La multitud es una multitud estadística que desborda todos los cuadros sinópticos, una estadística caliente e invasiva que le pone a la cuenta de la vieja que echan los periódicos un clima de revolución, una temperatura entre taurina y patriótica, de un patriotismo inverso, que ha salido a la luz desde la sombra secular. El advenimiento de la República es un hecho que pertenece a la épica madrileña (intelectuales, políticos, pueblo) como el Dos de Mayo, pero hay periódicos catalanes que titulan así (todo el mundo quiere adjudicarse la hazaña): «También en Madrid el pueblo se echó a las calles.» Mal empezaba el trato entre la República y la Generalitat, que desde el primer momento quiso, y con justicia, capitalizar el cambio hacia su independencia.

El primer Gobierno provisional lo preside Alcalá Zamora, a quien la derechona llama en seguida «el botas», ya que las usaba gordas y de elástico, botas de guardia civil. La primera disposición republicana es sustituir el himno nacional por el himno de Riego, que el pueblo canta con la conocida letrilla callejera:

Si los curas y frailes supieran
la paliza que les van a dar...

Disposición un poco pueril, concesión a las masas, juego. La Ley Azaña, muy elaborada por don Manuel, reforma del Ejército de acuerdo con el modelo francés, es ya algo perfectamente serio. La República, efectivamente, tenía un arsenal de ideas para poner en práctica. Azaña, de momento ministro de la Guerra, saben todos que es el hombre. Llevado de su dandismo de feo (hay un dandismo de los feos), cuando Rivas Cheriff le anunció que la República, «su» República, había triunfado, dijo:

—Lástima, quince días más y terminaba mi novela.

Estaba escribiendo *Fresdevall*, su novela autobiográfica y familiar. En cuanto a la reforma agraria, sólo se sugiere a los absentistas que cultiven sus tierras (apenas iban a ellas más que de caza), salvo peligro de perderlas. Pero lo que el pueblo espera es «la tierra para el que la trabaja». Aquí principian ya las dubitaciones de una República burguesa, que las masas, sin mayor motivo, han confundido con una revolución como la soviética. En algunas tareas se sustituye a la Guardia Civil por la de Asalto, como menos impopular, y empiezan las delicadas y complejas negociaciones con Cataluña.

El cardenal Segura, primado de España, emite su primera pastoral del nuevo régimen, una pastoral intempestivamente monárquica, que denuncia la quema de conventos, ignorando que algunos los ha quemado la propia derecha, por crear catastrofismo. En todo caso, las relaciones Iglesia/República van a ser siempre conflictivas, y éste será uno de los factores que, sutilmente, irá erosionando el Estado laico. Los pirómanos de conventos parece que tienen predilección por los edificios de los jesuitas. El pueblo tiene una intuición ágrafa para saber dónde está el enemigo, para ir directamente al corazón, aunque hay pirómanos que, al entrar en una iglesia para quemarla, lo primero se quitan respetuosamente la boina.

En las elecciones de las Cortes constituyentes el triunfo de la izquierda es ya abrumador. Principian los conflictos laborales y agrarios, pues el pueblo siempre tiene prisa y los políticos de Madrid quieren ir por sus pasos. Pronto, la República empezará a ser diagnosticada como «burguesa», con lo que irá perdiendo fuerza. Sólo el alzamiento militar del 36 devuelve a esta República, efectivamente burguesa, la adhesión del proletariado (la Historia siempre es irónica).

Besteiro preside las Cortes. Es un hombre caballuno, elegante, socialista, bueno y dubitativo. El radicalsocialismo se impone en el Parlamento. Sólo el obispo Irurita, de Barcelona, se pronuncia por los trabajadores y contra la actitud hostil y cerrada de la Iglesia española en el momento que se vive. Justicia suspende la desamortización de bienes religiosos, en respuesta a la política de Segura y otras jerarquías eclesiales, que quieren venderlo todo, por miedo a las confiscaciones, y situar el dinero fuera de España. La República principia a cuidar del tesoro artístico nacional. Sus hombres son laicos, pero cultos. La Constitución republicana empieza diciendo así: «España es una república de trabajadores de toda clase que se organiza en régimen de libertad y justicia. Todos sus poderes emanan del pueblo.» No es absolutamente verdad, pero suena.

En el momento caliente de la relación o falta de relación Iglesia/Estado, Azaña, con su facilidad para la frase, dice aquello: «España ha dejado de ser católica.» Tampoco es verdad, pero también suena. Las damas de Acción Católica presentan pliegos de firmas contra la orientación laica del Gobierno. Se las ve de chapiri y menopausia, entre legajos. La Agrupación al Servicio de la República (Ortega, Pérez de Ayala, etc.) saca muy pocos votos allí donde se presenta. Los intelectuales juegan a estar y no estar, y esto el pueblo lo adivina en seguida. Esta falta de adhesión, esta indiferencia del gentío explica el aristocratismo de los intelectuales que iban a dejar solo a Azaña, retirados a sus Palacios de Invierno.

La ley de defensa de la República empieza a darle al nuevo régimen un extraño perfume de dictadura. Azaña lleva su refor-

La Segunda República es una tía buena en camisón, una bandera con franja lila y un león de perfil, entre libros abiertos que no parecen interesarle demasiado.

Besteiro preside las Cortes. Es un hombre caballuno, elegante, socialista, bueno y dubitativo.

Cardenal Segura.

ma militar al extremo. El cierre de la Academia de Zaragoza, regentada por Franco, como nido de antirrepublicanismo, daría lugar a la proclama del general, ya comentada en este libro, que supone todo un anticipo de la guerra civil, y que nadie supo ver. Pérez de Ayala estrena *AMDG*, contra los jesuitas, con un oportunismo a lo Pemán. La obra, mala, se convierte en una guerra civil dentro de un teatro. Mientras las ideas van y vienen, los políticos meditan y los intelectuales estrenan lo que sea, en España hay medio millón de tísicos, todos pobres, naturalmente.

En diciembre queda aprobada la Constitución. En el Gabinete de Azaña, Prieto, Albornoz, Largo Caballero, etc., García Lorca pone en marcha La Barraca, para llevar los clásicos al pueblo, y la derecha pone en marcha Acción Española (mimetismo de Acción Francesa), donde firman los fascistas Montes, Pemartín, Maeztu y Víctor Pradera.

El hombre de la situación es Azaña, pero ni él tiene prisa ni los otros quieren enterarse. Las inmensas clases medias, que aquí como en Francia constituyen el macizo de la nación, tienen en él su voz y su esperanza.

Pero eso se sabrá más tarde.

1932: La Sanjurjada

La Argentinita triunfa en Nueva York. La revista musical *Las Leandras* triunfa en toda España. Se disuelve la Compañia de Jesús. A los incendios parciales del pueblo ha sucedido este incendio legal del Gobierno, con apropiación de los bienes eclesiásticos. Toda la España de entonces ve en los jesuitas un instrumento de poder e influencia callado y reaccionario.

Tragedia en Castilblanco, Badajoz. Los campesinos hacen huelga y la Guardia Civil los reprime a tiros. Estamos como cuando la monarquía. Y es que el pueblo, ya se ha dicho aquí, tiene unas urgencias que no conocen los poltrones políticos de Madrid. ¿Y para esto se ha hecho una guerra democrática por la República y se ha ganado? También es verdad que los terratenientes colaboran poco y, por el contrario, se regocijan con estos conflictos que deterioran el ideario republicano. Norton y el Mercedes Sport llevan a un paraíso de velocidad a los esnobs y privilegiados que no creen en la lucha social. Se implanta el divorcio en España, con los reparos morales y personales del presidente de la República, Alcalá Zamora, y la oposición sorda y en *crescendo* de la Iglesia. La ley está bien hecha y prevé los embarazos en marcha y otras cuestiones. Se la considera como una de las leyes divorcistas más avanzadas de Europa. España hace las cosas tarde, pero las hace bien. El terciopelo es la última moda en los vestidos femeninos, con chapiris breves y medias con la costura por delante.

En Barcelona muere el pintor Ramon Casas. En los teatros se anuncian los «senos en libertad», con asistencia masiva de caballeros. Entre los senos de las mujeres, como entre las manzanas del huerto, se da la circunstancia milagrosa de que no hay dos iguales. Por eso nos siguen erotizando las manzanas.

Dimite Victoria Kent como directora de prisiones. El Gobierno no ha autorizado su depuración del personal carcelario y esto la lleva a abandonar. Navarra rechaza el estatuto vasco, con lo que va quedando claro que la autonomía vasca no tiene perfil definido, idioma legible ni personalidad concreta. Don

Juan March va a la cárcel, ya que sus relaciones financieras con la Dictadura extinta son consideradas fraudulentas. La República quiere hacer justicia hacia atrás y hacia adelante. La moda estival nos trae grandes pamelas, vestidos largos, acampanados, con olor a violetas, que en realidad son falda/pantalón. Julio levanta su lirismo frente a los protocolos negros de la vida. Y la mujer es la destinataria de todas las cartas perdidas del estío. Sanjurjada en Sevilla. Los militares contra la República. Sanjurjo es sometido inmediatamente. Este fácil éxito de la República contra los pronunciamientos y asonadas militares es lo que perderá luego a Azaña, cuando la cosa viene en serio (Franco) y nadie acaba de creérselo. La prisión de Juan March la van a pagar con sangre los españoles. En la plaza de toros de Almagro, Ciudad Real, el personal le planta fuego al coso y deja los toros en libertad. Cunde el pánico. Los toros son la ilustración goyesca (siempre hay un Goya colectivo entre el pueblo español) de lo que realmente está pasando en la política, la sociedad y la vida. En septiembre, aprobación del Estatuto catalán. El primer divorcio republicano de España se produce en Las Palmas de Gran Canaria. Dos que no se llevaban bien. La Xirgu, hija predilecta de Barcelona. Hoy sería una actriz insoportable, con sus cojines y sus túnicas, pero en los treinta fue la musa de la República, como otras, ya reseñadas aquí, lo habían sido del 98 o el Modernismo.

Los movimientos más crudos de la Historia macho necesitan siempre de una mujer que los alegorice.

Blas Infante y la bandera andaluza tremolan en Sevilla. Es demasiado tremolar, pero bueno. Canarias cubierta por la langosta. Quizá una plaga bíblica enviada contra el primer divorcio (canario) de la República. En diciembre muere Amadeo Vives, y deja a todas las criadas de España los cantables de *Doña Francisquita*, para cuando limpian el polvo. Maciá, presidente de Cataluña. La República condena a los responsables de la Dictadura. La República no quiere partir de cero, sino borrar las huellas del pasado. Martínez Anido, Serrano, Berenguer, Calvo Sotelo, Yanguas, Benjumea, Aunós y Jordana aparecen entre los encausados. Los rentistas, una clase tan tratada por el costumbrismo, algo así como el paraíso civil de algunos ciudadanos, son de pronto sujetos a impuestos por Carner, ministro de Hacienda. La medida es moderada, pero así y todo resulta copernicana en esta España resuelta en clases, como la India. Y los rentistas eran una clase, un costumbrismo y una aristocracia peatonal y menor.

La República tiene dos musas: la Argentinita y la Xirgu. La primera baila para el pueblo pedernal y la otra hace teatro

anjurjada en Sevilla. Los militares contra la República.

La Argentinita triunfa en Nueva York.

La prisión de don Juan March la van a pagar con sangre los españoles.

La Xirgu, hija predilecta de Barcelona. Hoy sería una actriz insoportable, con sus cojines y sus túnicas, pero en los treinta fue la musa de la República.

Blas Infante.

Muere Amadeo Vives, y deja a todas las criadas de España los cantables de «Doña Francisquita», para cuando limpian el polvo.

Macià, presidente de Cataluña.

para los entendidos, los intelectuales, los exquisitos, las marquesas de la República, los bujarrones de la Residencia de Estudiantes (que apagaban velas con el culo) y los lorquianos de relevo y entrada en quintas. Tras la sanjurjada, es la mujer emblemática de los treinta. Hasta llegó a creer que *Nuestra Natacha*, de Casona, era una función revolucionaria. Las musas es lo que tienen:

Sirven lo mismo para un barrido que para un fregado.

1933: Bodas de sangre

En enero se produce la tragedia de Casas Viejas, en Cádiz. Anarquistas contra guardias civiles. Y la famosa frase de Azaña, que posiblemente nunca dijo Azaña:

—Ni heridos ni presos. A ésos, cuatro tiros a la barriga.

Hombres, mujeres, y niños se han hecho fuertes en una choza. El resultado del asedio se cifra en varios muertos por ambos bandos. El Gobierno ha sido particularmente cruento en esta represión. El Gobierno y toda la República se encuentran entre la espada de la derecha y la pared del anarquismo. La República va quedando ya para siempre como «burguesa», y esto le quita ratificación popular. Las bodas de los intelectuales con el pueblo han resultado unas bodas de sangre, que es como titula García Lorca el primer drama de una trilogía sobre los pueblos de España, drama estrenado en este mismo año.

La guerra civil de los gitanos y los toreros sigue su curso por libre, al margen de la guerra política que venimos reseñando. Es asesinado Rafael Bienvenida, patriarca de toda una dinastía gitana y taurina que llega hasta nuestros días. El *Romancero gitano* del citado García Lorca parece que sigue sangrando en España, más allá del libro, que le ha dado a Lorca una popularidad fácil y no del todo deseada.

En Madrid empiezan a funcionar las señoritas/taxi (famosas taxi/girls americanas), que se alquilan para bailar, por una peseta y cincuenta céntimos, cinco piezas con el caballero que las elija, en el salón correspondiente. Nunca se ha explicado si detrás de estas bailarinas de alquiler había una prostitución regularizada. Lo de Casas Viejas hace mucho daño a la República. La derecha empieza a capitalizarlo y, por supuesto, las elecciones de abril darían el triunfo a la CEDA de Gil Robles. Si la República llegó por unas municipales, puede disiparse por otras. El factor disolvente de la República, junto a los que hemos enumerado, es la propia República, cuyos elementos internos no se entienden entre sí. La pluralidad de las izquierdas españo-

asas Viejas: El Gobierno y toda la República se encuentran entre la espada de la derecha y la ared del anarquismo.

las hace que el régimen no sea una cosa homogénea, sino un continuo juego de desintereses, más que de intereses, que esto no estaría tan mal. El radicalismo de unos y el intelectualismo de otros, más el común denominador «burgués» que les aplica el pueblo, van agostando la lozanía que esta II República tuvo hace sólo dos años.

Muere Salvador Rueda, malagueño y rubeniano, popular y modernista, poeta al que pierde un poco la facilidad, facilidad que Juan Ramón Jiménez definiría como «mala novia». En todo caso, los del 27, como el ya citado García Lorca, son hoy la vanguardia en España y el Modernismo se va quedando en un biombo bello y viejo que finalmente decora los desvanes. Sale el billete de 25 pesetas, con la imagen de Calderón. La moda va siendo más recta, con hombros anchos, trajes de cuerpo flojo y faldas rectas sin vuelo. Los treinta suponen una sutil militarización de la moda que no advertiríamos hasta tiempo más tarde. Porque el militarismo es lo que viene, y concretamente el fascismo. La mencionada CEDA de Gil Robles sería luego un vivero fascista a la española.

Los religiosos no podrán enseñar. La medida parece saludable, pero es precipitada. De una parte, el macizo católico del país se pone contra la República. De otra parte, el Estado no tiene previsto nada en materia de enseñanza, y los frailes cumplían, mal que bien, esta importante labor. Ya en nuestra postguerra, el general Franco, más cauto, se beneficia de la enseñanza religiosa en estos dos sentidos: enseñanza nada inquietante y solución a una falta de estructuras estatales en esta materia. La enseñanza es una inversión a largo plazo que nunca ha interesado a los políticos del momento, la actualidad y la fugacidad.

Esto, en cuanto al alma. En cuanto al cuerpo, se extiende el nudismo. Las españolas, un poco cansadas de mirar las tetas a las coristas, deciden enseñar las suyas gratis, en campo y playa. Las tetas y toda la metafísica del cuerpo, de la carne. Es cuando el aire de España se puebla de esas palomas raudas y rosas que son los senos de la mujer. En esto sí se ve que la República ha cambiado las costumbres. Si no ha quitado la coraza católica a los señores, cuando menos les ha quitado el sostén a las mujeres.

Tras el desastre de Casas Viejas, Lerroux forma Gobierno con Albornoz, Martínez Barrio, Santaló, etc. Azaña, ese hombre enigmático y eficaz, elocuente y frío, vuelve a la sombra, pero tanto él como Lerroux van socializando la República. Esto lo ve muy claro la derecha (o las derechas, que también son plurales), y se rearma. La derecha siempre se está rearmando moralmente, lo que significa que circulan muchas pistolas. Lerroux, en

El «Romancero gitano» le ha dado a Lorca una popularidad fácil y no del todo deseada.

La CEDA de Gil Robles sería un vivero fascista a la española.

Acto fundacional de Falange.
(En la foto, de izquierda a derecha A. García Valdecasas, J. Ruiz de Alda y J. A. Primo de Rivera.)

Martínez Barrio.

cualquier caso, es hombre doble en quien Azaña no cree mucho.

Acto fundacional de Falange. Primo de Rivera, hijo de un dictador y precursor de otro, es un chico que ha hecho Derecho y se presenta ya de uniforme fascista, directamente. Primo de Rivera, como orador, es un concentrado de Ortega, Mussolini, generación del 27, Costa, luceros, estrellas, intemperies y nacionaltotalitarismo. La cosa es en el teatro de la Comedia, en octubre, un domingo por la mañana. Entre el público, albiñanistas, Ruiz de Alda, García Valdecasas, antiguo republicano, gentes de Unión Patriótica, todavía, monárquicos, militares, el aristocrático teniente coronel Varela y el populista/obrerista Ledesma Ramos, alfonsinos de Renovación Española y otros peatones y vagos dominicales. Lo que más gusta a la derecha es la decisión joseantoniana de asaltar violentamente el estado de derecho.

Este fundador del facismo español (aunque tiene precedentes, como Calvo Sotelo) predica una dialéctica «de los puños y de las pistolas», que es la que le da muerte en Alicante a los 33 años. En su testamento pedirá que no se derrame más sangre española, pero él había derramado la primera, y no precisamente de oligócratas, sino de obreros de Cuatro Caminos, la ciudad sagrada del marxismo. Entre este público surtido y raleado de la Comedia, un conde, diplomático, poeta y cínico, dandy y gordo, que sale medianamente fascinado: Agustín de Foxá.

A Lerroux, en el Gobierno, le sucede Martínez Barrio, que se limita a preparar las elecciones generales de noviembre. Primo Carnera bate a Uzcudun en Roma. Primo es ya el mito musculado de las masas fascistas de Italia. Las mujeres van a votar en España. Todas se sienten Victoria Kent, Margarita Nelken, Urraca Pastor, etc., pero con los pechos bronceados del verano. El movimiento feminista no sólo quiere algún poder, sino el Poder. Don Juan March se fuga de la cárcel de Alcalá auxiliado por los propios carceleros. March huye en su coche, que estaba siempre aparcado a la puerta de la cárcel, esperándole, o sea que era una fuga anunciada. A la República empiezan a ocurrirle estas cosas cómicas, y lo cómico deteriora más que lo trágico. Valle-Inclán estrena *Divinas palabras* en el Español. Todavía el 98, o ahora más que nunca. En esta obra se ve la influencia de Valle en Lorca, y concretamente en *Bodas de sangre*, que, como hemos reseñado, se estrenó este mismo año.

Efectivamente, entre lo trágico y lo cómico, la derecha gana las generales de noviembre y hay todo un censo de mujeres de niño en la cadera y moño al trote que nunca se ha sabido lo que votaron. La CEDA saca 113 escaños. El PSOE le sigue con 58. Pero si se suman las izquierdas, los autonomistas, etc., el triunfo hubiera vuelto a ser de los del 31. Lo que pasa es que no se sumaron. En cambio, la abstención anarquista resta muchos votos a la izquierda, frente a la cohesión de Gil Robles, que hasta saca las monjas de clausura a votar. Los comunistas y Falange Española logran un escaño cada uno, lo que manifiesta que el profundo y sensato pueblo español no está por los extremismos. Pero este triunfo de la derecha (del que Gil Robles es el primer aterrorizado: puede «morir de éxito», como se dice hoy), no hará sino alertar y cohesionar ahora a las izquierdas, en una dialéctica infernal que agota los contenidos republicanos y se resuelve en el Frente Popular, que origina a su vez, como respuesta, el alzamiento africanista de Franco. La lucha de clases, en España, resulta así que no es frontal, sino circular y diabólica. Los senos desnudos no volverán a revolar el cielo invertido del mar azul de España, como esa proa del ángel que es la paloma, hasta otro verano.

Si es que hay otro verano.

1934: Revolución de Asturias

Fusión de FE y JONS, lo que quiere decir que el fascista Primo de Rivera se une al socialista Ledesma Ramos, un revolucionario de biografía equivocada que resultó más fascinado por Mussolini que por Lenin. Propugnan «una actuación violenta en el terreno de la acción antimarxista». El Gobierno Lerroux restablece la pena de muerte, con lo que ya se sabe por dónde va este andaluz decidor, palabrón, cambalachero y populista, «El Emperador del Paralelo», que sólo vestía mono y comía bocadillo cuando estaba con los obreros.

Ocupación pacífica de Ifni. La CEDA se manifiesta en El Escorial. El lema de Gil Robles, en esta manifestación millonaria, parafascista y escurialense, ya no deja lugar a dudas:

—¡Los jefes no se equivocan!

Calvo Sotelo expone en el Parlamento un esbozo de dictadura que define, cínicamente, como «plenos poderes». El nacimiento del fascismo español, así, tiene varios orígenes: el joven Primo de Rivera, el proletario Ledesma Ramos, el «ilustrado» Calvo Sotelo, el nacionalcatólico Gil Robles. La derecha es plural y actuante en este momento. El capitán Rojas, que dirigió la represión de Casas Viejas, es condenado. Lo que un Gobierno ordena, el Gobierno siguiente lo castiga, pero «por abajo», naturalmente. Uzcudun se enfrenta a Max Schmeling en Barcelona. En agosto, un toro mata a Sánchez Mejías, torero y dramaturgo. Andaba entre intelectuales y García Lorca lo llora en dos largos poemas que, más allá de la tragedia taurina, llegan, genialmente, a la mitificación enamorada del hombre. Otro torero, Cagancho, le había plantado fuego a una folklórica, sembrándola primero con anís. Se llamaba Ana Guerrero y salió un poco socarrada del trance. Cagancho, encarcelado, sale libre el 19 de septiembre. La España de charanga y pandereta, o de guitarra jonda y torero golfo, sigue su tradición y su lámina al margen de la Historia, siempre igual a sí misma, fuera del tiempo.

evolución de octubre en Asturias. La única oportunidad seria, aunque breve y restringida, que ha nido España de revolucionarse.

Ledesma Ramos, un revolucionario de biografía equivocada que resultó más fascinado por Mussolini que por Lenin.

Lerroux, Emperador del Paralelo, sólo vestía mono y comía bocadillo cuando estaba con los obreros. (En la foto, con Lluís Companys.)

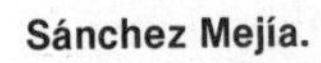

Sánchez Mejía.

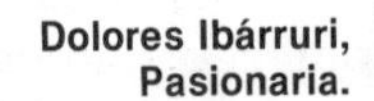

Dolores Ibárruri, Pasionaria.

Cataluña se declara independiente. (Companys, con su gobierno de la Generalitat.)

Revolución de octubre en Asturias, Lerroux ha metido en su Gabinete a tres ministros cedistas. El pueblo ve que la derecha vuelve a secuestrar la República, y esto, junto a las dolorosas condiciones laborales, trae la revolución de octubre en España, que es la única oportunidad seria, aunque breve y restringida, que ha tenido España de revolucionarse. Al grito de UHP, socialistas y anarquistas convocan huelga general revolucionaria en todo el territorio, el 4 de octubre. De todo el tejido laboral español, la minería asturiana es el más sensible, explotado y subversivo, y por ahí prende la antorcha dc la Historia.

Una concentración piadosa de la CEDA en Covadonga, 9 de septiembre, es considerada como una provocación a «la región más proletaria». La derecha quiere volver a arrancar siempre de Covadonga. Indalecio Prieto trae un cargamento de armas en el *Turquesa,* para la revolución, pero la derecha lo detecta y surge la represión, coordinada desde Madrid por Franco, que lo hace como él sabe hacer estas cosas. Catorce días ha durado el conflicto. La revolución más corta del mundo. Se detiene a Largo Caballero, Azaña, etc., más el exilio de Prieto, hasta el 36. La derecha ha perdido con todo esto las próximas elecciones. En Asturias se ha decantado, como gran figura revolucionaria, Dolores Ibárruri, luego «Pasionaria» (por las católicas rosas de la Pasión de Cristo, y no por otras interpretaciones folklóricas que ha querido dársele al nombre).

Si, como hemos dicho, la derecha, con esta actuación cruenta, ha perdido las próximas elecciones, la izquierda por su parte, y la República en concreto, queda ya en delicada situación: se ha puesto de manifiesto que tras la «República burguesa» hay toda una revolución proletaria como la soviética (a escala, naturalmente). Y esto parece no gustar a casi nadie en España, según los datos electorales que hemos dado en el capítulo anterior. Cataluña se declara independiente. Muere el gran escultor Gargallo. En diciembre se estrena *Yerma,* de Lorca, segunda obra de su gran trilogía. Yerma es Margarita Xirgu, naturalmente. Entre el drama rural y la influencia de Valle-Inclán, Lorca va fotografiando la España profunda, que tiene así en el teatro expresión tan intensa como en las huelgas revolucionarias.

Lorca se estaba trabajando minuciosamente su asesinato.

1935: Don Juan de Borbón

Las bodas de sangre (por seguir con el tema) entre falangistas y obreristas se rompen en este año con la expulsión de Ramiro Ledesma de Falange. Ledesma acusa a José Antonio de feudalismo, señoritismo y abandonismo. Ledesma es un revolucionario de biografía equivocada, como ya hemos escrito aquí, que nunca encontrará su sitio. La falta de autodeterminación es grave para un político y acabará disipando a Ledesma en el olvido. Sin Ledesma, la Falange ya puede dedicarse a ser lo que es: una contrarrevolución de señoritos.

Las españolas lavan sus prendas delicadas con persil. Alicia Navarro sale Miss Europa, o sea que la política va mal, pero las españolas siguen estando buenas, Dios nos las conserve, hijas mías. El incansable y confuso Lerroux, hombre/orquesta de la política, forma ahora Gobierno, a petición del presidente, Alcalá Zamora, *el Botas*, con Gil Robles, Martínez Velasco, Melquíades Álvarez y en este plan. En el año de mi nacimiento, 1935, somos ya una república secuestrada por la derecha. Dalí pinta su *Presentimiento de la guerra civil*, uno de los grandes cuadros del surrealismo mundial, al que hay que añadir su valor profético, vertiginosamente expresado en la obra. En Asturias cae el bandolero Carpanta, como una sombra con patillas, romántica y montaraz, de la España de Merimée. Muere Gardel en accidente de aviación. Por fin nos hemos librado del invasivo, borgiano y lastimero tango.

El secretario general del PCE, José Díaz, propugna una «concentración popular antifascista». Sin duda, es una consigna de la III Internacional, pero responde a una realidad española, el auge del fascismo, de modo que el *burgués* Azaña y toda la izquierda, folklórica y surtida, acude al llamamiento. Lo que pasa es que la derecha se agrupa por intereses y la izquierda por ideas, o sea que no se agrupa. Y así es como la República va siendo tomada, casa por casa, por los cedistas y los falan-

da de don Juan de Borbón y Battenberg, príncipe de Asturias, con doña María de las Mercedes bón y Orleans.

gistas, lo cual traerá luego la respuesta violenta del frentepopulismo.

La derecha da marcha atrás en la reforma agraria. Cosas de la CEDA y quienes la han votado. El Partido Agrario, que es un partido de terratenientes, vuelve a poner las cosas, y las fincas, en su sitio, o sea en manos de los de siempre. Incluso el falangista José Antonio protesta contra esta involución, entre otras cosas porque el derechismo clerical y lamerón de Gil Robles favorece, por contraste, su imagen «revolucionaria». Es lo que han hecho los fascismos en toda Europa: contrastarse con la burguesía tradicional y quietista para quedar como renovadores. En julio hay un asalto a un campo nudista, pero no se producen violaciones, como era de prever, sino robos de ropa. Hay gente muy rara. Schmeling acaba con Uzcudun. La España de la rabia sin ideas pierde su símbolo, que Uzcudun lo era como Carnera en Italia, el superhombre nietzscheano en versión ribereña.

Estalla la estafa del estraperlo. Los señores Strauss y Parlo han inventado una ruleta trucada que gira ya en toda Europa. Se acaba el fraude, pero quedaría la palabra, españolizada, *estraperlo*, con gran auge en nuestra postguerra como sinónimo de fraude o mercado negro. Del estraperlo nacería casi toda la aristocracia franquista.

En octubre, boda de don Juan de Borbón y Battenberg, príncipe de Asturias, con doña María de las Mercedes Borbón y Orleans. La ceremonia ha tenido lugar en la iglesia de los Ángeles, de Roma. Ha bendecido la unión el arzobispo de Florencia, cardenal Della Costa. Don Alfonso XIII llevó a la novia, mientras que don Juan iba acompañado de doña Luisa de Orleans. A ambos lados de la iglesia, cincuenta parejas alegorizaban las provincias españolas. Más tarde, los novios serían bendecidos en el Vaticano por Su Santidad. A la boda asisten más de 10 000 españoles, convirtiéndola en una gran manifestación monárquica.

En España no hay monárquicos sentimentales, pero sí intelectuales, políticos y militares que consideran la monarquía democrática como una salida nacional al caos del momento. Más tarde, ya en la guerra civil, y luego en la larga hegemonía de Franco, la conducta de don Juan es sutil y ejemplar en su relación con el general. Así conseguiría, finalmente, ya que no volver él al trono (no era una cuestión de poder personal), situar a su heredero, no sólo bajo la Corona, sino al frente de una renovación democrática (y socialista) de España, que sin don Juan no hubiera sido posible. ¿Una democracia secuestrada por una monarquía? ¿Una monarquía secuestrada por una democracia?

Dalí. «Presentimiento de la guerra civil», uno de los grandes cuadros del surrealismo mundial, al que hay que añadir su valor profético, vertiginosamente expresado en la obra.

José Díaz, secretario general del PCE.

Uzcudun.

La derecha reinante ni siquiera es la buena (que la hay), sino la clerical y mediocre de Gil Robles, llena de sacristanes interiores que ni siquiera saben tocar una campana.

Da igual. Lo más fácil es decir que los borbones borbonearon y engañaron a Franco, pero el cronista se ha preguntado muchas veces en qué medida Franco no *deseaba* subconscientemente ese engaño, esa *traición*. ¿Por qué, si no, desecha a Alfonso de Borbón y acepta a Juan Carlos, inevitablemente equipado con todo el bagaje liberal, democrático y europeo de su padre? Franco tampoco era tonto para no ver esto. A lo mejor es cierto que seguimos viviendo de su herencia, pero no en el sentido habitual de la frase, sino en otro más profundo, judío, galaico y sutil.

En octubre, mitin de Azaña y la izquierda republicana. Se recrudece la propaganda política. El hermético Azaña se ha vuelto del revés hacia las masas. Todo esto —borbones, republicanos— podríamos profundizarlo y matizarlo más en un ensayo, pero éstas son unas memorias y el primer deber de un escritor es ser fiel al género que ha elegido: en este caso el narrativo.

En Murcia, la gente se intoxica de pan. En noviembre, en el Monumental, mitin de Gil Robles. Los carteles roblistas se parecen mucho a los republicanos. Hay una estética de la época, entre el cubismo y el expresionismo, y todos la utilizan, porque todos quieren parecer modernos. Aquí el arte se burla de las ideologías. En diciembre se establece el Frente Popular. PSOE, republicanos y comunistas. Las izquierdas se unen frente a la derecha reinante, que ni siquiera es la buena (que la hay), sino la clerical y mediocre de Gil Robles, llena de sacristanes interiores que ni siquiera saben tocar una campana. Se les suma el PNV.

A estas alturas de la Historia, el memorialista del siglo tendría que decir que, superado hoy el análisis meramente monetarista, la guerra civil que viene (falta medio año) no es sólo consecuencia de un enfrentamiento de clases, sino más bien expresión de dos (o más) Españas que hace quinientos años se unificaron por la fuerza, pero siguen latiendo por separado en clases, gremios, orígenes, nacionalidades, lenguas, ideologías, razas y gentes. (En Estados Unidos la guerra de Secesión tampoco cerró la profunda grieta entre Norte y Sur, pese a *Lo que el viento se llevó*, sino que sigue abierta y se manifiesta todos los días: asesinato de Kennedy en Dallas, el yanqui descabalgado por los vaqueros y sudistas.) De modo que para entender un poco la guerra civil española que vamos a narrar a partir del próximo capítulo, habría que municionarse de todo el bagaje histórico y cultural que tenemos los españoles, y no ser simplistas ni hombres de una pieza.

Y esto que digo no es venializar la guerra, sino, por el contrario, magnificarla y explicar, una vez más, que no fue sólo una guerra de pobres contra ricos, sino una expresión/explosión violenta de una partición múltiple de España: ideologías, geografías, monarquías (coronadas o no), dinastías del trabajo y gremios de oro, yo qué sé.

Y en esa partición y multiplicidad, ay, consistimos.

1936: Los cruzados de la causa

Desaparece don Ramón del Valle-Inclán. Es el 98 que se extingue, metida como está España en otros afanes, reaccionarios o revolucionarios, que poco tienen que ver con el proyecto noventayochista. Hoy es un clásico como Quevedo o Cervantes. No ha necesitado de siglos para acuñar la pureza y perennidad de su obra.

Victoria del Frente Popular en las elecciones de febrero. Reaparece Azaña. Esta victoria hace comprender a las derechas que el país se les va de las manos. Una de las primeras medidas de la nueva vieja izquierda es poner a todos los presos en la calle. Companys vuelve a Barcelona. Se encarcela a José Antonio Primo de Rivera. Esta segunda fase de la República, pues, parece empezar fuerte (lo cual no hará sino persuadir a la «otra España», o sea los Cruzados de la Causa, que hubiera dicho el propio Valle, de que el levantamiento militar es urgente). Por Andalucía empieza la ocupación de tierras. Estas cosas sólo puede hacerlas un Gobierno revolucionario fuerte, y la República no lo es. Se destituye a Alcalá Zamora y el nuevo presidente es Azaña, que, por su moderación, alegra siniestramente a la derecha, y también a la extrema izquierda, que ya está pensando en derrocarle. Muere Villaespesa, uno de los padres de nuestro Modernismo poético, pero nadie le recuerda. El Modernismo se ha disipado aún más fugazmente que el 98. Se quiere hacer a Franco candidato al Parlamento por Cuenca, pero el general renuncia. En este momento empieza su lema, que luego se tornaría irónico: «Yo nunca me he metido en política.» Nunca se metió en otra cosa. Madrid declara el fascismo fuera de la ley. En mayo, Indalecio Prieto advierte de la conspiración militar, pero la gente no le escucha demasiado y el Gobierno (incluso el Estado), inexplicablemente, no reacciona. O no sabe cómo hacerlo.

Se generaliza la fiebre autonómica. Se retira el gran futbolista Ricardo Zamora. Hay maniobras militares en Marruecos.

Alzamiento en Melilla. España principia a arder por debajo, por sus pies desnudos y moros.

La sublevación va a venir de África, pero en la península nadie reacciona. Hoy pensamos si quizá sufrían la parálisis del miedo o el hipnotismo del enemigo, como el pájaro ante la serpiente. El asesinato del teniente socialista José Castillo, atribuido a la Falange, pone en marcha, al fin, la respuesta de la izquierda. La novia de Castillo había recibido un lóbrego anónimo disuadiéndola de casarse con un futuro e inmediato cadáver. Así trabajaba la derecha. El entierro de Castillo es ya un revulsivo para el pueblo de Madrid, que parecía dormido en sus mil cafés.

Se sabe que Mola dirige la conjura. El asesinato de Calvo Sotelo es una respuesta al de Casado, y sin embargo parece casual. Los guardias de asalto lo llevaban detenido y, en el viaje por Madrid, un joven socialista gallego, Luis Cuenca, le dispara dos tiros en la nuca. Se supone que Calvo Sotelo estaba implicado en alguna conjura antirrepublicana, pero esto no le quita casualidad a su muerte. Alzamiento en Melilla. España principia a arder por abajo, por sus pies desnudos y moros.

La sublevación de los militares se extiende por toda España. Franco se traslada de Canarias a Tetuán en el *Dragón Rapide*, pagado por March. El hombre de la situación sigue siendo Mola. Franco no tiene prisa por asumir ningún protagonismo mientras las cosas no estén más claras. La caución no se la dio la edad, sino que nació con ella.

Por las radios republicanas suena la voz hendida y trágica de Dolores Ibárruri, aquella musa violenta de la revolución de octubre: «Al grito de el fascismo no pasará, no pasarán los verdugos de octubre.» Queipo de Llano se ha hecho con Sevilla mediante el truco de meter a cinco moros en un camión y darles vueltas por la ciudad. A cada vuelta cambia de camión. Como los moros son todos iguales, los sevillanos llegan a creerse tomados por la morisma de Franco, y se entregan. Toda nuestra guerra tuvo este perfil trágicamente festivo, heterodoxo y personalista, como de última guerra romántica.

Al tomar El Ferrol, los nacionales ganan los grandes cruceros *Baleares* y *Canarias*, en construcción, que les asegurarán la victoria por mar. Mola es muy duro en todas sus manifestaciones, mucho más que Franco, pero dentro llevaba la idea de un socialismo desde arriba, regido por militares, que, si recuerda el modelo fascista, es en sus detalles más progresivo que lo que luego haría Franco. En Barcelona, las fuerzas populares y de orden público aplastan el alzamiento militar. Sanjurjo muere en accidente al unirse al alzamiento. Madrid vive la épica del cuartel de la Montaña, un reducto nacionalista en la capital de la República en guerra. Aguantan mucho y bien, militares y paisanos, pero al final son arrasados. Franco, según su eterna

Buenaventura Durruti.

Largo Caballero.

Varela libera el Alcázar de Toledo,
otro alto torreón de la derecha.

Unamuno: Su genialidad eran sus
contradicciones, pero una
contradicción, en la guerra,
puede suponer la muerte o el olvido.

y fría prudencia, ve la situación menos clara de lo que le habían explicado, de modo que pide ayuda a Hitler y Mussolini, que envían Junkers y Savoias. Toda España cree en el entusiasmo como arma, a derecha e izquierda, menos este hombre breve y sigiloso.

Se funda el PSUC. Muere Onésimo Redondo, caudillo agrario de las Falanges castellanas, en un atentado. Se empieza a hablar de «la Rusia roja y la España sagrada». Toda guerra engendra su retórica, y a veces a la inversa. El anarquista Buenaventura Durruti, plantado y mozo, popular y violento, cobra protagonismo guerrero y guerrillero todos los días. La Iglesia española apoya y bendice la sublevación, salvo algunos obispos vascos, más atentos (como hoy mismo) a las reivindicaciones de su pueblo que al problema general. Prieto hace alocuciones a los sublevados y les dice que esta guerra va a traer males mucho mayores que los defectos de la República que trataba de corregir. Prieto siempre es directo y certero. Se establece en Burgos la Junta de Defensa Nacional presidida por Cabanellas, a quien luego Franco desplazaría hasta el olvido. Se cuentan angustias del terror rojo, que son canjeables con las del «terror blanco» de los nacionales. Europa establece la no intervención, con lo que la causa de la República empieza a perderse. Franco ha cruzado audazmente el estrecho, en la primera operación espectacular de esta guerra. Luego sumaría muchas otras. Se fusilan generales en ambos bandos. En agosto se fusila a García Lorca, que no era para nada un político, pero tampoco un fascista. Sobre la familia de sus amigos granadinos, los Rosales, donde se refugió, ha pesado ya para siempre (eran falangistas) parte de esta culpa. Sin duda, no pudieron hacer nada por remediarlo, salvo una cosa: darse de baja en el partido fascista que asesinaba a sus amigos geniales e inocentes. Antes que eso, Luis Rosales vive toda su vida como poeta casi oficial del franquismo.

Los nacionales afeitan la cabeza a las prisioneras republicanas, a la manera fascista. Mola es partidario de «propagar una atmósfera de terror». Quiere suplir con la escenografía la seguridad que todavía les falta. Mucha sangre a falta de victorias. Sus tropas avanzan hacia Irún, y Yagüe conquista Badajoz. Cavalcanti, Franco y Mola dirigen la guerra desde Burgos. Madrid principia a ser pertinazmente bombardeado. Es la primera vez que se ensaya en Europa el bombardeo de grandes ciudades a máxima escala. Pero la capital sitiada va a aguantar muchos meses, años (entre otras cosas porque Franco no quiso tomarla antes de tiempo).

Avance anarquista en Aragón. Durruti proclama que no va a

Don Ramón del Valle-Inclán: Hoy es un clásico como Quevedo o Cervantes. No ha necesitado de siglos para acuñar la pureza y perennidad de su obra.

El hombre de la situación sigue siendo Mola. Franco no tiene prisa por asumir ningún protagonismo mientras las cosas no estén más claras. La caución no se la dio la edad, sino que nació con ella.

Queipo de Llano.

Hitler y Mussolini envían Junkers y Savoias.

someterse a Azaña ni a nadie. «Mostraremos a los bolcheviques rusos y españoles cómo se hace la revolución.» Demasiados personalismos en el frente republicano. Azaña no es el hombre capaz de resumir todo eso en unidad, como Franco del otro lado. Es la guerra de un general contra un crítico de arte. Está claro quién va a ganarla. Largo Caballero forma Gobierno. El Oviedo nacional resiste el asedio de Aranda. Los nacionales conquistan Irún y San Sebastián. España vive bajo dos banderas. Estos mismos nacionales fusilan a sacerdotes vascos por no integrarse en la Cruzada (así se llamará en seguida). En septiembre se traslada el oro español a Moscú. Varela libera el Alcázar de Toledo, otro alto torreón de la derecha. Largo Caballero convierte las milicias en Ejército Popular. Pla y Deniel define esta guerra como «Cruzada contra los hijos de Caín». La violencia se sacraliza. El 1 de octubre, Franco es jefe del Estado español.

En la zona republicana, hombres y mujeres se casan «en nombre de la libertad», sin mayor protocolo. Llegan los primeros voluntarios de las Brigadas Internacionales. Intelectuales e idealistas que servirán de poco. Un vapor ruso deja en Barcelona víveres y ayuda moral. Poca cosa para lo que necesita España, «la España roja». Hitler, en cambio, envía su mítica Legión Cóndor, mientras sigue negando públicamente su intervención en la guerra de España. Damos todos estos fhashes e instantáneas con el ritmo raudo del cine de la época, entre el parpadeo de la imagen y la urgencia de la noticia, porque así es como se percibe hoy aquel vértigo apasionado e inexplicable de la guerra civil. Expresionismo mejor que impresionismo. Una guerra relampagueante, un lenguaje de relámpagos, de una zona a la otra, iluminando las trincheras con esa luz blanca, vivísima como un látigo, que alumbra un fondo adonde no llegan el día ni la noche.

En octubre, Unamuno tiene su famoso incidente con Millán Astray, en Salamanca, del que se han dado múltiples versiones, tantas como testigos y otras inventadas. Lo cierto es que Unamuno se retira a su casa y sus libros y morirá pronto. Su genialidad eran sus contradicciones, pero una contradicción, en la guerra, puede suponer la muerte o el olvido. Los nacionales a cinco kilómetros de la Puerta del Sol. Pero tardarán muchos meses, y muchos muertos, en cubrir ese paseo de cinco kilómetros. Joan Miró, Aragon, Elsa Triolet, intelectuales al servicio de la República. Pero la República no necesita intelectuales (ya tiene muchos), sino aviones y tanques. Están haciendo una guerra literaria y la van a perder.

Madrid aguanta bien las bombas. La ciudad se mete en el

Metro, como una ciudad/tortuga, y van tirando. El Gobierno se va a Valencia y nombra varios ministros anarquistas, entre ellos Federica Montseny. Miaja y Pozas se quedan solos en Madrid, defendiendo la ciudad. El 20 de noviembre es fusilado Primo de Rivera en Alicante. Pide que tras su muerte se limpie el patio, «para que su hermano Miguel no tenga que pisar su sangre». Alemania e Italia reconocen a Franco. Muere Durruti en el Ritz de Madrid. El anarquismo pierde su mito y la República uno de sus héroes. Han sido unos meses trepidantes, enloquecidos, una rueda de sangres y de días que no perderá velocidad en mucho tiempo.

Pero la guerra civil, todos contra todos, está latente en España desde hace muchos siglos. El 36 sólo fue la expresión de lo reprimido. El país está purgando su corazón salvajemente. Todo aquello no serviría para nada —la Historia es desolación— y España volverá a ser la misma, bordada de odios y de muertos, pero entonces no se sabía. Todos tenían fe en algo. Hoy no nos queda ni la fe.

1937: España roja y España sagrada

Tropas italianas en Cádiz. Franco ha fallado en su intento de tomar rápidamente Madrid. El fascismo internacional viene en su ayuda. En cualquier caso, hay orden de evacuar Madrid, ante los peligros que corre la población civil. Pero la ciudad convive cotidianamente con los muertos y heridos que siguen tirados en la calle. Madrid ha cotidianizado la muerte y no piensa en rendirse.

Dolores Ibárruri: «España no será jamás del fascismo.» Estados Unidos decreta un embargo discriminatorio de armas y víveres. Al final se sabe que los nacionales no han sido tan «embargados» como los republicanos. En Salamanca nace Radio Nacional de España, dirigida por Giménez Caballero. En la República se come pan de arroz. Los milicianos salvan el palacio de Liria en Madrid, bombardeado irónicamente por los conservadores de la España eterna. Con la huida del Gobierno a Valencia, hay matanzas de terror, de espantada, en Paracuellos, Henares y Torrejón. Ha muerto Unamuno sin resolver sus contradicciones, que estaban bien para la tertulia del café, pero le resultaron nefastas en la guerra. Jamás acertó a definirse porque no sabía quién era. El 98 desaparece con él definitivamente.

La lectura por radio de un discurso de José Antonio es prohibida en Burgos por los militares, aunque detrás, naturalmente, está Franco, que va borrando pacientemente la imagen de su rival ya muerto. Los italianos toman Málaga y la represión franquista en esta ciudad sería de una crueldad ilustre. Su principal responsable, Arias Navarro, sería muchos años más tarde el albaceas llorandero de Franco. Las Brigadas Internacionales y la Legión Cóndor hacen tablas en el Jarama. Los aviones rusos, «los chatos», resultan más populares que efectivos. En Sevilla y Córdoba se queman ritualmente las urnas que dieran el triunfo democrático a la República.

La *Marcha Granadera*, el *Cara al sol* y el *Oriamendi* carlista, más el himno de la Legión, son impuestos por Franco como

Hablar de las dos Españas son ganas de simplificar. Se trata de una lucha entre Españas múltiples y antiespañas, y esta multiplicidad explica mejor la guerra civil. España es un país sin resolver.

himnos nacionales. Demasiada música patriótica, pero esto distrae y galvaniza a la gente, como en Alemania, mientras la guerra sigue. El franquismo sería ya siempre una inflación de la idea de España. Los italianos pierden Guadalajara y la República aprisiona a unos cuantos centenares. Pío IX publica una encíclica contra fascistas y comunistas como ideologías igualmente paganas. Los fascismos, más tarde, con Pío XII, lo tendrían más fácil. La República saca monedas de una y dos pesetas. En abril, decreto de unificación dado por Franco, decreto que no unifica nada, ya que las conjuras monárquicas, falangistas, carlistas, y otras rivalidades, serían continuas en torno al general. Afortunadamente para la derecha, este caos salmantino/burgalés no repercute en las trincheras, contra lo que le ocurrirá a la República con sus particiones interiores. La España roja y la España sagrada no son tales. Hablar de las dos Españas son ganas de simplificar. Se trata de una lucha entre Españas múltiples y antiespañas, y esta multiplicidad explica mejor la guerra civil. España es un país sin resolver.

En toda la zona nacional se hace obligatorio el saludo fascista, que en realidad es el romano imperial, lo que explica bien el carácter e intención de Hitler y Mussolini (también de Franco, a escala más modesta y razonable: por eso duró más). Los carteles, pósters y affiches de ambas zonas son de estética y retórica tan similar que el absurdo de la guerra se hace evidente y los confunde a todos en un solo fanatismo diversificado. En abril, alemanes y nacionales arrasan Guernica, quizá la experiencia más salvaje de la guerra, como una vuelta a la antropofagia. Picasso denuncia y consagra universalmente este hecho con un cuadro famosísimo que, por otra parte, ya estaba pintando con otro título y a otros efectos.

La República pone a sus niños a salvo en Méjico. Los republicanos hunden el acorazado *España*. Según el escritor socialista Zugazagoitia, el barco lo han hundido los ingleses. Nunca se sabe. Un gran acorazado lo hunde cualquiera, hasta un niño de los que se van a Méjico. Se rinde el santuario nacionalista Santa María de la Cabeza, Jaén. En Barcelona, las guerras intestinas y médicas entre las plurales izquierdas llegan a un caos de cine cómico. Así se va perdiendo la guerra. Falta el gran hombre unificador. Sólo la derecha lo tiene.

Negrín preside un nuevo Gobierno tan inoperante como los anteriores, pero con mayor matiz comunista. Ahora, la República manda niños a Francia. Se diría que lo que hay en este bando es una república de niños. La República exporta niños y los nacionales importan aviones alemanes e italianos. ¿Cómo en plena guerra la gente ha podido hacer tantos niños? La Repúbli-

Giménez Caballero.

Guernica, la experiencia más salvaje de la guerra.

Hedilla.

Pilar Primo de Rivera.

Ehrenburg, Hemingway, Malraux.

ca ataca a un acorazado alemán fondeado en Ibiza. Por si no estuviera claro que los socialistas madrileños y los anarquistas catalanes contra lo que luchan es contra el fascismo internacional, mientras las democracias ven la ópera desde un palco, y sólo míster Eden sufre un desprendimiento de monóculo, ante tanto horror.

En junio, Mola desaparece en accidente de aviación cayendo en el municipio de Alcocero, Burgos. Se especula mucho con este misterioso accidente, que en cualquier caso deja a Franco como único caudillo del Alzamiento. Mola era un Franco desplegado, más violento, más ideólogo, más alto, más militar, más carismático. Pero el pueblo de Briviesca sabe la historia y la calla.

En mayo cae Bilbao. Franco le hace consejo de guerra a Hedilla, que no para de conspirar con Pilar Primo de Rivera. Es la Falange, todavía, y el recuerdo del Ausente, contra el *César Visionario* (Federico de Urrutia). Más tarde, Franco se ganaría a la hermana del fundador, como todos sabemos. Hedilla era un mediocre que quería heredar a José Antonio. Honesto y equivocado, moriría en los años sesenta, siempre en una especie de exilio interior. Congreso internacional de intelectuales en Valencia. Y venga de echarle literatura a esta guerra, que lo que necesita son armas, soldados y generales con sentido común. Machado, Bergamín, César Vallejo, Paz, Tzara, más algunos rusos y americanos: Ehrenburg, Hemingway, Malraux, etc. Venían buscando la novela de España, y muchos la hicieron, pero la República ya tenía muchos intelectuales. Se diría una república de intelectuales y de niños (los intelectuales son otros niños). ¿Y dónde están los tanques y los grandes generales?

La izquierda hizo una guerra literaria y la derecha una guerra a muerte. Contra lo que había dicho el Papa, los obispos españoles, inaugurando el nacionalcatolicismo, se manifiestan en carta colectiva contra la República, la izquierda, Rusia, el ateísmo y todo eso. Ahí está esa carta, ahora que predican una inocencia dominical. Brunete: las Brigadas Internacionales «Washington» y «Lincoln» tienen que unificarse, porque por junto son ya muy pocos, tras el desastre de Brunete. Era una curiosa guerra teatral de intelectuales contra un Ejército regular. Los brigadistas, claro, ni siquiera conocían la geografía española, el terreno donde luchaban y por el que luchaban. Guerra romántica, guerra perdida. Se afirma el caudillaje: «Una Patria, España. Un Caudillo, Franco.» «Honor, Franco. Fe, Franco. Autoridad, Franco. Inteligencia, Franco. Voluntad, Franco. Austeridad, Franco. Franco manda, España obedece.» Detrás de todo este laconismo retórico se adivina la pluma de Dionisio Ridruejo, ese hombre que, según Cela, no hizo otra cosa en la vida sino equivocarse. La Falange, partido único, pero controlado por Franco, que no es falangista.

Ocupación de Santander por el general Dávila. Belchite, ofensiva republicana fallida. Desaparece el frente norte. Tres Gobiernos en Barcelona: republicano, catalán y vasco. Con tantos intelectuales, la República ha llegado al surrealismo. Lo que no se comprende es cómo Franco tardó tanto en liquidar a esta punta de progresistas y revolucionarios heroicos, iluminados, grandiosos, pero inútiles para la guerra. La verdad, como ya hemos dicho en este libro, es que Franco aplaza la victoria cuanto quiere, pues piensa «limpiar fondos» al país, en frase marinera que le es muy cara, como marinero frustrado, y sabe que eso se hace mejor en la guerra que en la paz, aunque en la paz seguiría «limpiando fondos», y de qué manera.

La guerra se hace implacable desde el aire. Rusos, alemanes, italianos, españoles, republicanos, fascistas, militares, contribuyen a masacrar España, país, paisaje y paisanaje, con loable esfuerzo y constancia. ¿España roja y España sagrada? La guerra consagra siempre, mediante la sangre y los muertos, al país que la hace o la sufre. Hoy estamos de vuelta de estas consagraciones negras, pero nuestros padres y abuelos todavía se educaron en el poeta fascista Marinetti: «La guerra, única higiene del mundo.»

Serrano y Ridruejo son los grandes estetas del fascismo español, frente al aguafuerte espadón borracho y matón de los Queipo y los Millán Astray.

1938: Gerifaltes de antaño

Los republicanos cercan Teruel, y el conde Ciano, supervisor de nuestra guerra en nombre de Mussolini, dice: «Franco no tiene idea de lo que significa la síntesis en la guerra. Sus operaciones son las de un magnífico jefe de batallón. Su objetivo es siempre el terreno, no el enemigo.» (Areilza me diría, ya en nuestros días, que Franco sólo era un gran táctico, pero no un estratega.) Con su filosofía del terreno (Franco está «recuperando» España palmo a palmo), lo cierto es que va ganando la guerra.

Muere el anarcosindicalista Ángel Pestaña, que había llegado a tener correspondencia con José Antonio, pensando con cierta ingenuidad, quizá, que la Falange era un anarquismo con camisa azul. Crisis en el Gobierno republicano. Una más. Los nacionales aíslan Cataluña. Negrín destituye a Prieto y toma él la dirección de Defensa. Pero el nacional Alonso Vega sigue avanzando por la luminosa y dulce tierra catalana. Líster y el Campesino hacen guerra de guerrillas, que es lo español, aunque Líster es militar de carrera forjado en la URSS. El general Rojo es la gran figura militar del momento, aparte Miaja. En la postguerra, pasaría sus últimos años en un piso de Ríos Rosas, Madrid, y algunas tardes le llamaba Franco (que sólo admiró en esta vida el talento militar) para jugar al ajedrez de los recuerdos y reconstruir la guerra en la memoria, haciéndose preguntas técnicas el uno al otro, como si detrás no hubiera una concepción del mundo (a lo mejor no la había). Los nacionales sacan monedas de 25 céntimos, el famoso cuproníquel, plateado y con un gracioso agujerito en el centro. Sería el tesoro en calderilla de nuestra infancia. El general Yagüe se desmadra en Burgos, en un discurso: «Vengo a pediros perdón para los que sufren, a sembrar amor y restañar heridas. Los rojos luchan con tesón, han nacido en España y son españoles. En las cárceles hay miles de hombres que sufren prisión. ¿Y por qué? Por haber pertenecido a algún partido o sindicato. Entre estos hombres hay muchos honrados y trabajadores a los que con un poco de cariño se les incorporaría al Movimiento. Y si pido

Conde Ciano: «Franco no tiene idea de lo que significa la síntesis en la guerra.»

Líster.

El Campesino.

El general Rojo.

perdón para esos hombres equivocados o envenenados, con qué ansiedad no lo voy a pedir para esos camisas azules, soldados de la vieja guardia, que si están en la cárcel será porque han delinquido, pero de buena fe. Pido justicia social, perdón y caridad cristiana.» El discurso es prohibido y al general se le aparta del Cuerpo. El táctico Franco, siempre más preocupado por el terreno (asombroso realismo) que por los hombres, no está para discursos sentimentales. El Vaticano reconoce a Franco. Portugal, Francia e Inglaterra también se inclinan hacia el vencedor presunto, solamente por eso, por vencedor. De ganar Azaña, igual hubieran hecho al contrario. La Iglesia, vieja y diabla, se apunta una vez más a los poderes terrenales. Su reino no es de este mundo, pero su dinero sí. En el ejército republicano se asciende a teniente coronel del Ejército Popular a El Campesino. La vieja guerrilla romántica sigue funcionando en España. Quizá es todavía el siglo XIX luchando contra los modernos generales del siglo XX. Negrín plantea trece puntos para pactar y consensuar. Quiere salvar la democracia (y la vida). Pero Franco va directo a la victoria militar absoluta. Quiere borrar toda una España para hacer la suya. Es todo menos un hombre de pactos.

La República autoriza el culto católico, por ver de ganarse a una parte de la población. Demasiado tarde.

André Malraux anda de zascandil llevando y trayendo dinero y literatura para la República. Pero ya hemos dicho en este libro que a la causa justa y legal de la República le sobraron intelectuales y le faltaron los grandes generales del otro lado. Los republicanos franquean el Ebro y Líster vuelve a ser protagonista. Una victoria demasiado importante para el ejército republicano, incapaz ya de sustentar sus propios logros. Es la batalla más grandiosa de toda la guerra, y Franco acaba por ganarla con pertinacia, insistencia y fe en sí mismo. Aquí se decide la guerra civil. Muere Manuel Bienvenida, de las genealogías ilustres y sangrientas del toro.

Franco no quiere la paz, entre otras cosas, porque sabe que en unas nuevas elecciones volvería a ganar la izquierda. Nuestras derechas huyen hacia adelante en una estampida grandiosa por ignorar la realidad del pueblo español, que les acusa con su semblante pobre y duro. Se rinde Teruel. Nace en Roma el infante Juan Carlos, el 5 de enero. Castelao publica su progidiosa *Galicia mártir*, como un Goya menor y celta. La República emite billete de una y dos pesetas en papel. Se dice que están mal de fondos, pero lo niegan. Primer Gobierno nacionalista: Serrano Súñer, Jordana, Martínez Anido, Dávila, Sáinz Rodríguez, Suances, Fernández Cuesta, etc. Sáinz Rodríguez es el

Miaja.

Yagüe.

Negrín plantea trece puntos para pactar y consensuar. Quiere salvar la democracia (y la vida). (En la foto, con el presidente Azaña.)

El Ebro: Aquí se decide la guerra civil.

único intelectual del Gabinete. «Los falangistas liberales», Laín, Tovar, Ridruejo, etc., son perpetuamente ignorados por Franco. Muere Palacio Valdés, que lo mismo podía haber muerto un siglo antes.

Las charlas radiofónicas, cuarteleras y testiculares de Queipo de Llano por la radio son finalmente silenciadas por Serrano Súñer. Aparte abaratar el mensaje nacionalista, Queipo, entre sus pandectas, filtraba involuntariamente información al enemigo. Pero sobre todo estaba la estética. Y Serrano cuida mucho de mantener una estética, un dandismo nazi, una elegancia sobria, entre toda la beocia de los ya triunfadores. Él y Ridruejo son los grandes estetas del fascismo español, frente al aguafuerte espadón, borracho y matón de los Queipo y los Millán Astray.

El Nuevo Estado franquista viene inspirado por la Carta di Lavoro del fascismo italiano. Lo que más afecta a esta vieja nueva España es la abolición del divorcio, tan disfrutado con la República. Los republicanos hunden el *Baleares* en Cartagena. Lástima que estas victorias anecdóticas no tengan una coherencia. El pueblo, muy contento, le dedica a la hazaña una canción. El turismo internacional y snob descubre que en la España nacional se está muy bien, como si no hubiera guerra, y San Sebastián vuelve a tener la lámina cosmopolita, mondaine y blanquísima de los años veinte. La frivolidad internacional apuesta siempre al vencedor, y Franco es ya muy popular en el mundo. El general está ganando también la guerra de imagen.

Ramón Franco, el hermano golfo y republicano del general, es ganado por éste para la Causa. Se convierte en un héroe popular de los nacionales y se mata en uno de sus vuelos tan espectaculares como innecesarios. Se van los brigadistas internacionales, raleados e inútiles, románticos y fuera de lugar. Entre ellos destaca Orwell, el más idealista y el menos práctico. Con esta tropa de poetas y prosistas no se gana una guerra. Algunos escribieron luego cosas sobre España que estaban bien. Otros ni eso. Yagüe queda como el héroe del Ebro. Madrid vive su vida de teatros y cafés, invencible, irreductible, castillo famoso, y todo sin perder la sonrisa. Mientras Franco bombardea, los vivos juegan al dominó con los muertos. Suelen ganar los muertos.

NCO
FRANCO
PLUS
ULTRA

1939: La guerra ha terminado

El avance nacional sobre Cataluña lo dirige personalmente Franco. Pronto, las tropas nacionales desfilarán por la plaza de Cataluña. El nuevo Estado que va a nacer de la victoria inminente se plantea ahora su legitimidad, y para eso nada mejor que deslegitimar la República. Se dice que las repetidas elecciones fueron fraudulentas, se recuerda —a destiempo— el asesinato de Calvo Sotelo, y se forma un tribunal jurídico que sentencia la ilegitimidad republicana. (Lo que no se dice en ningún momento es que Franco había jurado esta bandera «ilegítima».) En el citado tribunal está Romanones, que traiciona así todas sus causas liberales, y cuyo título más conocido, este de Romanones, se oculta a la opinión por evitar escándalo. Así viene a resultar que lo ilegítimo es lo que salió de las urnas y lo legal un golpe militar. En todo caso, este expediente nadie lo tomó en serio. Habían vencido las armas y basta.

Hay una movilización total de los republicanos, hasta los más jóvenes, pero la guerra está perdida desde el primer día, como bien supo Azaña cuando dijo:

—Me niego a ser el presidente de una guerra civil.

Las tanquetas italianas se pasean por la Diagonal de Barcelona. Medio millón de catalanes huye hacia Francia. Son caravanas penosas y peatonales, siempre cuesta arriba, con mochilas, mantas y muerte en el equipaje. Antonio Machado fallece en Colliure, Francia, el 22 de febrero. Había estado muy cerca de la ideología socialista. Cambios acelerados de las costumbres en toda España. Se impone el saludo brazo en alto, formando un ángulo de 45 grados exactamente, una precisión que parece cómica, pero es que el fascismo era cómico. Ya en febrero, Francia e Inglaterra reconocen a Franco. Las democracias se están cubriendo de gloria y de mierda, pero Hitler les va a explicar en seguida por dónde va la Historia.

La guerra de España la pierde Europa.

Derrumbe total de la República española. Negrín quiere ne-

l desfile de la victoria en Madrid es un plagio en cartulina de las grandes concentraciones nazis. o tenían una estética propia y la copiaron de Munich

gociar una paz honrosa y Serrano Súñer responde: «Se ha pedido al Gobierno Nacional una paz honrosa. Nosotros sólo podemos ir a una paz victoriosa.» Esta frase nos recuerda la de Fernando Fernán-Gómez, ya en nuestros días, cerrando su gran obra sobre la guerra, *Las bicicletas son para el verano*:

—Lo que ha venido no es la paz, sino la victoria.

Alguien había escrito mucho antes: «Creamos un desierto y lo llamamos paz.» El lema nacionalista es «nada de confraternización». Franco sigue fiel a su idea de limpiar fondos a España, como si fuera un navío. Y su cuñado Serrano, que luego se ha hecho liberal, exacerba este radicalismo. Sólo el socialista Besteiro queda en Madrid, un dandy feo cuyo supremo dandismo es esperar a los invasores. Alguien lo había escrito: «El supremo sacramento del dandismo es el suicidio.» Y a Besteiro lo suicidan los nacionales. Franco firma el famoso parte del primero de abril del 39. La guerra ha terminado. Muere García Morato en accidente de aviación.

El desfile de la victoria en Madrid es un plagio en cartulina de las grandes concentraciones nazis. No tenían una estética propia y la copiaron de Munich. Pero ya en este desfile Franco nos advierte de que ahora acecha el judeomarxismo. O sea que está anunciando la guerra mundial. Franco entrega su espada al Cristo de Lepanto. La ley de responsabilidades políticas manda al exilio intelectuales como Sánchez Román y científicos como el doctor don Teófilo Hernando.

Se suprime el divorcio y se anula a las parejas sometidas a este trámite. Todo lo que habían prometido los nacionales con su victoria se queda ahora en las grandes colas del racionamiento, que, para mayor injuria y humorismo, establecen cartillas de abastos de primera, segunda y tercera, de modo que el Nuevo Estado consagra así el sistema de castas que la República quiso abolir. Un cronista consigue pasar un artículo donde se pregunta cómo se puede condimentar un plato digestivo con los ingredientes del racionamiento: azúcar, bacalao y pasta para sopa. ¿A qué sabrá este plato? ¿Es eso lo que comen los Jefes? Serrano Súñer, entre ellos. Serrano Súñer, que tantas veces me ha negado personalmente su condición de fascista, pero que en aquellos años, en Italia, preside desfiles junto a Mussolini. ¿Comía Serrano Súñer el sabroso combinado azúcar/bacalao/sopa?

Naturalmente, se prohíbe la huelga. Teodoro Delgado y Sáenz de Tejada han sido los dos grandes ilustradores de la guerra nacional, estilizando el fascismo y el militarismo entre arcángeles y banderas. Pero eran muy buenos. También el Greco pintaba Vírgenes sin creer en nada. Francia devuelve a Franco el oro que le había confiado la República. Los franceses, siempre cola-

Romanones.

Medio millón de catalanes
huye hacia Francia.

Antonio Machado.

A Besteiro le suicidan
los nacionales.

borando y que gane el mejor, monsieur. El conde Ciano viene a España y consagra a Serrano Súñer como gran jefe del fascismo español. Un plato difícil de digerir para los españoles, como el bacalao con azúcar y sopa. A los ex combatientes (nacionales) empieza a dárseles estancos, loterías y puestos de gasolina. Es la justicia social según el Caudillo, quien afirma que sólo responderá (de los muertos y de los estancos) «ante Dios y ante la Historia». Dios, de momento, está callado, pero la Historia ya vemos qué juicio le ha hecho.

En agosto se fusila a las «Trece Rosas», trece adolescentes menores de 18, trece niñas activistas de la República. Es como un pelotón disparando contra un ramo de flores. Aquí vemos bien cuáles son los límites de la represión nacional. Es decir, que no conoce límites. El jesuita Pérez del Pulgar se inventa la «redención de penas por el trabajo», o sea una condena a trabajos forzados con la jesuítica apariencia de «redención». Estos redimidos son los que harían, entre otras cosas, la obra ingente e insoportable del Valle de los Caídos. En realidad estaban trabajando en la tumba de Franco, y eso debiera haberles alegrado, pero tenían poco sentido del humor. Algunos se escaparon, entre ellos Damián Rabal, hermano del famoso actor, que en seguida se sitúa en los ambientes cinematográficos de Madrid. Me lo contaba una noche, ya muy viejo, poco antes de fallecer:

—Ya ves, Paquito, yo pasé en una semana de los chicharros al caviar.

Como que cenaba todas las noches en Riscal, aquel Riscal de los cuarenta, barroco, hortera, paellero y lleno de putas gordas y caras (entonces el polvo se pagaba por arrobas). Vuelven al Prado las pinturas que a Rafael Alberti le había costado tanto trabajo sacar de España, y que asimismo preocupaban a Azaña más que la marcha de la guerra. En septiembre, ante la guerra mundial, España declara su neutralidad, lo que es ya un primer acierto de Franco como estadista y no como guerrero. Media España hubiese querido entrar en el conflicto por ver cómo con la caída de Hitler y Mussolini caía Franco. La otra media (aquí se ve que la guerra no ha resuelto nada) hubiese querido una España beligerante, por engrandecer el triunfo nacional. Franco, más posibilista que todo eso, decide la neutralidad.

Don Manuel de Falla practica en septiembre un exilio decoroso y decente, presentable. Se va a Buenos Aires con una disculpa cultural nimia. A sus 63 años, huye de los que asesinaron a su amigo Lorca y se queda en América a componer *La Atlántida.* A finales de año, y con motivo de las navidades, el estraperlo es ya el sistema natural de comercio en España, tan primitivo como la permuta de los salvajes y tan corrupto como el mercado negro de nuestro siglo. El lema de Marinetti, ya citado aquí, «La guerra, única higiene del mundo», no ha hecho precisamente una España más higiénica. Los hombres pasaban hambre, las mujeres se prostituían y los chicos teníamos el piojo verde. Los más listos, como yo, amaestrábamos el piojo, como una pulga de circo, y lo pasábamos muy distraído. Yo conviví toda mi infancia con un piojo verde. Trabajábamos juntos ante el personal y sacábamos unos cuproníqueles del público infantil y hasta de las madres. Un día se me murió el piojo y lo lloré como lloras cuando se te muere el perro.

Lo cual que estrenaron *Suspiros de España,* con Miguel Ligero y Estrellita Castro, dirigida por Benito Perojo. Pero los verdaderos suspiros de España eran los del hambre, el bacalao sin pil pil, el azúcar sin café, la sopa sin gallina. Se trasladan los restos de José Antonio desde Alicante al Escorial, a pie, en nueve días de caminata. En la lápida sólo se pone *Ausente.* Previamente se había bombardeado con flores el cementerio alicantino donde reposaba. Era un cortejo negro y fascista, con farolones y lutos, que a Franco, naturalmente, no le gustaba nada. La guerra la había ganado él y no le iba a conceder protagonismo al Ausente, aparte que sus ideas eran otras. Franco calla y se dedica pacientemente a desarticular la Falange, el fascismo español, con el pseudónimo de Movimiento Nacional, y sin otra misión que los Coros y Danzas.

Los años cuarenta: postguerra española y guerra mundial

La entrevista Franco/Hitler, en Hendaya, que cada uno de los presentes ha contado a su manera (excepto los protagonistas, que nunca dijeron nada) es un momento singular de nuestra Historia contemporánea, no sólo porque Franco decide en esa entrevista no entrar en la guerra de Hitler, sino porque en el Caudillo se levanta entonces toda la España castiza y endogámica, frente al internacionalismo nazi de Hitler y Serrano Súñer.

Franco le pide a Hitler, como precio, lo que él denomina literariamente «el Oranesado», o sea un pequeño imperio en África. En la edad moderna, la España casticista siempre ha mirado a África, mientras la otra España miraba a Europa. Franco es un africanista que resume bien en sí ese espíritu de imperio doméstico y cercano en que se nos han quedado los grandes siglos imperiales. Ni las presiones exteriores ni las interiores consiguieron, a lo largo de toda la guerra mundial, que Franco decidiese la entrada de España en el conflicto. Un instinto endogámico, castizo y autárquico llevaba al general a intuir que Hitler iba a perder aquella guerra, y si la ganaba sería por poco tiempo. A veces las creencias irracionales, cuando se ponen a pensar, dan algún fruto lúcido.

Los españoles, en tanto, como cuando la guerra del 14, se dividen en aliadófilos y germanófilos, y el esquema social es el mismo: la izquierda europeizante, la derecha liberalizante, están con los aliados. La otra derecha, la eterna, y el militarismo español, están con Hitler. Entrar en el gran conflicto hubiera sido catastrófico para la España recién salida de la guerra civil más feroz y enloquecida de su Historia. Pero la guerra mundial la vivimos todos vicariamente, desde una postura o la otra. Franco nos salvó del desastre, no por falta de espíritu militar, claro, sino por su natural falta de fe en cualquier proyecto europeo o europeizante. El Generalísimo piensa que, desde que perdimos el mando en Europa, todos esos países del norte de los Pirineos están contra nosotros. Europa le parece el emporio de la masonería, el luteranismo, el comunismo, la democracia corrupta y el decadentismo intelectualoide. Frente a eso se levanta su casticismo que él considera saludable y sano, muy español, muy tradicional. Franco odia a Europa desde el siglo XVIII, por decirlo con un anacronismo que aclara algunas cosas.

Los ideales de este gran militar son pequeñoburgueses, como se ve en su libro *Raza*. Aspira a una gloria pequeña, una España pequeña, un imperio pequeño, pero todo en orden y todo suyo. Su héroe nacional es el marino Churruca. Cuando el general inicia la amistad con los Estados Unidos, esto no viene sólo determinado por los intereses recíprocos de ambos países en el pacto, sino que detrás hay, por parte de Franco, una cierta simpatía hacia aquel pueblo joven y nuevo. Su fijación y su tabú era la vieja Europa, y uno de sus grandes prosistas, García Serrano, lo define así: «Europa, la Gran Puta.» Los yanquis a Franco le caen bien.

Desde mucho antes de Lévi-Strauss sabemos que las primeras tribus humanas fueron endogámicas. El pecado de exogamia era muy castigado: caza de mujeres o animales de otra tribu. Pero la exogamia prehistórica es el primer movimiento de progreso de la humanidad, el inicio de una interminable serie de mulatismos, entrecruces, guerras y paces, mestizajes, intercambios y permuta de cultura, técnica, ideas o armas. Cuando el primer adolescente inquieto se aleja sigiloso de su tribu para cazar una doncella o un bisonte de la tribu cercana y enemiga, está iniciando la modernidad, no entendida como época, claro, sino como motor de la Historia, modernidad hecha de sucesivas e incesantes modernidades. Con ese movimiento furtivo del joven cazador podemos decir que termina la prehistoria y comienza la Historia.

La endogamia, en fin, es retardataria, antihigiénica y algo así como una cultura a la defensiva. La exogamia es la guerra, pero también la apertura al mundo, la apertura a lo abierto, el redondeamiento del planeta hecho a mano por el propio hombre. La exogamia es el nacimiento de la raza universal, lo que se niega con la fábula de Babel, pero lo que no ha dejado de funcionar hasta hoy mismo, cuando el mundo tiende a ser casa común o nave espacial en que viajamos todos, unidos por una misma aventura.

Así se comprende, pienso, cómo la endogamia nacional, española, un mal que nos viene desde el XVIII, ya digo, y que en este libro hemos llamado casticismo, es algo que disuena de la Historia europea durante dos siglos. Franco no es sino el resultado que arroja el espíritu endogámico de dos siglos de casticismo. Por eso después de su muerte, agotado el ciclo, España se abre a la exogamia, a la democracia, al mundo. A Franco lo crea una poderosa corriente nacional, mediante sucesivos bocetos (los regeneracionistas, Primo), y con él se cierra toda una curva de nuestra historia. Era necesario hacer la experiencia, agotar ese sueño casticista de España, y Franco fue el encargado de llevarlo a cabo, lo que no quiere decir, naturalmente, que el sueño no persista como constante nacional o nacionalista.

Otra presión aperturista que le llega a Franco durante la postguerra mundial es la de don Juan de Borbón. Se supone que Franco ha de caer arrastrado por sus amigos Hitler y Mussolini, y hay que aprovechar la ocasión de la debilidad del régimen para jugar de nuevo «la séptima cara del dado», como dijera André Breton: la monarquía. Una monarquía democrática y parlamentaria, a la manera de las europeas. O sea que en los Borbones funciona el tirón carlotercista y francés, pero el Caudillo se resiste bien a don Juan mediante el hermetismo, el silencio o el juego mareante de su correspondencia y su personal dialéctica, que acaba extenuando siempre al adversario. La monarquía va colocando sus piezas en España, pero muy lentamente. La Corona es otra vía por donde el país hace agua de europeísmo, y Franco no quiere enterarse. Curiosamente, el casticismo del Ejército llega más lejos que el viejo casticismo monárquico, ya abolido, aunque en buena medida se comprendían o compendiaban uno al otro, en el pasado.

Raza, libro y película con autoría de Franco (Jaime de Andrade), nos explica bien, como ya hemos dicho, el patriotismo pequeñoburgués del general, y que no es sino un entendimiento casticista, entre cursi y cruel, de la Historia de España. Incluso los héroes del maquis y el bandolerismo, como Facerías, tienen en estos años cuarenta algo de bandidos generosos a la manera del costumbrismo de Merimée y otros franceses. Francia, por cierto, ha intuido bien, desde las *Orientales* de Víctor Hugo hasta su último turista, cómo un casticismo que en ellos es chauvinismo caracteriza a este pueblo y constituye su «hecho diferencial». La muerte de Manolete, en 1947, viene también en ayuda de la España *española* de Franco, pues el país se pone de luto por este gran torero y vivimos uno de los grandes momentos «extáticos» de nuestro casticismo, que en buena medida es funeral, cultura de los muertos.

Pero ya hemos dicho que Franco, que no mira a Europa sino con aversión y recelo, espera más de los Estados Unidos, y efectivamente este país acaba gestionando el ingreso de España en la ONU, mediante la propuesta títere de Panamá. No es que Franco crea demasiado en ese organismo internacional, pero su sistema autárquico empieza a ahogarse de necesidad y soledad, y la ONU ratifica insólitamente la precaria autoridad de Franco, en tanto que USA paga de algún modo por la implantación y utilización casi gratuita de sus bases.

Otra característica de los ya legendarios años cuarenta, dentro de nuestra línea de pensamiento, es la doble apertura hacia la América hispana, apertura retórica por una parte y sentimental por otra. La apertura retórico/política no hace sino desfogar nuestro casticismo imperial. La conquista y colonización de América no fue sino una gigantesca epopeya de la endogamia española, ya que nuestro sueño colonizador se limitó a pregar de españolidad aquel continente, a hacer de él una *España* inmensa, digamos, sin tomar nada de las ricas y variadas culturas de Méjico y los otros pueblos americanos. El casticismo de nuestros conquistadores estaba persuadido de difundir la verdad y la razón y jamás nadie tuvo curiosidad por tomar o aprender algo del continente conquistado, salvo la patata o la sífilis. España remedia así, en los 40, su mediocre presente con su gran pasado.

La otra apertura americana, la sentimental, es consecuencia de la primera, y España se llena de boleros (que previamente habíamos llevado allá) y de figuras populares mejicanas, como Jorge Negrete o Cantinflas. Esa subcultura es un espejo que nos devuelve nuestra imagen, la que deseamos ver. No supone remedio para nuestra endogamia, sino vuelta a ella mediante un rodeo. La amistad hispanonorteamericana es lo único que explica el estreno en la España puritana de una película que había escandalizado a Estados Unidos, *Gilda*. Nuestro casticismo puritano reacciona violentamente contra este filme sin comprender que Franco está viviendo un modesto idilio con el Pentágono y este idilio llega incluso a erotizarse un poco gracias a Rita Hayworth.

1940: Hendaya

Los españoles comen un kilo de arroz, dos de patatas, medio de garbanzos, una lata de merluza en salsa y medio kilo de pan, más una botella de sidra El Gaitero. Esto para los pobres, pero para muchos pobres y mucho tiempo. O sea el hambre. La botella de sidra, tras esta orgía de patatas y pan, parece ya una ironía del Nuevo Estado. Queda claro que el champán de la victoria se va a quedar en sidra, la alegría en himnos militares y la Paz en Victoria, que es todo lo contrario. Los fieles a Franco han luchado tres años por la Victoria y sólo luchaban por una botella de sidra. Los muertos, siempre sedientos, se levantan estas navidades a probar El Gaitero.

Las penas de muerte van siendo tantas que a los verdugos se les cansa el brazo, que hay que ver cómo manca eso del garrote vil, y entonces se piensa en someter las penas a revisión, por hacerlas más equitativas. Asesinar está feo, pero no tan feo si se asesina con orden, protocolo y fundamento. Funciona la revista *Escorial*, que ya funcionaba, y que viene a ser algo así como la *Revista de Occidente* de los «falangistas liberales», o sea los laínes y toda la mediocridad intelectual que Franco definía y despreciaba en la palabra «intelectuales», empezando por los que tenía más cerca, y quizá no le faltaba razón. Se estrena *La tonta del bote*, con Josita Hernán. Toda España es la tonta del bote que hace cola, con su bote, para conseguir los garbanzos y las patatas que decíamos al principio, tras haber luchado por ellos durante tres años, creyendo en la justicia nacional y dejándose una cenefa de muertos en esa creencia.

Se declaran monumentos nacionales las ciudades de Santiago y Toledo, que ya lo eran por sí mismas. Este Nuevo Estado va resultando un poco cacofónico y reiterativo, un puro pleonasmo cultural, porque no tiene una cultura nueva, aunque la finja.

En marzo, disolución de la masonería. Los masones eran una obsesión de Franco (sobre los que, incluso, escribió un libro), ya que él mismo lo había intentado ser y, por una parte, tenía buen conocimiento del tema. Por otra, quería borrar sus

Entrevista en Hendaya: Es la sutileza de un gallego contra la lógica/tanque de un germano.

propias huellas. La masonería vemos hoy que fue una secta intelectual, progresista, que agavillaría a los mejores hombres de la España visible, generales, intelectuales, financieros, etc. Ahí estaba Franco y esto no le desdora en nada. Más bien le desdora haber abjurado en secreto de su condición masónica, marginando con este motivo a personajes como Cabanellas, que había sido compañero suyo de logia y no se cansaba de decirlo. Lo que ocurre, aparte el proceso personal, interior, respetable, de Franco, es que el Nuevo Estado, «falto de juridicidad», como diría Pemán, nada sospechoso, años más tarde, necesita *justificarse,* crearse enemigos, justificar una guerra que ha asolado España, ha desertizado nuestra Historia y nos ha dejado como testamento un millón de muertos. Así que los masones, con los judíos y los marxistas, ayudan a crear el autotópico de Franco para los discursos, «la conspiración judeomasónico-marxista», que él dice ya todo seguido en la plaza de Oriente y es de mucho efecto.

Las capitanías generales vuelven a llamarse capitanías generales. Con un nombre o con otro, los capitanes y los generales siempre son los mismos. Principian las obras para el Valle de los Caídos (los caídos nacionales, naturalmente), con la supervisión de Serrano Súñer, el luego liberal Sánchez Mazas, un clásico que le meterá romanidad a la cosa, y el propio Franco.

El escultor del Valle, Juan de Ávalos, hace lo que puede, pero puede poco.

En esta obra ingente, monumental e inútil, de la que ya hemos hablado en algún capítulo anterior, trabajan los presos políticos, los forzados de la «redención de penas por el trabajo», y se les explica que lo hacen como homenaje a los muertos que ellos mismos mataron. Finalmente, como ya se ha dicho aquí, no sería otra cosa que la tumba de Franco (mi amiga Pasionaria hubiera dicho «la tumba del fascismo»).

Supresión de lo que el Nuevo Estado llama barbarismos, muy poco académicamente, y que sólo son anglicismos o galicismos. Así, la ensaladilla rusa pasa a llamarse ensaladilla nacional, pero los niños que no hicimos la guerra seguíamos diciendo rusa, que era más fascinante y tenía más mayonesa. España ocupa Tánger. La Gestapo entrega a Companys. El alequericado Lequerica, dandy, mondain y sin idiomas, lo recibe de Pétain. El cardenal Gomá llama al perdón. Primado de España, Isidro Gomá y Tomás, fallece en Toledo a los 71 años. Como casi todos los obispos españoles, consagra la guerra como Cruzada nacional, pero rechaza luego el costado pagano, fascista, del nuevo régimen, porque lo que fraguaba aquella Iglesia era el nacional-catolicismo, y no un Estado pagano como los de Hitler y Mussolini, ya en guerra. Franco está con ellos y no con los falangistas, como se ve por su afición a entrar y salir de las catedrales bajo palio, que para él tiene mucho vicio. Gomá muere pidiendo clemencia para los vencidos. Demasiado tarde.

En un septiembre de oro y luto, Besteiro muere en prisión, en Carmona, Sevilla, condenado y septicémico. Había esperado a los nacionales en Madrid, como ya hemos contado aquí, entre arrogante y dialogante, siempre dandy, creyendo en la comunicación y el entendimiento hasta última hora, pero Franco le lleva directamente a la cárcel. Participa con el coronel Casado en las negociaciones con Franco del 39, para conseguir la paz honrosa. Son dos ingenuos frente a un gallego.

Himmler es recibido por Franco en El Pardo para preparar la entrevista con Hitler en Hendaya, la entrevista más preparada de la Historia y la más inútil. O la más útil, según se mire, ya que Franco consigue evadir a España de la guerra mundial, en la que Hitler se ha metido con su locura genial y sin destino. Siempre ha quedado como un poco de derechas decir que Franco fue muy hábil evitando la beligerancia, pero si entonces se hubiese hecho un referéndum de harapos entre el pobre pueblo español, habría ganado la paz, la neutralidad. Esta vieja raza ya había aprendido demasiado de guerras en tres años. Ya en Hendaya, Franco, que llega tarde por nuestra eficiencia ferroviaria, y no por deliberación, como se ha dicho (lo tenía todo deliberado consigo mismo), le explica a Hitler que no somos un país en condiciones de iniciar otra guerra. Y le pide a Hitler en compensación lo que él llama literariamente «el Oranesado», o sea el Marruecos francés, cosa que Hitler, que tampoco era mal dialéctico, le niega porque «no puede ofrecer una cosa que aún no ha conquistado». Hablan de Gibraltar y otras vaguedades. No quedan en nada. Es la sutileza de un gallego contra la lógica/tanque de un germano. El hitleriano Serrano Súñer ve con desolación que Franco y Hitler no se entienden. Después de haber jugado un poco con Hitler, Franco quiere despedirse marcialmente, cuadrándose en el estribo del tren, a la manera militar, pero el tren arranca bruscamente, de un tirón, como suelen los españoles, y el propio Hitler tiene que sujetar a Franco para que no se mate.

España se ha salvado de la mayor locura bélica del mundo y de la Historia. Companys, presidente de la Generalitat y catalán mítico, es fusilado en octubre, descalzo, porque quiere morir pisando tierra catalana. Companys tenía cabeza noble y catalana de boticario del Empordá, con el pelo revuelto, las orejas grandes, la frente ancha, la mirada buena, la sonrisa familiar y una dignidad sin arrogancia en todo él.

«Escorial», algo así como la «Revista de Occidente» de los «falangistas liberales», o sea los laínes y toda la mediocridad intelectual que Franco definía y despreciaba en la palabra «intelectuales».

Toda España es la tonta del bote que hace cola, con su bote, para conseguir los garbanzos y las patatas, tras haber luchado por ellos durante tres años, creyendo en la justicia nacional y dejándose una cenefa de muertos en esa creencia.

Juan de Ávalos. (En la imagen, escultura de J. de A. en el Valle de los Caídos.)

Gomá muere pidiendo clemencia para los vencidos. Demasiado tarde.

Azaña: La cabeza política más importante de España, en todo el siglo, no sabía lo que era la política real, fáctica. Eso le mató.

Se crea la tarjeta del fumador para los peatonales, los presos, los asilos, los cuarteles, etc. Ahí están los veinte cigarrillos al cuadrado, con el escudo nacional encima, aunque no se comprende por qué el fumar tiene que ser también un acto patriótico. Pero Franco, dispuesto a administrarlo todo, decide administrar también el cáncer de los españoles. La tarjeta consta de unos cupones que se van cortando en cada adquisión. Pero en seguida nacería, asimismo, el estraperlo del tabaco. El Nuevo Estado ignora la picaresca nacional porque es un Estado ágrafo y no ha leído a nuestros clásicos. Aquí acaba fumando el más listo y los tontos y los pobres siguen fumando colillas.

Los tontos, los pobres y los parados. Los parados son miles y miles. Parece que el Nuevo Estado, que iba a resolver España, no ha resuelto el tabaco, el paro ni la muerte. Se anuncia una cierta protección para los parados. El pueblo principia a comprender que lo peor de una guerra es la postguerra. Don Manuel Azaña muere en un noviembre francés cardíaco y exiliado. Nadie le había entendido ni obedecido nunca y ahora se ve que hubiera sido el mayor teórico político y moral de España, pero nunca un hombre de acción, y menos un hombre de guerra.

Azaña se forma a sí mismo para resolver España, con más valentía, decisión y claridad que los Ortega, Marañón y Pérez de Ayala que luego le dejan solo. Tenía muy claro su liberalismo burgués y su reformismo de izquierdas (hasta él, todos habían sido de derechas). Pero, ya en el Poder, se encuentra con que los políticos no son intelectuales, como él, sino guerreros de paisano, gente que quiere hacer la Historia a tiros, en la izquierda y la derecha. Su historia es la de una gloriosa cobardía. Su biografía no es sino una lúcida y asqueada inhibición. La cabeza política más importante de España, en todo el siglo, no sabía lo que era la política real, fáctica. Eso le mató.

La guerra mundial ruge en Europa. Los españoles viven bajo una paz triste, bajo una victoria peligrosa, bajo un yugo de bueyes y unas flechas de cartón. Los que todavía leen periódicos se dividen en germanófilos y aliadófilos. Discuten todas las tardes en los cafés, en los casinos de provincias, en casa.

La guerra civil y el millón de muertos, la Unificación, en fin, no ha unificado nada. Por Madrid anda el estraperlo de colillas.

1941: Muere Alfonso XIII

Se crea el Frente de Juventudes para niños y adolescentes de ambos sexos. Es una creación obligatoria de la Falange, que tampoco tiene muchas más cosas que hacer. A los muchachos se les dará una educación premilitar y a las chicas una formación de labores hogareñas, con vistas a conseguir de cada española una perfecta casada. Mariquita Pérez, una presuntuosa, cara y popular muñeca para las niñas que ganaron la guerra, se libra del Frente de Juventudes y no recibe otra educación que la muy selecta de su breve dueña. También hay muñecas de cartón para niñas de gustos más sencillos, o sea miserables.

Alfonso XIII abdica en don Juan, con lo que los borbones empiezan a darle disgustos a Franco. Don Juan se ve que va para rey. La monarquía conspira. Santander es devorado por las llamas. Vuelve a España la Dama de Elche. A los labrantines italianos del Renacimiento se les aparecía Venus en la campiña. A los españoles victoriosos se les aparece la Dama de Elche, como símbolo tradicional (y más decente que Venus) de la España eterna. Encuentro Franco/Mussolini en Bordighera, en una de las escasísimas salidas de España que realizará Franco en toda su égida. Serrano Súñer es también en este caso el introductor de Franco, como con Hitler. Ambos dictadores están de acuerdo en toda clase de generalidades, pero, yendo a lo concreto, Mussolini no renuncia al norte de África. Franco va comprendiendo que está solo, con las democracias en contra y sus correligionarios no muy favorables. Muere en Córdoba Rafael Guerra Bejarano, Guerrita, medio siglo después de cortarse la coleta. En cuanto a su rivalidad con Fuentes, había dicho: «Después de mí, *naide*, y después de naide, Fuentes.» Es el torero del 98, como Belmonte sería el torero del 27. Por entonces, las generaciones literarias, como el anís, llevaban un torero en la marca.

En un febrero romano y heráldico muere don Alfonso XIII. En este libro ha ido quedado dibujada su figura y su época. Era

MADRID DIA 1 DE MARZO DE 1941 NUMERO SUELTO 15 CENTS.

ABC

DIARIO ILUSTRADO. AÑO TRIGESIMOCUARTO. N.° 10.926

SUSCRIPCION: MADRID: UN MES, 3,70 PESETAS. PROVINCIAS: TRES MESES, 12,65. AMERICA Y PORTUGAL: TRES MESES, 13,15. EXTRANJERO: TRES MESES, 33,65 PESETAS. REDACCION Y ADMINISTRACION: SERRANO, 61. MADRID. APARTADO N.° 43

DUELO NACIONAL

EN LA MAÑANA DE AYER FALLECIO EN ROMA S. M. EL REY DON ALFONSO XIII

Su Reinado. El fallecimiento. Semblanza biográfica

La Constitución de 1876, como las precedentes, fijaba un plazo demasiado corto para habilitar a los menores de edad en la sucesión dinástica. Al cumplir diecisiete años, don Alfonso XIII, nacido Rey como heredero póstumo de D. Alfonso XII el Pacificador, tuvo que ocupar el Trono de España y regir a la nación en circunstancias que aun para la madurez y la experiencia hubieran sido trabajosas. El sistema parlamentario había seguido, con mayor celeridad que en otros países, el proceso degenerativo que le impone su naturaleza, porque a la letra constitucional que delimitaba en condiciones aceptables de restricción y utilidad la función de las Cortes, habíanse superpuesto aquí modos exóticos, imitaciones perniciosas, convencionalismos y hábitos que se vigorizaron como un estatuto de hecho y acentuaron su degeneración. El Parlamento, fuera del tipo histórico al que intentó aproximarlo la ley de 1876, era, no ya inútil, sino dañino: un secuestro de los poderes del Estado, una rémora consentida y explotada por la inferioridad de la clase política. Habían desaparecido Cánovas y otros pocos hombres que dieron algún tono de autoridad y seriedad a la vida pública. Los partidos gubernamentales, envueltos en el desdén popular, incorregibles e impotentes para revalidarse y rehacer su fuerza y su apoyo en la entraña del país, minados todos por la discordia del personalismo, disgregados en exiguas fracciones fulanistas, vivían de ficciones a expensas de la Corona, siempre sin el concurso apreciable y efectivo de la opinión pública; y los otros partidos, alcanzados también por la displicencia general, se mezclaban a las mismas ficciones oligárquicas, buscando en ellas el provecho de su política y a veces la satisfacción de codicias personales. Esta crisis que el Rey halló al subir al Trono y que fué agravándose en lo sucesivo, puso a prueba—y a muy dura prueba—su capacidad y su celo en los treinta años de su Reinado. Don Alfonso, casi niño, no tardó en explorar y conocer el panorama de la Monarquía. Inteligente, culto, activo, cordial, animoso y muy patriota, pero sin instrumentos útiles y sanos, con la única disponibilidad de las ficciones sustitutivas, D. Alfonso XIII tuvo que actuar largo tiempo para escoger el mal menor de soluciones forzadas, discutidas siempre con malevolencia por los despechados en cada turno.

Pero aun así, con Gobiernos obstruídos, paralizados, infecundos y efímeros, que no podían elevar el nivel de la política, hubo en todos los órdenes de la Administración progresos de mayor o menor importancia que se comprueban en el cotejo de aquella época con las anteriores y que se acentuaron particularmente durante la Dictadura del general Primo de Rivera: normalización de la Hacienda y del crédito, auge de la riqueza industrial y agrícola, saneamiento del régimen municipal y provincial, propulsión de las obras públicas, mejoras de dotación y eficiencia en la enseñanza primaria... Obra personal, de grandes vuelos, expresivo ejemplo de los afanes patrióticos del Rey, fué la creación de la Ciudad Universitaria, que en lo proyectado y en lo ejecutado supera a todo lo conocido de instituciones análogas.

Cultivó las relaciones amistosas y pacíficas de España. Otro noble cuidado suyo fué procurar y fomentar la expansión de la influencia y de la presencia española en Africa. Durante la guerra mundial de 1914-1918, sus iniciativas humanitarias añadieron a nuestra neutralidad un matiz generoso. La organización de un vasto servicio tutelar para los prisioneros trajo al Palacio Real de Madrid la simpatía de todos los países beligerantes y el agradecimiento de una inmensa muchedumbre de familias afligidas.

El 13 de septiembre de 1923, España se hundía entre luchas banderizas y la sagrada unidad nacional recibía golpes mortales. D. Alfonso aceptó la decisión del general Primo de Rivera y se instauró en España el régimen de dictadura. Fueron años de prosperidad, de orden, de trabajo fecundo. Bajo las directrices certeras de aquel gran patricio, el país se rehizo y España se vió bien regida y se sintió segura de sí misma. Alumbraron, entonces hombres de alta inteligencia y noble corazón y entre ellos el insigne D. José Calvo Sotelo, que había de dejar, con su labor portentosa, honda huella en la administración local y en la Hacienda españolas.

En la jornada histórica del 14 de abril de 1931, el Monarca, que no quiso derramamiento de sangre, suscribió un documento noble y levantado y se retiró de España con la Dinastía.

Ha muerto un gran español. Su corazón estuvo penetrado siempre de un amor sin límites a España. Español por su educación, por su temperamento, por sus anhelos, por aquel ideal de engrandecimiento de su Patria, que fué guía y norte de sus actos. Sobre él cayeron la falsedad y el odio de quienes, quebrantándolo, querían quebrantar el baluarte que se oponía a sus ansias antiespañolas. Su figura entra en la Historia y en ella encontrará la justicia que le corresponde.

A B C, ante la inexorable desgracia que nos llena de un hondo dolor, hace llegar a la Real Familia el testimonio de su solidaridad en sus sufrimientos, y eleva fervidamente su oración a Dios para el descanso eterno del alma de D. Alfonso XIII.

DUELO NACIONAL

El Gobierno expresa su hondo pesar y adoptará las medidas necesarias para el traslado de los restos al Panteón de El Escorial

El Jefe del Estado, Generalísimo Franco, firmó ayer el siguiente decreto:

"En el día de hoy ha fallecido en Roma Su Majestad D. Alfonso de Borbón y Habsburgo Lorena, que hasta el 14 de abril de 1931 y durante un dilatado período de la Historia de España, reinó en nuestra nación. El Gobierno participa con hondo pesar en el sentimiento por su muerte. Y al comunicar al pueblo español la infausta noticia, cumple a la vez el piadoso deber de disponer las honras fúnebres que proceden y de rendir el homenaje que es debido al Soberano muerto lejos de la Patria, cuyos destinos sirvió fervorosamente desde su puesto de Rey. En su día, el Gobierno acordará las medidas necesarias para el traslado de los restos al panteón del Real Monasterio de El Escorial.

En su virtud,

DISPONGO: Artículo 1.° El día 1.° de marzo de 1941 será de duelo nacional, declarándose inhábil a todos los efectos oficiales.

Art. 2.° A partir del momento de la firma de este decreto y durante los días 1, 2 y 3 del mismo mes, ondeará en los edificios públicos la bandera nacional a media asta.

Art. 3.° El día 3 de marzo, de acuerdo con las autoridades eclesiásticas, se celebrarán en Madrid y capitales de provincia, solemnes funerales por el eterno descanso de Don Alfonso XIII.

Así lo dispongo por el presente decreto, dado en Madrid a 28 de febrero de 1941.—FRANCISCO FRANCO."

El fallecimiento

Don Alfonso XIII murió a las once cincuenta y uno de la mañana

Roma 28, 1 tarde. Don Alfonso de Borbón, cuyo estado se había agravado durante las últimas horas, ha muerto a las 11,51 de esta mañana.

El doctor Colazzo se encontraba presente en el momento en que D. Alfonso sufrió un nuevo e inesperado ataque. Los otros médicos se limitaron a certificar la defunción. Don Alfonso padecía, desde hace años, una angina de pecho. Guardaba cama desde el día 13 de febrero.—EFE.

Rodeaban al egregio enfermo su esposa y sus hijos. Llegada del Príncipe de Piamonte

Roma 28, 2 tarde. En el momento de la muerte de D. Alfonso de Borbón se encontraban presentes doña Victoria Eugenia, el Príncipe de Asturias, el duque de Segovia y la princesa de Torlonia. Poco después del fallecimiento de D. Alfonso llegó al Gran Hotel el Príncipe de Piamonte, acompañado de los duques de Bergamo y Pistoia, que penetraron en la cámara mortuoria.—EFE.

Las últimas horas de la enfermedad. Más pormenores del fallecimiento. Doña María Cristina, en Turín

Roma 28, 6 tarde. Don Alfonso de Borbón había pasado la noche anterior bastante tranquila, hasta el punto de que los médicos creyeron apreciar una ligera mejoría y el doctor Frugoni se separó del paciente bien impresionado, alrededor de las diez.

La muerte sobrevino de un modo casi imprevisto. El enfermo sufrió un fuerte ataque cardíaco a las diez y media de la mañana, en el momento en que su familia se disponía a trasladarse a la basílica de Santa María de los Angeles para asistir a los funerales del marqués de las Torres de Mendoza, secretario de D. Alfonso, recientemente fallecido. El doctor Frugoni, llamado urgen-

un hombre elegante y bueno, un político equivocado y un rey en tiempos difíciles y republicanos.

El *BOE* publica un decreto de protección a la natalidad que realmente es todo un programa policial contra el aborto. Se perseguirá incluso a los hoteles y hospedajes que reciban mujeres recién abortadas. Muere el maestro Serrano, autor del *Himno a Valencia*, cantado siempre con tanto fervor por gentes que no han estado nunca en Valencia. La nueva Ley de Seguridad del Estado no es sino un papel donde queda claro que puedes ser fusilado por casi todo. Después del fusilamiento, eso sí, al muerto le queda el derecho a preguntar por qué. Son cesados Ridruejo y Tovar en sus cargos de propagandistas del fascismo español y del franquismo. Sus desavenencias con Franco venían desde Salamanca y Burgos. Se proclaman liberales y aperturistas, pero lo cierto es que le pasan a Franco por la derecha en cuanto a hitlerianismo y fascismo apasionados. Dos intelectuales que no saben lo que quieren, pero que tampoco tienen (sobre todo Ridruejo) la virtud de callarse, y seguirían mareando al personal durante toda su vida. Sale *La Codorniz*, de Miguel Mihura. Es una herencia de *La ametralladora* que se hacía en la guerra y del humor italiano de Mosca y otros, pero pronto se manifiesta como una sutilísima crítica al mundo burgués y convencional que ha ganado la guerra, sobre todo a nivel de lenguaje, jugando con la distorsión y el absurdo. Bajo el tupido velo de «humor blanco», aquellos señores decían muchas cosas. Es la última vanguardia que nace en España.

Empieza a emitir Radio Pirenaica, desde Moscú. Los españoles del exilio hablan a los de dentro todas las noches, ganan con palabras la guerra perdida con las armas. La gente escucha Radio Pirenaica debajo de una manta o debajo de la mesa. Radio Pirenaica y *La Codorniz* son las únicas heterodoxias con que se alimentan los españoles que empiezan a estar estragados de Imperio y bacalao con azúcar. Serrano Súñer se inventa la División que Arrese, un poco cursi, llamaría «Azul». Es una manera entre falangista y golfa de participar en la guerra, una guerra en la que Franco no quiere entrar. Serrano dice a los divisionarios que Rusia es culpable de la guerra civil, cosa que todavía hoy no se entiende bien, y que hay que borrar a Rusia de la Historia y de Europa. Su amigo el cesado Ridruejo se mete en la aventura y descubriría, en Alemania y Rusia, que su nazismo es más profundo de lo que él mismo creía, y no exento de antisemitismo (ver sus *Cuadernos de Rusia*). Hay mucho entusiasmo familiar, ferroviario y guerrero en las despedidas, pero Franco piensa que este gesto inútil y beligerante puede costarle

:n un febrero romano y heráldico muere don Alfonso XIII. Era un hombre elegante y bueno, un olítico equivocado y un rey en tiempos difíciles y republicanos.

Alfonso XIII abdica en don Juan, con lo que los Borbones empiezan a darle disgustos a Franco. Don Juan se ve que va para rey. La monarquía conspira.

Franco/Mussolini en Bordighera, en una de las escasísimas salidas de España que realizará Franco en toda su égida.

«La Codorniz», una sutilísima crítica al mundo burgués y convencional que ha ganado la guerra.

Serrano Suñer se inventa la División que Arrese (en la foto), **un poco cursi, llamaría «Azul».**

El INI acabaría siendo el asilo de las empresas privadas en bancarrota.

alguna innecesaria represalia aliada, de modo que dejó a los divisionarios bastante perdidos en su aventura. Los alemanes tampoco les hacían demasiado caso. Pero comieron, bebieron y follaron mejor que en España.

Dada la autarquía voluntaria e involuntaria en que se encuentra el país, con todas estas cosas, Franco crea el INI, para estimular y controlar la gran industria que no hay. El INI acabaría siendo el asilo de las empresas privadas en bancarrota. Se impone el gasógeno en los coches, cosa que ha dado mucho juego a los costumbristas de los 40, pero la única realidad es que no teníamos gasolina. Hitler sigue devorando países a uno por día.

Alfredo Mayo se convertiría, con su porte naturalmente militar y bizarro, en el modelo de español que quiere imponer el nuevo régimen.

1942: Raza

Estreno clamoroso de *Raza*, una película escrita por el propio Franco (Jaime de Andrade) que canta, a través de la Marina (la familia Churruca, derechohabiente del famoso marino), las virtudes de la raza española (tan problemática) a través de la Historia. El protagonista es el actor Alfredo Mayo, que pronto se convertiría, con su porte naturalmente militar y bizarro, en el modelo de español que quiere imponer el nuevo régimen. Como la realidad imita al arte, en generales como García Valiño podemos encontrar un sorprendente parecido físico con este héroe de ficción.

Raza, libro que hemos leído y donde Franco purga su corazón, manifiesta y explica tres cosas fundamentales en la psicología íntima del general:

— Fijación psíquica con la Marina, adonde nunca pudo acceder, y que se complica sentimentalmente por el hecho de haber nacido Franco en un pueblo tan estimulante para esta vocación como El Ferrol.

— Sentido mesiánico de la raza española (tan problemática, como ya hemos apuntado, y mucho menos neta que la raza aria exaltada por Hitler), lo que le aproxima a los fascismos europeos más de lo que él mismo quisiera.

— Ideales pequeñoburgueses de napoleoncito de clase media que se encarna a sí mismo en su Churruca, que no es el glorioso, sino un marino cumplidor, valiente y de ideas muy elementales.

A poco del estreno muere el padre de Franco, y esperamos que no como consecuencia de haber visto la película. En un marzo alicantino, ya con las aladas almas de las rosas del almendro de nata rozándole la frente morena, muere el gran poeta Miguel Hernández, dentro de la triple prisión de la enfermedad, la condena y la cárcel. Toda la poesía social de postguerra arrancaría de él.

Fallece en Francia el escultor Julio González, uno de los grandes del abstracto español, muy cercano en estética a Gargallo, Ferrant y Alberto Sánchez. Toda una gran escuela. El adulterio vuelve a ser delito. En este caso, como en el del aborto, el régimen aduce razones de protección a la familia, aunque lo que hay detrás es una fuerte presión religiosa, que cada día se hará más manifiesta. Los Vieneses, la famosa compañía europea de revistas «decentes» y de «buen gusto», llegan a Madrid con Franz Johan y sus hermosísimas y hasta violentas vedettes, supervedettes y coristas o vicetiples. Es un erotismo blanco y de derechas para familias. En España hacen fortuna, hasta quedarse o volver con mucha frecuencia. Los Vieneses son algo así como la degradación puritana y doméstica del viejo cabaret berlinés y expresionista. La moda femenina del 42 marca grandes pamelas, gafas de sol con montura blanca (influencia de Hollywood), melenita, escote moderado y blusas con manga por medio brazo. La española ha aprendido a ser bella y honesta al mismo tiempo. Las chicas topolino fueron las progres de entonces, porque iban un poco más sueltas de ropa y costumbres. José Vicente Puente fue su cronista.

En septiembre es destituido Serrano Súñer. Franco se lo había dicho mucho tiempo antes: «Cualquier día tendré que prescindir de ti, Ramón.» Serrano es sustituido en Exteriores por Jordana, general. Franco nunca ha estado muy de acuerdo con el fascismo de su cuñado y, por otra parte, el general percibe auspiciadoramente el giro de la guerra, que empieza a ser desfavorable para Hitler. Ante esto, conviene contar con un canciller anglófilo, olvidando al germanófilo Serrano Súñer, que empieza a resultar impresentable. La excusa que le da Franco a su cuñado, como si no fueran de la familia, y casi más hermanos que cuñados, son unos atentados falangistas en Begoña. Es una excusa, sí, pero la verdad es que a Franco también le divierte poder recordarle una vez más a Serrano que *su* Falange no hace más que complicar innecesariamente las cosas. Desde entonces, Serrano se dedicará a su abogacía y a escribir múltiples memorias, con distintos títulos o motivos, probando siempre que él fue el aperturista del franquismo. No convence a nadie, pero se distrae. Se hace liberal de un día para otro, cae del caballo como Saulo y ve la luz, aunque sólo se ha caído de una mesa de despacho. Su sueño de un fascismo latino, con Mussolini y él mismo, frente al fascismo pagano de Hitler (Serrano procede de la católica CEDA), se disipa para siempre. Su inteligencia de ojos claros y su gran cultura apenas le han servido sino para enjalbegar un poco el futuro civil que le espera.

Marcial Lalanda se corta la coleta. (A Serrano Súñer se la han cortado.) Tiene 39 años y llevaba en activo veinte temporadas, y es quizá el mejor torero castellano de la historia, después

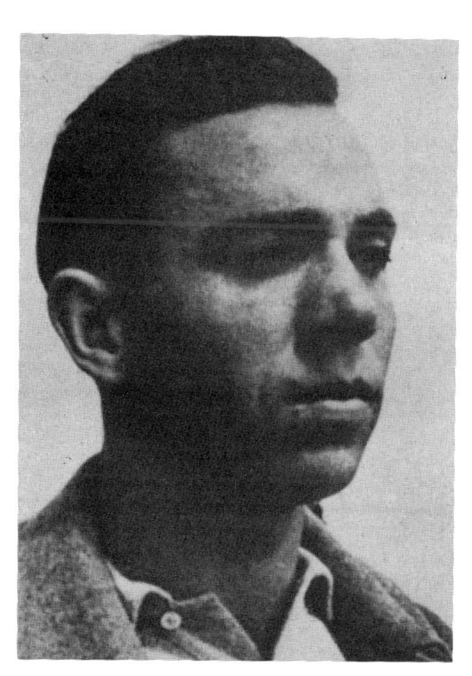

A poco del estreno de «Raza» muere el padre de Franco y esperamos que no como consecuencia de haber visto la película.

Serrano: Se hace liberal de un día para otro, cae del caballo como Saulo y ve la luz, aunque sólo se ha caído de una mesa de despacho.

Miguel Hernández. Toda la poesía social de postguerra arrancaría de él.

Marcial Lalanda, el mejor torero castellano de la historia, después del genial «Paleto de Borox», Domingo Ortega.

del genial «paleto de Borox».[1] Nacido en Vaciamadrid, había tomado la alternativa de Belmonte. Lo que más ha quedado de él es un pasodoble —«Marcial, tú eres el más grande...»— que sigue sonando a domingo recalentado y español, a Madrid popular y profundo, a tarde de toros con los habanos untados en sangre de picador, que así tiran más.

1. Domingo Ortega.

1943: Franco-Don Juan

Se crea el No-Do, cuyo primer protagonista es Muñoz Grandes, como el gran hombre de la División Azul y general muy estimado por Hitler. El No-Do es un periodismo cinematográfico a la manera del que se hace en tantos países, pero, naturalmente, con absoluto control oficial, hasta el punto de que muchos españoles adquirieron la costumbre de no llegar al cine hasta que hubiese «pasado el No-Do».

El peinado femenino «Arriba España» consiste en llevar todo el pelo muy alto, pero este tipo de peinado se ha conocido en muchos países y épocas. Lo de «Arriba España» no es sino una muestra más del horterismo patriótico que nos regía. Las guapas seguían estando guapas con este peinado, y las feas no mejoraban mucho, pero iban de patriotas.

Don Juan de Borbón escribe a Franco pidiéndole que abdique en la Corona. Don Juan razona bien su exigencia, ya que el poder de un dictador siempre es problemático, sin continuidad, y no se sabe en qué manos puede parar España. Franco, naturalmente, deja que la carta se pierda entre los papeles de su ya famosa mesa de despacho, siempre sobrecargada. Ya contestará cuando el tiempo haya matado el apremio «insolente» del príncipe. La carta es de marzo. En este mismo mes se abren las Cortes, presididas por don Esteban Bilbao. Los diputados se llaman ahora procuradores y son corporativistas, representantes de los distintos estamentos y sectores profesionales de la nación, aparte de los hombres nombrados directamente por Franco. Más tarde habría un discreto cupo de elección popular, que da nombres como el del periodista Emilio Romero. En cualquier caso, se trata de una *representación*, en el sentido teatral, más que de unas Cortes auténticas y demócratas. Todo es un «como si» con vistas al extranjero, ya que las democracias principian a ganarle la guerra a Hitler.

Nueva cartilla de racionamiento, que no renueva nada. Los españoles siguen comiendo mal (los que comen). Hay otros que comen mejor, pero son superespañoles, españoles de primera o

estraperlistas. Se hace obligatorio el doblaje de películas extranjeras, medida que el público, entonces sin idiomas, agradece mucho, aunque la decisión no responde sino a un impulso autárquico que llega también a lo cultural. Que Gary Cooper e Ingrid Bergman aprendan la lengua del Imperio. Y aprendieron, qué remedio. Estrellita Castro estrena *Los misterios de Tánger*. A ésta no hay que doblarla, o más bien doblarla del andaluz falso que habla. Así da gusto, coño. Teniendo a Estrellita Castro, para qué queremos a la Bergman.

En junio, o sea con tres meses de retraso, Franco responde a don Juan de Borbón de una manera ruda, negativa y directa. Franco no ha ganado una guerra y el Poder para regalárselo a los borbones. Monárquicos y germanófilos son alejados del Poder. Los primeros como consecuencia de la carta del príncipe. Los germanófilos, por la marcha de la guerra, que ya se da por perdida para Hitler, en cuya victoria no creyó nunca demasiado la ciencia militar de Franco. A partir de ahora, rota la negociación directa, la monarquía iniciará una larga e inteligente conspiración que jamás dejó a Franco en paz. Monárquicos y comunistas, curiosamente, van a ser las dos obsesiones que ensombrecen la victoria de Franco durante cuarenta años. Pero las presiones no son sólo exteriores. Ocho tenientes generales dirigen una carta al Caudillo instándole a restaurar la monarquía. El Nuevo Estado no tiene ningún sentido, Franco no cuenta con municionamiento ideológico con que llenar su Victoria (aparte la retórica falangista, que desprecia) y el propio Pemán, como ya hemos recordado aquí, definirá la situación como «carente de juridicidad». Veintisiete procuradores se han manifestado a Franco en el mismo sentido que los generales. Entre ellos, el duque de Alba, Gamero del Castillo, Arión, Yanguas Messía, Garnica, etc. Estos seísmos ideológicos no conmueven a Franco, sino que, por el contrario, le entremeten más en sí mismo y en su convicción de que sólo él puede llevar el país.

En octubre se produce un fino cambio de matiz político frente al mundo. De la «no beligerancia» pasamos a la neutralidad. Las ayudas británicas y estadounidenses explican bien este giro en nuestra política. Franco comprueba ahora que la Historia le da la razón en cuanto a su resistencia a comprometerse con Hitler en una aventura loca. La Historia siempre viene a coincidir con el instinto.

Así y todo, el mundo no reparará mucho en estos matices y maniobras, y Franco quedará por muchos años, frente a las democracias, como el superviviente inexplicable de los fascismos derrotados. Pero él no pierde el tiempo y, mediante mejo-

Don Juan de Borbón escribe a Franco pidiéndole que abdique en la Corona.

El No-Do.

Muñoz Grandes, el gran hombre de la División Azul y general muy estimado por Hitler.

Esteban Bilbao.

Estrellita Castro.

ras lentas y propaganda insistente, va identificando a los españoles con su inestable régimen. Llega a haber, en los 40, un «franquismo sociológico» del hambre, una solidaridad del hambre (extraño y restringido fenómeno), como luego en los 60 habría un franquismo sociológico de la abundancia, más explicable.

Nada de esto, naturalmente, acaban de entenderlo bien los observadores extranjeros, ni siquiera los que nos visitan. Los que nos visitan, menos que nadie. Franco está muy atareado corrigiendo los males de una guerra que él mismo había provocado.

AGRUPACION
DE
GUERILLEROS ESPAÑOLES

XV DIVISION
Brigada
...

3 - SEPT 1944

Con ocasion de nuestra partida para España, el Estado Mayor de la Brigada "D" tiene el honor de invitar al Trio de vuestro Batallón a la comida de honor que con esta ocasion se celebrará el martes dia 6 de Septiembre de I.944, en el lugar llamado la PAPONIE, comuna de Jumilhac le Grand.

Hasta ayer hermanos de lucha en el combate de liberación no sólo de la Francia sino de la Europa del hitlerismo y sus lacayos, hoy partimos para continuar el combate en nuestro país, combate que hace cinco años tuvimos que suspender por falta de ayuda material.

Vuestra presencia en esta reunión de adios, será un "souvenir" imborrable que patentizará la comunidad de sentimientos que siempre nos unió.

FRATERNALMENTE.

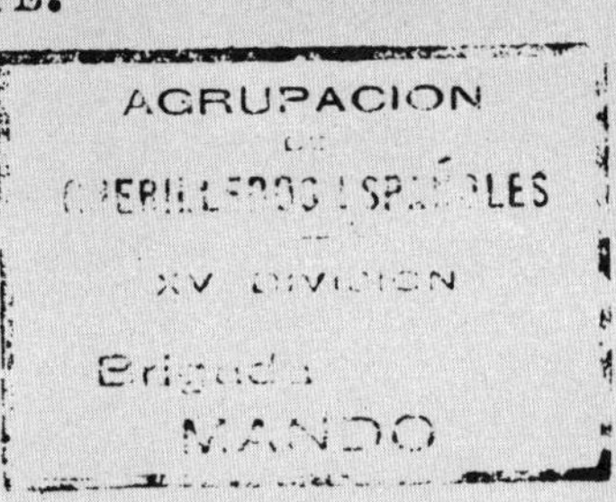

Sr. JEFE DEL 3er BATALLON.

1944: El maquis

Muere en Suiza el cardenal Vidal y Barraquer, el único que se negó a participar en la Cruzada católica de Franco, aunque nunca renunció a su diócesis de Tarragona. Está claro que había elegido vivir y morir en el exilio, pero no hay síntomas de que a este gran eclesiástico lo vaya a canonizar el Vaticano, como está haciendo ahora con muchos «mártires de la Cruzada».

Desaparece en Madrid el novelista Ricardo León. Ha muerto un escritor que nunca estuvo muy vivo. La película *El escándalo*, de Sáenz de Heredia, escandaliza moderadamente a los españoles censurados. Se generalizan las restricciones de luz. La gente se encuentra con que ha hecho una larga guerra, llena de promesas, para llegar finalmente al reino de las sombras. No funciona, pues, la llave de la luz, pero tampoco hay llave ni pared ni casa que iluminar, ya que la escasez de viviendas se hace general y trágica. Llega la penicilina a España, para curar a una niña, y luego se hará de consumo general, salvando —cosa importante en este país— a muchos toreros en la enfermería herrumbrosa de la plaza, hasta el punto de que Fleming, descubridor del gran fármaco, tiene hoy un busto delante de la Monumental de las Ventas madrileña. Se crea el documento Nacional de Identidad, y el pueblo lo glosa en seguida con esta copla de flamenco madrileño:

Si tendré formalidá
que fui el primero que hizo
el carné de identidá.

Como Franco ya se temía, la División Azul crea mucho descontento entre las democracias (y no precisamente por su eficacia), de modo que Franco la retira de Rusia y los que partieron hacia la luz vuelven a la penumbra de las restricciones, con más pena que gloria. El desembarco de Normandía, gloria de Eisenhower, aparte de ser una de las grandes y memorables batallas de la Historia, decide la guerra a favor de las democracias y los aliados. Arruza se presenta en Madrid.

‑os maquis, el último fleco romántico de una guerra
‑mántica y resuelta, la nuestra.

«El escándalo», de Sáenz de Heredia, escandaliza moderadamente a los españoles censurados. (En la foto, Mercedes Vecino y Armando Calvo.)

Vidal y Barraquer, el único que se negó a participar en la Cruzada católica de Franco, aunque nunca renunció a su diócesis de Tarragona.

Fleming.

Luis Miguel Dominguín
(En la foto, con Franco.)

Arruza, un torero mejicano, un poco heterodoxo, que le hace frente al mítico Manolete.

Arruza es un torero mejicano, un poco heterodoxo, que le hace frente al mítico Manolete. El pueblo lo glosa así:

Desde que ha venido Arruza
Manolete está que bufa.

O este otro, más correcto y gracioso:

Desde que ha venido Arruza
ha subido la merluza.

En este segundo pareado vemos cómo la gente complica sus obsesiones lúdicas, taurinas, con sus obsesiones alimentarias. El pueblo sigue siendo creativo después de una guerra exterminadora. Con o sin penicilina, Manolete y Arruza se enfrentan a muerte, con más ganas por parte del mejicano, ya que el hieratismo del cordobés no se descompone por mejicano de más o de menos. Luis Miguel Dominguín irrumpe en este duelo, como un tercer hombre lleno de sabiduría y genealogía. El triángulo mortal de la fiesta apasiona a los españoles mucho más que la guerra mundial, donde ya va estando claro, por otra parte, que el perdedor es Hitler, contra las decisiones del vespertino madrileño *Informaciones*, que nunca quiso reconocer esta realidad histórica.

Aparecen los maquis en el Valle de Arán. Hacen descarrilar el expreso Madrid/Barcelona en octubre, entre la nieve. Son el último fleco romántico de una guerra romántica y resuelta, la nuestra. Son guerrilleros comunista. Entre los generales Yagüe, Moscardó y Monasterio acaban con ellos. Pero ahí queda el gesto. Toda nuestra guerra, en ambos bandos, había sido una guerra de gestos, más que de gestas.

Viene la clemencia de postguerra para los vencidos. Franco empieza a liberar presos por la sencilla razón de que no puede alimentarlos, pero esto se «vende» como magnanimidad. Luego, con el triunfo aliado, se incrementa la represión carcelaria, por miedo a un envalentonamiento de los reclusos políticos. Después, bajo la mirada de las democracias, se torna a una política de clemencia. Monjas, curas de gafas negras, falangistas y magistrados componían los tribunales que devolvían un rojo a la calle o a la clemente y acogedora tierra. Se designa Madrid como gran ciudad, con lo que tendrá presupuestos especiales para su engrandecimiento. Incluso Azca, que hoy es un pequeño Manhattan madrileño, fue en su día proyecto, idea y sueño de Franco. Aunque Franco nunca hubiese llamado, a la torre central de la «Gran Manzana» Torre Picasso.

Picasso le ha sobrevivido.

INFORMACIONES

CARA AL ENEMIGO BOLCHEVIQUE, en el puesto de honor, ADOLFO HITLER MUERE DEFENDIENDO LA CANCILLERIA

El almirante DÖNITZ, nuevo FÜHRER de ALEMANIA, continuará la lucha contra el comunismo y contra los aliados occidentales en tanto entorpezcan la defensa alemana

ADOLFO HITLER

«HA MUERTO NUESTRO CAPITAN,

«Informaciones»: Todo un modelo de periodismo elusivo, una obra de arte de la no/información, para dar/no dar el final del fascismo.

1945: Hitler

En 1941, Camilo José Cela, con *La familia de Pascual Duarte*, inaugura la nueva literatura española, frente a la retórica oficialista y la poesía imperial. La obra de Cela viene de los clásicos y del viejo realismo español, estableciendo así una continuidad con la gran cultura española, ahora dispersada por la guerra civil. En años subsiguientes, Miguel Delibes y Carmen Laforet confirmarán, descubiertos ambos por el Nadal, que la joven novela no tiene mucho que ver con la cultura oficial del Nuevo Estado, sino que, pese a la ruda censura de libros, es una literatura crítica y «diferente». La guerra, pues, ha matado a mucha gente, pero todo renace en los nuevos libros.

El Monopolio de Tabacalera y la nacionalización del Banco de España ponen en manos del régimen no sólo el dinero de los españoles, sino también sus pequeños vicios (para los grandes, entonces, no había dinero, aunque sí ganas). El franquismo se va definiendo así como una autarquía militarista o un socialismo inverso. Aunque, por otra parte, principian las negociaciones con Estados Unidos para implantar bases aéreas en España, concretamente en Madrid. Franco se ha reservado para ir negociando con los vencedores de la guerra, y ya está claro que van a ser los aliados. Igual hubiese negociado con los otros. La amistad americana que comporta este inicio de tratado permite que Franco acoja con indiferencia un enérgico manifiesto de don Juan de Borbón, donde, con motivo del inminente triunfo aliado, se conmina al Caudillo a renunciar al Poder en la Corona, en la monarquía democrática. Parece que ésa sería la legalidad, pero Franco tiene otra, la suya, y además, ahora, unos poderosos amigos.

El rotativo madrileño *Informaciones* da así la derrota y muerte de Hitler: «Cara al enemigo bolchevique, en el puesto de honor, Adolfo Hitler. Muere defendiendo la Cancillería. El almirante Dönitz, nuevo Führer de Alemania.» Todo un modelo de periodismo elusivo, una obra de arte de la no/información, para dar/no dar el final del fascismo.

En un junio madrileño y recalentado muere el pintor Solana, el de las putas tristes y la España negra, muy bien biografiado por su amigo Gómez de la Serna. La guerra no ha superado la España de Solana. En todo caso, está empezando a adecentarla. Se aprueba en las Cortes el Fuero de los Españoles, tras iluminado discurso de Esteban Bilbao. Es un esfuerzo más, y muy farragoso, por otorgarle legitimidad al régimen desde la propia ilegitimidad. Pero los procuradores aplauden mucho y en el pueblo quedaría la expresión «aplaudir como procuradores», para aludir a cualquier entusiasmo. Franco, cada día más «aliado», entrega a Laval a Francia. Laval, ilustre político de la derecha, pronto sería ejecutado en París. El Generalísimo está haciendo méritos con sus aborrecidas, pero triunfantes democracias. Con Hiroshima y Nagasaki, el 6 de agosto, termina la guerra y se inicia la era atómica, tan significativa para la humanidad como la edad del Bronce. En el exilio, los republicanos notables se reorganizan llenos de fervor por la derrota de los fascismos. Entre ellos está el gran chelista Pau Casals. Todos son un poco chelistas de la política. De ahí no pasaron.

Se impone la renuncia al saludo fascista. Los españoles han estado cinco años levantando el brazo hasta para dar los buenos días. El saludo nacional subía y bajaba. Los españoles ya no saben qué hacer con su brazo. El señor Roberts, americano, dice que «Franco no es fascista». Lo que no sabía el señor Roberts es que tenía razón.

España se va «democratizando», digamos, día a día. En Europa ha ganado la democracia y a Franco no le faltan recursos para «homologarse»: la democracia orgánica, invento genial y vacío que funcionaría muchos años, y que no era sino una dictadura vertebrada. Así que se promulga un gran indulto para que vuelvan los Prieto y Casals del exilio, pero no vuelve nadie mientras el general siga en el Poder. Muere en París el gran Ignacio Zuloaga, pintor mondain, en el estilo humano de Anglada Camarasa, más preocupados por la gloria fugaz de París que por el prestigio pétreo de España. Zuloaga tiene momentos de gran pintor y momentos de pompier, un raro pompier que imita al Greco. Franco lo metería en los billetes de 500 pesetas. La Ley de Referéndum supone que el dictador consultará a la nación, mediante referéndum plebiscitario, todos los asuntos de interés general (este interés general lo determina él, claro).

Desaparecen los grandes artistas catalanes Sert y Hugué. Sobre Hugué había hecho un hermoso libro Josep Pla. La gente seguía comprando *Informaciones* a ver si el vespertino se decidía de una maldita vez a dar la derrota de Alemania. Hasta hoy.

Camilo José Cela, con «La familia de Pascual Duarte», inaugura la nueva literatura española, frente a la retórica oficialista y la poesía imperial.

El pintor Solana, el de las putas tristes y la España negra. (Autorretrato.)

Franco, cada día más «aliado», entrega a Laval a Francia.

Pau Casals.

Zuloaga tiene momentos de gran pintor y momentos de pompier, un raro pompier que imita al Greco. Franco lo metería en los billetes de 500 pesetas. (Autorretrato.)

1946: La ONU

Perón sale presidente de Argentina y Franco ya tiene un amigo en el mundo. Perón supone el envío de barcos de trigo para el hambre nacional, aunque se ha dicho que Franco vendía luego ese trigo a otros países. En cualquier caso, la visita a España de Eva Perón fue un musical político/festivo muy superior al musical que, ya en nuestros tiempos, se haría efectivamente de ella. Es la mujer que a Areilza, siendo embajador en Argentina, le llamaba «gallego de mierda».

El peronismo era un fascismo de paisano que, naturalmente, se entendía bien con el militarismo español. Francia anuncia que va a cerrar la frontera con España, pero Franco se adelanta y la cierra él por este lado. Más grave es lo de la recién nacida ONU, que, a iniciativa de Panamá —¿por qué Panamá, quizá un títere de Estados Unidos?—, declara el boicot por unanimidad a España. Es cuando Franco pronuncia una de sus mejores y escasas frases: «Nuestra revolución son los brazos abiertos, no los puños cerrados.» Y para que esto quede claro, se anuncian elecciones sindicales libres, siempre que los candidatos sean falangistas. Este detalle parece que desanimó un poco a los votantes. La abstención obrera fue populosa. Muere Largo Caballero en París.

De origen socialista moderado, Largo Caballero sería luego un republicano duro, cercano al marxismo, «el Lenin español», a medida que la Historia se iba torciendo para la República. En Francia fue a parar a un campo de concentración. El Sevilla se proclama campeón de Liga frente al Barcelona. Las señoritas van de chapiri ancho y plano, vestidos llenos de frunces barrocos, falda por media pierna y perrito. España acoge una expedición de niños polacos, huérfanos de la guerra. Así que los que entonces sólo éramos niños españoles pasamos hambre, desnutrición, tisis y piojo verde por no habérsenos ocurrido a tiempo, hombre, nacer polacos.

a recién nacida ONU declara el boicot por unanimidad a España. Es cuando Franco pronuncia una 'e sus mejores y escasas frases: «Nuestra revolución son los brazos abiertos, no los puños cerra- os.» (Manifestación en la plaza de Oriente contra los acuerdos de la Organización.)

«El Coyote», de José Mallorquí, debe parte de su éxito literario entre la sub/sub a un ramalazo mejicano del héroe hispano/californiano.

Eva Perón, la mujer que a Areilza, siendo embajador en Argentina, le llamaba «gallego de mierda».

España se mejicaniza con las películas de María Félix y Dolores del Río (en la foto, con Ángel Zúñiga)**, la música de Negrete y la risa de Cantinflas.**

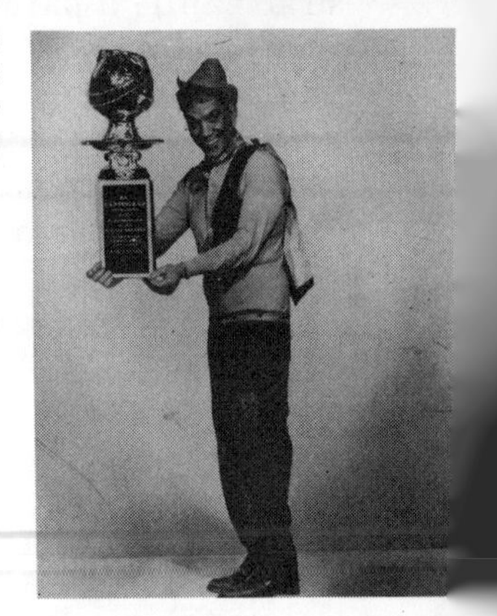

Llegan de Méjico las primeras películas de María Félix. El Méjico republicano y revolucionario, que ha acogido a tantos exiliados españoles, no mantiene relaciones diplomáticas con España, pero las relaciones culturales, o más bien subculturales, son intensas entre ambos países. España se mejicaniza con las películas de María Felix y Dolores del Río, la música de Negrete y la risa de Cantinflas. De entonces data el apelativo «macho», que todavía subsiste en los viejos argots, y que vino de Méjico, como tantos otros modismos que crearían una nueva jerga callejera en la España de los 40/50. Cantinflas, Mario Moreno, ese gran actor intelectual, viene a España, como Negrete, y aquí se encuentra con su paisano y amigo el torero Arruza. Por entonces nace El Coyote, de José Mallorquí, que debe parte de su éxito literario entre la sub/sub a un ramalazo mejicano del héroe hispano/californiano. Mallorquí, que acabaría suicidándose, fue un maestro del western literario con esencias imperiales del momento. Arturito Pomar, campeón de España.

El pequeño genio mallorquín estuvo en el Casino de Valladolid jugando unas simultáneas con treinta adversarios y les ganó a todos, salvo don Sotero Otero del Pozo, con quien hizo tablas. Otero del Pozo había hecho teatro patriótico durante la guerra y los periódicos de Madrid lo reflejaban así: «Teatro malo que no es de Pemán.» Yo, sin saber nada de ajedrez, no me perdí ninguna sesión de Pomar, porque lo que me fascinaba era el niño/estrella, famoso a mi misma edad. Mi incipiente vedetismo asomaba ya.

El cine español, sin duda por consigna, se dedica a contarnos la Historia de España a su manera, que es la franquista, y este año le toca a Cristóbal Colón. Bélgica acusa a España en la ONU por haber alojado al fascista belga León Degrelle (cuyo libro *Almas ardiendo* prologaría aquí el doctor Marañón). Se le da una semana para abandonar este país, lo cual hizo con destino desconocido. Pero su libro, con tan nefasto prólogo, fue un best-seller político de la época.

En Argentina fallece Manuel de Falla, voluntariamente exiliado el año 39, como ya se ha contado aquí. Aunque en seguida se le mete en los billetes, la verdad es que fue otra de las grandes víctimas de la guerra, como su amigo García Lorca. Los niños de derechas, con la condena de la ONU, el trigo de Perón que nunca vimos, el cine nacional de los domingos, que era un coñazo histórico, como ya se ha dicho, la impregnación hortera del mejicanismo mediocre y las novelas del Coyote, alegrábamos nuestra lóbrega infancia haciéndoles putaditas a los pequeños y rubios polaquitos, que parecían tontos y pobres. Hasta más pobres que nosotros. Si serían pobres aquellos niños que sólo hablaban polaco.

1947: Manolete

Contra el boicot de la ONU a España, se organiza una gran manifestación espontánea (una espontaneidad muy organizada) de homenaje a Franco y contestación al mundo. Medio millón de españoles traídos de toda la península se concentra en la plaza de Oriente para oír vitorear al Caudillo. A partir de ahí nacería lo que hemos llamado «plazaorientalismo», el recurso demagógico y populista a las masas, una cosa rudamente plebiscitaria y elemental que se repetiría, en vista del éxito inicial, siempre que hiciese falta.

Aparte este confortable patriotismo, los nacionales tomamos Fósforo Ferrero para estar aún más confortados frente al desprecio del mundo, que no nos comprende. Muere Pedro Mata, famoso novelista porno de los años veinte. Pese a haber hecho una literatura nauseabunda y prohibida en el régimen de Franco, su muerte tiene buena Prensa, ya que Mata, cuando la guerra civil, pareció decantarse por los nacionales. Muere Manuel Machado, poeta entre el Modernismo y el flamenquismo, que, mientras su hermano Antonio y su madre morían en el exilio, escribe *Horas de oro*, un libro donde se canta a Franco. Fallece en el exilio Francesc Cambó. Lola Flores y Manolo Caracol estrenan *Embrujo*. Ha nacido una pareja mítica de los 40. Franco anuncia la Ley de Sucesión, por la que queda claro que España es un reino, pero un reino condenado a eternos y sucesivos regentes. El rey definitivo habría de nombrarlo Franco. Entre el fascismo residual y la democracia imposible, Franco ha optado por la monarquía, pero se propone mantener a los borbones en el Olimpo del exilio, como los griegos mantenían a sus dioses, para que no les molestasen demasiado.

Van Dyck gana la vuelta a España. La Ley de Sucesión es refrendada por todo el pueblo español. Este tipo de referéndums los gana siempre el que los hace. El toro *Islero* mata a Manolete en Linares, el 29 de agosto. Manolete tenía ya cara de muerto, desde siempre. Cuando entraba en Chicote con su gente se ha-

anolete: Un momento antes de la cogida mortal, los tendidos estaban llamando ladrón.

Pedro Mata.

Manuel Machado.

Francesc Cambó.

Lola Flores y Manolo Caracol, una pareja mítica de los 40.

Benlliure había llenado España de pastelería valenciana y hasta tenía la Legión de Honor francesa. Es el último de una escuela realista, pueril, que sólo realiza grandes miniaturas.

El Real Madrid estrena el estadio Bernabeu.

cía un silencio de respeto y admiración. Es la figura más enigmática de la época, y un gran torero. Sus contrabiógrafos dicen que durante la guerra civil toreó algunos rojillos por orden de la superioridad. En todo caso, Manolete, en Méjico, se negaría a torear con la bandera republicana. Su hermana y sus sobrinos han dicho hace unos meses que a Manolete lo mató el público, ese público atroz y sangriento de los toros de pueblo. Seguramente tienen razón en lo que dicen, pero lo dicen un poco tarde. Un momento antes de la cogida mortal, los tendidos le estaban llamando ladrón.

Se celebran las elecciones sindicales, ya anunciadas aquí, y muchos votos son para los personajes del fútbol y el cine. No hay manera de que el prolétariat de Marx, convertido por Franco en «productor», se tome en serio eso del sindicato vertical. Y luego se quejan. Salen los billetes de cinco pesetas con una imagen de Séneca que parece un mendigo del Metro, de esos que nunca habían visto cinco pesetas. Muere el escultor Benlliure, que había llenado España de pastelería valenciana y hasta tenía la Legión de Honor francesa. Es el último de una escuela realista, pueril, que sólo realiza grandes miniaturas. Un miniaturista de lo colosal. Pero al régimen le gustaba esa escultura más que la de los abstractos, que todos eran rojos o maricones.

El Real Madrid estrena el estadio Bernabeu. El pasodoble de Manolete llena todo el año 47 y los últimos 40, llena las verbenas de barrio, las capeas de Zuloaga y las bandas municipales de viento, por el Cristo:

Manolete, Manolete,
de la tierra del califa gran torero,
Manolete, Manolete,
que te aclama por tu arte el mundo entero...

Chin, chin.

1948: Gilda

Se estrena *Gilda,* una obra maestra del thriller y la revelación de una actriz fascinante, Rita Hayworth. Rita aporta una cierta carga erótica al filme, pero la imaginación del público pone mucho más, ya que la censura nos ha acostumbrado a «mejorar» y adecentar el cine americano. Entre unas cosas y otras, la derechona más violenta —los estudiantes Fraga Iribarne y Robles Piquer— cubre con tinta y almagre los carteles de *Gilda,* la lírica silueta de aquella luminosa mujer. Pronto empezaron a circular fotos de Rita a una peseta, donde aparecía desnuda. Yo compré una en la plaza Mayor de Valladolid, un domingo por la mañana; estudiándola luego despacio, en el retrete de mi casa, comprendí que sólo era la cabeza de la actriz en tosco fotomontaje sobre un cuerpo cualquiera. Un mito por una peseta.

Se constituye el Consejo del Reino en El Pardo y Franco aparece bajo dosel. Frente al Consejo de don Juan, en el exilio, Franco ensaya así una réplica convirtiéndose en un pequeño rey, como el de Soglow, que daba por entonces *La Codorniz.* Se estrena *Botón de ancla.* Protocolo Franco/Perón. Cela publica su *Viaje a la Alcarria,* todo un modelo de la literatura de viajes, renovada, en la tradición de los grandes viajeros del 98, que quisieron conocer España a pie. Llega a Madrid Jorge Negrete y hay millones de bragas húmedas en España. El cantante mejicano llegó a exclamar, ante el entusiasmo femenino por su figura, que rozó la histeria colectiva:

—¿Pero es que no hay hombres en este país?

En Barcelona, las primeras pruebas de televisión. Este verano las españolas, enamoradas o no de Negrete, van de vestido rojo con grandes lunares blancos y blusita blanca con pequeños lunares rojos. Decentes y guapas. Franco y don Juan se reúnen en el *Azor,* como tierra de nadie. La entrevista es tensa. Don Juan sólo quiere que sus hijos estudien en España. Franco acepta. La monarquía acaba de colocar sus peones dentro del régimen fascista. Esto tendría a la larga las positivas consecuencias

ita Hayworth aporta una cierta carga erótica al filme, pero la imaginación del público pone mucho ás, ya que la censura nos ha acostumbrado a «mejorar» y adecentar el cine americano.

Franco y don Juan se reúnen en el «Azor», como tierra de nadie.

«Locura de amor», revelación de Aurora Bautista.

Brossa.

Cuixart.

Tàpies.

Tharrats.

El príncipe Juan Carlos es la pieza maestra, el alfil de futuro que don Juan le ha colado a Franco en el confuso y duro ajedrez político que se traen.

Manuel Viola.

que hoy conocemos. Franco ha perdido la batalla del futuro, pero no lo sabe. Mas las cosas se complican pocos días más tarde (todo ocurre en agosto), cuando se produce un pacto en San Juan de Luz por el que las Fuerzas Monárquicas concluyen un acuerdo con el PSOE (Prieto, Jiménez Asúa), que prescinde de otros sectores socialistas y de los comunistas y republicanos. Se trata de aceptar la monarquía, prohibir la Falange y el PCE, incorporarse al bloque occidental, reconocer ansimismo a la Iglesia, etc. El PSOE, como siempre a lo largo de su historia, como en la guerra, como hoy mismo, sigue una política de ambigüedad que a veces le da muy buenos resultados, aunque aquel pacto se ve que no condujo a nada.

Se estrena *Locura de amor*, con la revelación de Aurora Bautista. Un éxito absoluto de nuestro cine histórico o pseudo, que hasta ahora había aburrido mucho al público. En Barcelona se constituye el grupo «Dau al Set», según la frase de Breton, el padre del surrealismo: «La séptima cara del dado.» El grupo lo componen Brossa, Cuixart, Tàpies, Tharrats, etc. Luego nacería en Madrid el grupo «El Paso», con artistas tan importantes como Manuel Viola, que venía de un campo de concentración. Todos estos movimientos (el arte no es inocente) no son sino la respuesta vanguardista a Vázquez Díaz y el muralismo oficial y anticuado del régimen. Como es tiempo de niños prodigio, la respuesta a nuestro Arturito Pomar la constituye el pibe argentino Pierino Gamba, diminuto director de grandes orquestas, hasta que se descubre que él no lleva a los músicos, sino que los músicos le llevan a él. Otro niño, prodigio o no, el príncipe Juan Carlos, llega a Madrid para iniciar sus estudios, según lo acordado en el *Azor*. Tiene 10 años. Es la pieza maestra, el alfil de futuro que don Juan le ha colado a Franco en el confuso y duro ajedrez político que se traen.

Nadie lo sabía entonces, pero el franquismo, en noviembre de 1948, había iniciado su largo suicidio. La inocencia de un infante fue la bomba de explosión retardada que la monarquía le puso a la dictadura de Franco.

Antonio Machín, un mulato que trae de Cuba los grandes boleros hispanoamericanos.

1949: Antonio Machín

Desaparece el músico Joaquín Turina, autor de más de cien composiciones, y que entonces era comisario general de Música. Pero la gente está más bien en la música de Antonio Machín, un mulato que trae de Cuba los grandes boleros hispanoamericanos, que le pondrían música sentimental a la letra dolida y escasa de una España que no acaba de salir de la postguerra, la tristeza y el dolor en la propia biografía.

Muere en el exilio Alcalá Zamora, aquel republicano de derechas, aquel conservador de izquierdas, político mediocre e indeciso, hombre de poco estilo personal, a quien la aristocracia había apodado «El Botas», porque las usaba de guardia civil, con elástico. Picasso pinta palomas blancas. La República tuvo algunos hombres como Alcalá Zamora, que la pregnaron de mediocridad. El mayo neoyorquino se lleva a don Fernando de los Ríos, el ala aristocrática del socialismo español, que en su exilio norteamericano no paraba de enredar en la ONU para que la Organización decretase bloqueos a Franco, uno tras otro. El pueblo de Jerez funde este año en una sola fiesta la Semana Santa y la Feria de Abril, muy en la inspiración pagana y supersticiosa de Andalucía, siempre bajo la democracia convencional de un clima iluminado de flores.

También se va Lerroux. Toda la España política, hasta la guerra, va desapareciendo en estos años cuarenta. La Historia es una reina loca que se va olvidando de los hombres que la sirvieron. Lerroux, exiliado en Portugal, y muerto en Madrid, no deja buen recuerdo en nadie, sino una biografía confusa, oportunista, demagógica y de plata falsa. Sus quevedos y su mostacho ilustraban una picaresca política que tiene tradición en España, pero que él elevó a obra de arte. Los niños de derechas leíamos a Juan Centella, «el famoso detective hispanoamericano de fuerza hercúlea». Se sanciona a un grupo de militares monárquicos por un manifiesto en el que expresan sus ideas y sus exigencias. El nombre más notable es el del teniente general Aranda, que estaba en situación de «disponible» y pasa a la

Alcalá Zamora, a quien la aristocracia había apodado «el Botas», porque las usaba de guardia civil, con elástico.

Fernando de los Ríos, el ala aristocrática del socialismo español.

Lerroux, exiliado en Portugal, muerto en Madrid, no deja buen recuerdo en nadie, sino una biografía confusa, oportunista, demagógica y de plata falsa.

Juan Centella, «el famoso detective hispanoamericano de fuerza hercúlea».

Aranda: Ya desde Burgos y Salamanca, durante la guerra, Franco había ido marginando a este inteligente y cauteloso militar.

Franco no era ya ni aplaudido ni atacado. Sencillamente, para los españoles, era inevitable.

reserva. Ya desde Burgos y Salamanca, durante la guerra, Franco había ido marginando a este inteligente y cauteloso militar.

La monarquía y el Ejército (y por la otra punta el Partido Comunista) son las fuerzas sociales y políticas que van cercando, aunque con poco resultado, el sistema franquista. Franco nunca tuvo cuarenta años de paz, sino de continuas tensiones, conspiraciones y peligros, ya que la inestabilidad de su sistema, inexplicable políticamente, despertaba recelos intelectuales y morales, todos los días, en las mejores cabezas pensantes incluso del Ejército.

No hubo monolitismo en torno a Franco, según el mito, sino una fina habilidad del general para ir tejiendo con todos los hilos de la trama el palio de su cesarismo, cesarismo que iría perdiendo sentido, si alguna vez lo tuvo, a medida que se alejaba la tensión épica de la guerra. El Caudillo pretende capitalizar su victoria hasta la muerte y más allá, pero la sociedad española se le irá distanciando cada día.

Finalmente, Franco no era ya ni aplaudido ni atacado. Sencillamente, para los españoles, era *inevitable.*

Los años cincuenta: el fin de la postguerra

La postguerra ha durado más de diez años. Ahora parece que termina, cuando se suprimen las feas y penosas cartillas de racionamiento. Termina la postguerra, pero sigue la represión, que se va atenuando muy lentamente. Ésta es, en principio, la década más anodina de todo el franquismo. Los españoles se han instalado en una mediocridad que hasta llega a parecerles confortable y van comprendiendo que la guerra no ha arreglado nada, pero se vive bajo el imperio del Orden y hay quien prefiere acogerse a este orden y no enterarse de la injusticia que conlleva. La vida sigue.

El Plan Marshall ha marginado a España, pese a la buena amistad que Franco cree tener con los americanos. España no intervino en la guerra mundial y por lo tanto, según la lógica de los yanquis, no es un país que deba ser resarcido de nada. Vuelve a España Ortega y Gasset, de manera particular y privada, y vuelve a desarrollar su magisterio verbal en diversas tribunas, algunas que se crea él mismo, pero atenido siempre al mundo de las ideas y la cultura. Hay como un pacto entre el régimen y el filósofo para ignorarse mutuamente. El pensador más occidentalista de nuestro siglo español (su repunte castizo ya quedó apuntado aquí) corrobora en este período su occidentalismo, ya que España le ha decepcionado y «le ha fallado la época», como a Valle-Inclán. Ortega se vuelca en la filosofía de la Historia (Toynbee), lo que le sirve para hacer crítica por elevación y bañarse todos los días en su europeísmo ecuménico, lo cual, siquiera por contraste, supone una denuncia del casticismo de los *pensadores* oficiales. Ortega es vigilado hasta su muerte, en el 55, y el *ABC* recibe la orden de dar muy limitadamente la noticia del fallecimiento, restringiendo asimismo el retrato y valoración de la figura del maestro. Pero Luis Calvo, entonces director del periódico, se rebela contra Juan Aparicio, manda a Pérez Comendador sacar la mascarilla del muerto y la da como portada de un número que es casi como una monografía de Ortega.

El monarquismo liberal de *ABC* se enfrenta así al casticismo militar del régimen. Ortega, tan polémico en vida, sigue ganando batallas después de muerto. Ortega había sido un lejano maestro del fascismo español, mayormente por la frecuencia con que le citaba el fundador de la Falange, pero el Ortega tardío es un europeísta convencido, como ya hemos dicho, al que no se puede identificar con el régimen ni por el costado militar ni por el costado falangista. La muerte de Ortega, a la que sucede un cierto olvido o descrédito de nuestro pensador (empezábamos a leer a Sartre), libera a Franco de la más fuerte presión intelectual, ecuménica, europeizante, que pudiera sufrir desde dentro.

La invasión de Hungría por los soviéticos, con el aplastamiento de su amagada rebelión, es algo que deja sin argumentos a los comunistas españoles (y mundiales). Del otro lado, en cambio, y por parte de nuestro nacionalcasticismo, se organizan procesiones y rogativas por Hungría. El régimen aprovecha muy bien este paso en falso de la URSS para corroborar el anticomunismo frenético de Franco, y se nos vuelve a recordar que España fue el primer país del mundo en vencer al soviet.

En 1957, el Opus Dei, que es un vivero de tecnócratas católicos y europeístas de derechas, inicia el asalto del Poder (auspiciado por Carrero Blanco) y el desplazamiento de la Falange y de la economía autárquica de Franco. La Obra de monseñor Escrivá es un curioso trenzado de casticismo religioso, fundamentalista, y europeísmo económico y hasta intelectual: leen a Peguy, Maritain, Bernanos, Chardin y todo eso. A Franco le interesa el Opus, con sus Ullastres y sus Lópeces, no sólo porque traen nuevas ideas a la deficiente economía española, sino porque piensa él que adecentan y europeizan el Gobierno.

La gestión del Opus, planes de Estabilización y Desarrollo, no dio mucho resultado, pero aquellos hombres que ya no eran los de la guerra, aquellos ejecutivos europeizantes ponían a España más en línea, siquiera estéticamente, con los otros países de Occidente. Uno cree que el éxito y permanencia del Opus en la sociedad española se debe en gran medida a esa síntesis fundamentalismo castizo/europeísmo economicointelectual, que no dejó de ser una cosa atractiva para muchos profesionales, clase media alta y gente que buscaba «otra cosa».

Lo que en realidad hace el Opus, con los años, es capitalizar las divisas que envían los trabajadores españoles en Alemania y las divisas que trae el naciente turismo. Capitalizar, en fin, el incipiente despegue de la economía y la vida españolas. En diciembre del 59 viene Eisenhower a ver a Franco y los dos generales se abrazan en Barajas, bajo la lluvia. Este abrazo corrobora al Caudillo como personalidad aceptada ya mundialmente. Entre los americanos y los tecnócratas parece que los españoles empiezan a olvidarse de la guerra e intuir que algo está cambiando, y para bien, en su vida y en la vida del país.

La endogamia del régimen se va disipando en cierto modo y el ecumenismo de la democracia americana y el catolicismo «moderno» del Opus crean una España esperanzada, inquieta, nueva y confusa.

1950: El guerrero del antifaz

La España del éxodo y el llanto sigue disipándose en el exilio. En Buenos Aires muere Castelao, el gran escritor y dibujante gallego, de inspiración crítica. Se publica el *Canto general* de Pablo Neruda, el único poeta del siglo XX que, a partir del lirismo, ha conseguido una obra épica. La épica revolucionaria de nuestro tiempo. Los niños de derechas leemos *El guerrero del antifaz*.

En Barcelona es fusilado el maquis Manuel Sabater, uno de los últimos románticos de esta loca aventura. Empieza a funcionar el Talgo, modernizando notablemente los ferrocarriles españoles, tan románticos, azorinianos y retardados. El ingeniero Goicoechea vende su invento a la familia Oriol. Se dijo mucho que Goicoechea había muerto en la miseria, mientras los Oriol seguían enriqueciéndose con el Talgo. Nunca se sabe. En un abril patriótico y de cristal, se casa la hija de Franco, Carmencita, con otro guerrero del antifaz, el marqués de Villaverde, cirujano y noble. La boda se celebra en El Pardo.

Roma canoniza al padre Claret, el catalán fundador de los claretianos, de quien Valle-Inclán hace un retrato esperpéntico, consumado y minucioso, como confesor de Isabel II, en *El ruedo ibérico*. El Vaticano no ha debido documentarse mucho en Valle-Inclán. Muere Romanones, el monárquico liberal que más servicios prestó a la Corona. Cojo, judaico y coñón, tenía una inteligencia política sinuosa y aconsejó a Alfonso XIII abandonar España en el 31. Se dice que hasta había acuñado duros falsos, en Sevilla, los famosos «sevillanos» de la época. Alfonso XIII se lo reprochó:

—Pero, Romanones, cómo me haces tú esto.

—Majestad, mis duros tienen más plata que los suyos.

Aurora Bautista, cuyo destino es ir encarnando a todas las heroínas de nuestra Historia, hace ahora de Agustina de Aragón en el cine, y lucha contra los franceses con un cañón y una guitarra de cantar joticas.

En un abril patriótico y de cristal, se casa la hija de Franco, Carmencita, con otro guerrero del antifaz, el marqués de Villaverde, cirujano y noble.

Castelao.

Pablo Neruda, el único poeta del siglo XX que, a partir del lirismo, ha conseguido una obra épica.

Aurora Bautista, cuyo destino es ir encarnando a todas las heroínas de nuestra Historia, hace ahora de Agustina de Aragón en el cine, y lucha contra los franceses con un cañón y una guitarra de cantar joticas.

Sartre.

1950, el año con que se inicia la década del medio siglo, los tontos y lluviosos cincuenta, siempre cantando bajo la lluvia, fue un año tranquilo, soso, en que mi generación llegaba a los 15 de edad, o sea la adolescencia en sombra. Empezábamos a alternar El guerrero del antifaz con el existencialismo de Sartre (clandestino, vía Losada) y los versos a nuestras imposibles novias.

Los que no hacíamos poesía social éramos juanramonianos. Nuestra vida, como los primeros libros de Juan Ramón, no era sino un «borrador silvestre». Una pequeña nada en la Nada total de España.

1951/1952: Termina la postguerra

Desaparecen los generales Queipo de Llano y Varela. Queipo había sido un general figurón, con biografía arriesgada y unas célebres y disparatadas charlas radiofónicas desde Sevilla, más populares y menos eficaces de lo que él creía. Varela fue un general monárquico y dandy que conspiró contra Franco y a favor de la Corona. Tenía la elegancia mortal del leucémico. Los hombres de la guerra, en fin, van desapareciendo al mismo tiempo que se vislumbra el final del penoso racionamiento de víveres, con su fea cartilla de estraza. Es la postguerra, larga y cruenta, lo que se disipa al fin en España. El régimen sigue siendo el mismo, pero el país empieza a cambiar de postura. Así, hay huelga general en Barcelona. Franco tiene que meter cinco mil hombres en la Ciudad Condal para reprimir una huelga que supone, ante todo, que los españoles van perdiendo el miedo y tienen otra vez ganas de controversia.

España conquista el campeonato del mundo de hockey. ¿Supone esto, paralelamente a lo escrito más arriba, que también nos vamos abriendo camino en el exterior, siquiera sea por la inocente vía del deporte? Franco inaugura el ambicioso Plan Badajoz. Casi medio siglo más tarde, Badajoz y toda Extremadura siguen siendo el tercermundismo español, pero el Plan Badajoz, como enunciado, dio mucho juego a la propaganda del régimen. Franco, en esta inauguración, cita a Cervantes y lo cita mal: «Insultad, pues galopamos.» Una variante no muy afortunada de la famosa frase. Los cervantistas de cámara del Caudillo no estuvieron muy inspirados.

En julio, con la llegada del verano, se dictan normas de moralidad en toda España, para evitar que la gente exhiba sus «desnudeces». Estas normas lo que están manifestando, involuntariamente, es que el neopuritanismo franquista no ha calado nada en los españoles y su ancestral afición a las «desnudeces». Franco suele aprovechar el mes de julio, y concretamente el

XXV Congreso Eucarístico Internacional en Barcelona. Todas las putas del barrio chino son erradi- das a Baleares, a tomar el sol de mayo, pero la ciudad se llena de devotos y piadosos carteristas e aprovechan para arrepentirse, comulgar y levantar alguna cartera.

Jardiel Poncela, creador de un humor y un teatro de vanguardia que luego estilizarían mucho más Miguel Mihura y Tono.

Emilio Romero conseguiría el milagro de hacer comercial y popular un periódico franquista.

Santayana, un gran talento siempre en penumbra.

PUEBLO

del subsecretario
Hacienda, Sr. Camac

Desbandada de chinos
EN EL FRENTE DE COREA
LOS ALIADOS SIGUEN
avanzando
lentamente
Se emplea la bomba
dirigida por radio

INTENTO DE ALTERACION D
ORDEN PUBLICO EN BARCELON

NEVADA Y OTROS LUGARES
BRA NUEVOS ENSAYOS ATOMICOS
a reserva sobre ellos para confundir a Rusia

LA GUERRA EN
INDOCHINA

Primero
el orde

SENTACION DE NUEVOS

histórico 18, para cambiar el Gobierno. Nace el Ministerio de Información y Turismo, que tantos disgustos nos daría a los escritores españoles. La información siguió siendo nula, pero el turismo parece que empezaba a incrementarse. Permanecen en el Gobierno Martín Artajo, Girón, Fernández Cuesta y otros históricos. Entran Carrero Blanco, Muñoz Grandes, Ruiz Giménez, Vallellano, Arburúa, Cavestany, Iturmendi, Arias Salgado, etc. Un Gabinete endogámico. Arburúa crearía toda una picaresca en torno a sus licencias de importación y sus camiones. Arias Salgado, desde Información y Turismo, lleva la cultura como una monja de clausura fanática y un poco tonta. Franco se sigue moviendo entre franquistas.

Muere el maestro Guerrero, padre de la zarzuela con cincuenta títulos. Como la zarzuela ha sido sustituida por la revista de piernas, en los escenarios, la gente no se entera demasiado de quién es el entierro que pasa. Dalí da en el María Guerrero una populosa conferencia sobre Picasso, donde aparece su fijación con el malagueño genial. Picasso era genial sin saberlo y Dalí hizo siempre oposiciones a la genialidad. Se presentó en el teatro de capa y bastón. En el mundo cultural de Arias Salgado, más bien monótono y beato, lo de Dalí fue un escándalo que al menos animó unos días las mil tertulias madrileñas. En Boston moría el gran Pedro Salinas, y no faltó quien asociase esta muerte a la del autor de tangos, Discépolo, por coincidencia cronológica. Salinas no había tenido suerte en vida y a las cronologías pasó casi como un tanguista. En Sevilla se falsifica el premio gordo de la lotería de navidad.

En Barcelona se sigue fusilando anarquistas. Muere en Madrid Jardiel Poncela, creador de un humor y un teatro de vanguardia que luego estilizarían mucho más Miguel Mihura y Tono. Europa entra en nuestra cultura por la vía del humor, a despecho del señor Arias Salgado, que no se entera mucho de lo que pasa.

XXXV Congreso Eucarístico Internacional en Barcelona. Yá había habido un Congreso Nacional en el 44. Ahora, todos de rodillas sobre el duro suelo catalán. Sólo Franco tiene un almohadón. Todas las putas del barrio chino son erradicadas a Baleares, a tomar el sol de mayo, pero la ciudad se llena de devotos y piadosos carteristas que aprovechan para arrepentirse, comulgar y levantar alguna cartera. El nacionalcatolicismo triunfante no ha llegado a las putas ni a los carteristas.

Muere el filósofo Amado Alonso en Estados Unidos. Cae un tranvía al Manzanares y mueren veintiún viajeros. Todos los servicios públicos de Madrid están en la ruina y la chatarra. Sólo son patéticas supervivencias de la guerra. Un viaje en tran-

Varela tenía la elegancia mortal del leucémico.

Arburúa crearía toda una picaresca en torno a sus licencias de importación y sus camiones.

Arias Salgado, desde Información y Turismo, lleva la cultura como una monja de clausura fanática y un poco tonta. Franco se sigue moviendo entre franquistas. (En la foto, con Nieto Antúnez, Joaquín Ruiz Giménez y Franco Salgado-Araujo.)

Maestro Guerrero.

Pedro Salinas.

vía sigue siendo un viaje a la primera postguerra. O al fondo nada proceloso del Manzanares. Se suprime la cartilla de racionamiento cuando se supone que todos los estraperlistas protegidos por el régimen han tenido tiempo de hacerse millonarios vendiendo un kilo de café cono si fuese cocaína. Volvemos al pan blanco, y sólo ahora hemos descubierto que era más saludable el negro. Emilio Romero es director de *Pueblo* desde el 24 de junio del 52. Se espera mucho de su imaginación periodística y de su fidelidad al Movimiento. Conseguiría el milagro de hacer comercial y popular un periódico franquista.

Se nacionaliza la Telefónica. Franco, ya lo hemos dicho en este libro, está haciendo socialismo de derechas. Los chicos leemos a Jorge y Fernando, la Patrulla del Marfil, con el capitán Condon.

Muere en Roma el filósofo hispanonorteamericano Santayana, un gran talento siempre en penumbra. Los españoles siguen con sus desnudeces y hay un Congreso moralista en Santander. Ya que no la revolución de las ideas, los nacionales están haciendo —sobre todo las mujeres— la revolución del cuerpo, que llegaría hasta hoy. Desaparece Yagüe, otro general ya romántico de la panoplia franquista de la guerra. Los yanquis buscan petróleo en La Rioja. Más tarde lo buscarían en la Luna, que ya les quedaba más cerca que La Rioja. Mihura estrena *Tres sombreros de copa,* que supone, entre otras muchas cosas, la superación teatral de Jardiel. Mihura viene a resultar, con esta obra, el escritor más europeo de España, pero nadie se entera ni lo dice. Seguramente ni él.

Primer rock and roll. Motivos geométricos en los papeles murales, mesas de formica, muebles tubulares. Los Estados Unidos nos colonizan en las costumbres y el mobiliario. España se actualiza. El viejo sillón de la abuela es sustituido por una cosa funcional que no está muy claro que sirva para sentarse. España cambia de decorado. La postguerra, que abarcó casi toda una generación, está terminando. Lo que no quiere decir, ni mucho menos, que al régimen no le queden muchos años. Pero la gente ya no se ocupa de eso y sólo quiere recuperar su presente, tomar posesión de su vida, olvidar y existir. Los mitos por los que murió un millón de españoles se han quedado en souvenir de nostálgicos. Habíamos sido kitchs y camp, además de bastante desgraciados.

No sé qué es peor.

1953: Mister Marshall

Argentina gana a España, en el estadio de Chamartín, por uno a cero. Empieza a funcionar el tren TAF. Los españoles viajamos cada día más de prisa, pero no nos movemos del sitio. La economía nacional se recupera tras largos años de malas cosechas y mala administración. Pero todavía en 1950 la renta per cápita era inferior a la del año 29.

España ingresa en la Unesco, que es como entrar en la ONU por la puerta de servicio. Lo primero que le exige la Unesco a Franco es cerrar las casas de lenocinio, por las que el Gobierno cobraba impuesto, como si se tratase de una zapatería. El Gobierno que paga un sueldo a los obispos, cobra un impuesto a las meretrices. La situación era divertida, pero la Unesco nunca tuvo sentido del humor. Franco puso a todas las putas a fregar la Renfe. El control de las enfermedades venéreas, que antes era bastante completo, se pierde absolutamente con las respetuosas ejerciendo su oficio por la calle. La Unesco consigue, así, llenar de blenorragia la España nacionalcatólica. Una vez le preguntaron a Dalí por la cosa más necia del mundo:

—La Unesco —dijo el genio.

Aparecen huellas de cazadores prehistóricos de elefantes en el Manzanares, que efectivamente había sido cañada de mamuts hace 300 000 años. Sabíamos que el régimen de Franco era regresivo, pero no creíamos que tanto. Es asesinado en la Dirección General de Seguridad el socialista Tomás Centeno. España, al fin, produce un coche, el Pegaso, tan bello como insostenible, ya que es el coche que quema más gasolina del mundo. Los camiones Pegaso, en cambio, fueron un acierto de nuestra industria y todavía corren por las carreteras españolas.

Luis Berlanga se revela en Cannes con *Bienvenido, mister Marshall,* un neorrealismo a la española que se burla, entre otras cosas, del Plan Marshall para Europa, que nunca llegó a España. Aquí se define ya el estilo de este original creador, siempre entre el costumbrismo, el humor y la crítica. Después

Bienvenido mister Marshall», un neorrealismo a la española que se burla, entre otras cosas, del Plan Marshall para Europa, que nunca llegó a España.

de tanto cine malo y convencional, los nuevos directores nos reconcilian con la cinematografía nacional. El Zorro, un humorista chileno y redicho, llena con su gracia vertiginosa e inocente las radios de todos los hogares. El lenguaje del Zorro llega a crear un argot en la calle. El Plan Jaén viene a ser como el Plan Badajoz, de que ya hemos hablado aquí: un proyecto de redención de la España profunda que no redimió nada, y ahí sigue Jaén, casi en el tercermundismo. Pero el invento, como en el caso de Badajoz, daría mucho juego en la propaganda del régimen y en el No-Do. Se reforma el bachillerato, pero la enseñanza sigue siendo mala, parcial, nacionalcatólica y discriminatoria. Se celebra el primer Festival de Cine de San Sebastián, que pronto será internacional. España se está abriendo al mundo por las vías blandas. Las otras siguen cerradas para nosotros.

El PSUC es desarticulado en Cataluña. Se firma el Concordato entre España y el Vaticano. Castiella y Martín Artajo se visten como toreros de la diplomacia para vender la independencia moral de los españoles al Papa. Franco va a ser quien nombre los obispos, y el pueblo español quien los mantenga. Siguiendo esta política de nuevos amigos, España abre su territorio a Estados Unidos para que monten aquí sus bases militares. Franco sale fortalecido, pero nuestra altiva neutralidad se ha perdido para siempre. Y va quedando claro que los yanquis pactan con cualquiera. Este concordato guerrero promete más que el Vaticano. Di Stéfano debuta espectacularmente en el Madrid y pierden el partido. Como todos los veranos, se habla de la pertinaz sequía, que sirve para explicar todos los males políticos de la patria. Más valdría hablar de la pertinaz dictadura. Vuelven, pues, las restricciones de luz.

Se estrena *Cantando bajo la lluvia,* un musical americano, lluvioso y tedioso, que responde bien al clima de lo que fueron los cincuenta, unos años en los que no pasó nada en el mundo, salvo que yo me eché novia. Sale de Barcelona el primer vehículo Seat. El proyecto es lograr pronto un utilitario al alcance de todos los españoles. Ahí empezó el mal y el atasco. Hoy se puede tardar quince días en cruzar la plaza de Cibeles. *Arroz amargo* nos trae todo el erotismo de Silvana Mangano y el cine de Italia, que está pasando del neorrealismo a las bragas. Vista hoy la película, contiene un mensaje social sobre la explotación de la mujer obrera. Pero, entonces, nuestra locura y represión sexual sólo nos permitió enterarnos de que la Mangano tenía un par de muslos.

Nuestra sociedad va despegando muy lentamente y los nacio-

Empieza a funcionar el tren TAF. Los españoles viajamos cada día más de prisa, pero no nos movemos del sitio.

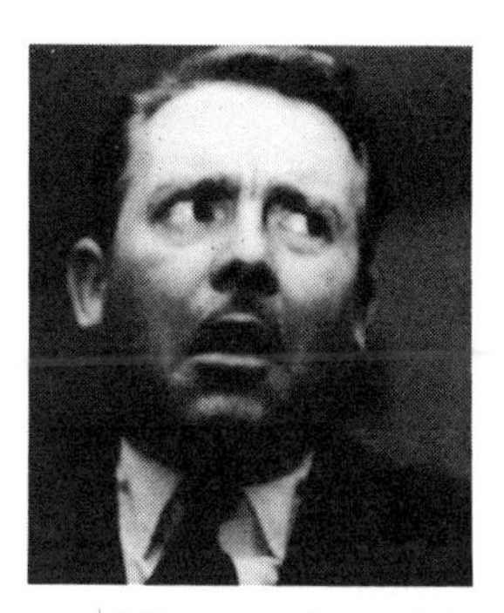

El Zorro, un humorista chileno y redicho, llena con su gracia vertiginosa e inocente las radios de todos los hogares.

Castiella y Martín Artajo se visten como toreros de la diplomacia para vender la independencia moral de los españoles al Papa. Franco va a ser quien nombre los obispos, y el pueblo español quien los mantenga.

Di Stéfano.

nales empezamos a tener nuevas ilusiones que todavía no son más que eso, ilusiones. Pero es que hasta ahora sólo habíamos tenido hambre. Franco va haciendo una política paciente y cuidada por conseguir un lugar en el mundo. No acabaría de conseguirlo nunca.

1954: La represión

Se caían mucho los aviones de Aviaco. En Barcelona ya daban premios literarios en catalán. La lengua del Imperio iba languideciendo en las Ramblas, frente a los argots del barrio chino. Se hace balance de la represión. Según historiadores, sólo en Cataluña, entre los años 1939-1953 se ha ejecutado a 9 385 personas por delitos políticos. Contra esto, la libertad de otorgar una flor natural en catalán parece poca cosa. Pero la flor del catalán rebrota fresca y terca en un clima de postguerra que ya creíamos superada. En el silencio de la Victoria hablan los muertos.

Muere Millán Astray, fundador de la Legión. Era un guerrero demediado y original, que estuvo a punto de matar a Unamuno, quizá por completar la pareja con García Lorca. La Legión no era sino un plagio de la Francesa. Millán Astray, macho y palabrón, franquista y de guante blanco en su mano única, es ya una leyenda romántica y bárbara de la guerra. Franco se va quedando solo.

Siguen las manifestaciones de estudiantes reivindicando Gibraltar ante la Embajada inglesa. Cuando estas manifestaciones las organizaba Serrano Súñer, años antes, el cuñadísimo tenía la astucia del doble juego y llamaba al embajador inglés:

—¿Quiere usted que le mande más guardias?

—Prefiero que me mande menos estudiantes.

O sea el humor británico.

Todos sabemos que sigue la represión, pero procuramos olvidarlo. De otro modo no podríamos vivir. Aviones a chorro para España. El *Semíramis* toca puerto en Barcelona con los españoles que nos devuelve Rusia, desde niños de la guerra hasta aventureros de la División Azul. El muelle se llena de la gente que llena siempre los muelles y las estaciones, en estos casos.

Muere el gran dibujante y pintor Rafael Penagos, muy perseguido por el franquismo antes y después del exilio. Fue la mano segura e inspirada que, más que copiar, creó la mujer de

El dictador dominicano Trujillo viene a ver al dictador hispano Francisco Franco. Como dijo un cronista de la época, «se intercambian condecoraciones». Los dictadores son como niños intercambiándose juguetes. Muy al fondo, como tapiz sombrío de la escena, seguía la represión.

los años veinte, una sombra efébica, esbelta y mondaine que cruzaría fugaz y brillante por aquella España adusta. Girón, ministro de Trabajo, condecora personalmente a Perico Chicote, el barman del régimen, que lo que tiene es el bar de putas más caro de Madrid, en la Gran Vía. El nacionalfranquismo moral y católico necesita su anticuerpo y lo tiene en Perico Chicote. Como Dios necesita del Diablo. Más que irónica, la medalla a la actividad proxeneta de Chicote resulta esperpéntica. Fue una de las cosas más hermosas que hizo Girón en su largo mandato. En la vida de todos nosotros ha habido alguna vez una puta de Chicote. Y, para engrandecer todo esto, el dictador dominicano Trujillo, suegro luego de mi querida Lita, viene a ver al dictador hispano Francisco Franco. Como dijo un cronista de la época, «se intercambian condecoraciones». Los dictadores son como niños intercambiándose juguetes. Muy al fondo, como tapiz sombrío de la escena, seguía la represión.

Al Festival de San Sebastián viene Gloria Swanson. Como ya se ha dicho aquí, España se va internacionalizando por las vías blandas. En los sanfermines de Pamplona trabajan mucho los escritores: Hemingway, García Serrano, Castillo Puche, etc. Escritores machos para una fiesta macho. Desaparece Jacinto Benavente. Nobel, homosexual e irónico, hizo un teatro de primor y sátira, influyó hasta en los autores de izquierdas, como Buero, jugó todas las políticas y entró en el silencio frío de los clásicos. Plantaciones de grifa en Sevilla, para que se vea que el problema de la droga no lo ha inventado Felipe González, como les gustaría a muchos. Bahamontes, rey de la montaña en el Tour de Francia. Seguimos asombrando al mundo en todo lo que no importa. Cugat trae a España la mejor mujer de su larga biografía sentimental: Abbe Lane, que se mueve muy bien y alborota la Cruzada de la Decencia, reflorecida como todos los veranos (agosto). Los caballeros, cruzados o no, se enamoran de Abbe Lane, y las mujeres quisieran mover la pelvis como ella. España se pone cachonda. Los de la represión, o sea las víctimas, tienen la suerte de que ya no les alcanzan tales inquietudes. Están más tranquilos.

Desaparece Eugenio d'Ors, el pensador más original del siglo, en catalán, francés y castellano. Prosista barroco, ironista de derechas y heráldico personaje de la heráldica de sí mismo, Cataluña no le perdona muchas cosas, y hace bien, pero la gloria y el magisterio de D'Ors se salvan incluso por encima de la represión que sería uno de los primeros en ignorar (y lamentar). Culpable, pero genial. Sólo que en esta escarpada península seguimos confundiendo los valores estéticos con los morales. A eso exactamente es a lo que habría que llamar incultura. (Fran-

Rafael Penagos.
(Autorretrato.)

Girón, ministro de Trabajo, condecora personalmente a Perico Chicote, el barman del régimen, que lo que tiene es el bar de putas más caro de Madrid.

Bahamontes.

Cugat. (En la foto, con Manuel del Arco.)

Eugenio d'Ors, el pensador más original del siglo, en catalán, francés y castellano.

cia, en cambio, ha recuperado a Celline, la Rochelle y otros.)

Aparece el biscúter, que más que una oferta de confort parece una burla contra los españoles. Es como un juguete infantil para adultos, y llena nuestras calles. El sistema nos ha infantilizado ideológicamente y ahora nos regala juguetes. Pero el biscúter —hojalata y caricatura— duró poco, claro. Juanito Valderrama nos persuade de que su vida es el cante. Al fondo, en algún sitio, en la noche, los disparos de la represión. Franco está «limpiando fondos» a España.

1955: Ortega

Al nieto de Franco le ponen Francisco Franco, por licencia de la ley, anteponiendo el apellido materno para que se perpetúe el nombre. Luego asesinaría los ciervos del Pardo con telerrifle con la misma naturalidad y oficio con que su abuelo cazaba rojos en Brunete.

El Greco y Dalí se cotizan a gran altura entre los Niarchos del mundo. Sánchez Silva plagia su *Marcelino pan y vino* de una vieja leyenda. Todos los niños de derechas éramos Marcelino pan y vino, pero con cartilla de racionamiento para el pan y para el vino. Desaparece Concha Espina, que había hecho en novela un naturalismo moderado, con menos fuerza y más lirismo que la Pardo Bazán. Juegos Mediterráneos en Barcelona.

El 18 de octubre muere Ortega y Gasset. El párroco de su barrio le decía al sacristán, viendo el buen tono de la casa:

—A éste me lo pones de primera.

Hasta que llegó el padre Félix García, el puntillero de la intelectualidad, y puso un poco de decoro intelectual en aquello. Parece que también trató de confesar a Ortega a última hora, pero nada. Lo de «Dios a la vista» no había sido sino una metáfora. Ortega ha sido el educador de varias generaciones españolas, hasta la guerra. Se le reprochaba una falta de sistema que hoy, precisamente, es el estilo de los filósofos postmodernos. Como ocurre con tantos pensadores, acertó más en lo pequeño que en las teorías generales. Cuando la República, estuvo cobardón y negativo, él que se había cargado la monarquía con un artículo. Al pobre Azaña todos estos intelectuales (Ortega, Pérez de Ayala, Marañón, etc.) le dejaron solo.

Fred Galiana, en el noviembre parisino y pugilístico, se proclama campeón de su clase. Luego vendría la decadencia, su barecito de Ventas y las tardes que yo me iba a tomar con él un vino, primeros sesenta. Fue un estilista del golpe. *Muerte de un ciclista*, de Bardem, es la gran película que consigue, mediante una parábola social muy acertada, recoger todo el clima lóbre-

Cuando la República, estuvo cobardón y negativo, él que se había cargado la monarquía con un artículo.

Al pobre Azaña todos estos intelectuales (Ortega, Pérez de Ayala, Marañón, etc.); en la foto, los tres con Antonio Machado) **le dejaron solo.**

«Muerte de un ciclista», de Bardem.

España en la ONU. Es el salario por haber convertido España, la vieja España alquilona, en el gran portaaviones USA en Europa.

Romy Schneider.

go y brillante de un régimen mortalmente endogámico e injusto. Bardem, además, hacía un cinema/calité muy europeo. España entra en la ONU.

La labor de Franco, su macramé político, paciente y minucioso, va dando estos frutos. Los Estados Unidos nos meten en un lote de quince países y pasamos. Es el salario por haber convertido España, la vieja España alquilona, en el gran portaaviones USA en Europa. *Sissi*, película centroeuropea, sentimental y pseudohistórica, propicia el lanzamiento de una gran actriz que luego haría todo lo contrario, en el cine y en la vida: Rommy Schneider, bella, inteligente, intelectual, avanzada, que ya en la totalidad de la gloria y el arte tendría el gesto elegante, bizarro y asqueado de suicidarse.

Los niños de derechas releímos un poco a Ortega, a su muerte, pero en seguida volvimos a nuestro actualísimo y urgentísimo Sartre. (Hoy vuelvo a preferir a Ortega.)

1956: Hungría

El invierno más duro del siglo recorre Europa. Incluso en los países meridionales, como España, las temperaturas llegan a ser muy bajas. Ya que no otra cosa, el frío da testimonio de que los españoles somos europeos y existimos, pues que compartimos la misma gripe que el resto del continente.

En aquel febrero nevado y atroz los estudiantes, que nunca tienen frío, inician los grandes disturbios universitarios. Resulta gravemente herido el joven falangista Miguel Álvarez, a quien Ruiz Giménez lleva agua de Lourdes a la clínica para que se cure. Hay estado de excepción y son detenidos Ridruejo (siempre en todos los cirios), Sánchez-Ferlosio (hijo de Sánchez Mazas, uno de los fundadores de la Falange), Ruiz Gallardón, monárquico, Elorriaga, delfín del SEU, Múgica (criptocomunista, hoy socialista), Javier Pradera (otro cripto, aunque de fuerte ascendencia falangista) y Ramón Tamames, de Económicas y quizá del PCE. Por la pluralidad ideológica de los detenidos se explica bien el proceso de descomposición a que está llegando el régimen y el despuntar de una nueva generación española que, desde cualquier parte, quiere liberalizar España. Son la primera generación de postguerra y ya le dan muchos disgustos a Franco. Son los niños terribles del franquismo. Las primeras lavadoras dejan como nuevas las bragas de las nacionales, de Sección Femenina o no. Las chicas de Isabel la Católica sí quieren cambiarse de camisa.

Los estudiantes por un lado y los obreros por otro. Huelgas en Guipúzcoa, Navarra y Cataluña. El Gobierno cierra las fábricas y afirma que no hay huelga. Es una medida muy propia de la rapidez de reflejos de Franco. Recordemos que cuando Francia iba a cerrarnos la frontera, se apresuró a cerrarla él primero, en los cuarenta. Pero el Caudillo tiene que ceder Marruecos, pequeño imperio insostenible. Con Marruecos se le va toda una parte de su mejor biografía militar, ya que él es ante todo un africanista encastrado en legionario intelectual, digamos.

...o de Hungría supuso una confusión considerable para la intelectualidad comunista española (y occidental), que era casi toda.

Marruecos, que tanto pueblo español costó en vano, causa injusta y perdida, impuesto de sangre que pagaban los pobres, se dirime con una firma y un protocolo, en cualquier mañana de abril. La Historia nos da siempre la lección de estos finales sencillos y humillantes para todos. El Real Madrid, campeón de Europa.

Juan Ramón Jiménez, en Puerto Rico, gana el premio Nobel y pierde a Zenobia. Es un premio político, como casi todos los Nobel de Literatura, que viene a reconocer la epopeya doliente de los exiliados en una de sus figuras más altas y limpias. El que Juan Ramón, además, sea un gran poeta, es cosa que en Estocolmo ya interesa menos. En Madrid, en un octubre color ropavejería, o sea muy barojiano, muere don Pío Baroja, que se había autocalificado de «hombre humilde y errante». Pero tenía la soberbia callada de su desprecio y la condición sedentaria que tanto contradice su autoleyenda. Pérez de Ayala y otros grandes críticos (Ortega) pusieron siempre en entredicho las cualidades literarias e intelectuales de Baroja. Él y Azorín constituyen el botín que la guerra consigue entre los hombres del 98. Baroja había escrito diversas cartas a Franco pidiéndole libertad y seguridad para regresar de París. Le hicieron jurar todos los protocolos del régimen:

—¿Jura o promete?

—Yo lo que se lleve.

Empieza a funcionar la televisión española, estatal por supuesto. Es una especie de No-Do a domicilio.

El alzamiento popular de Hungría contra la URSS es masacrado mediante los tanques soviéticos. En España, la derecha hace procesiones por la libertad del «pueblo mártir», y la izquierda separatista (catalana) establece un paralelismo entre la dictadura rusa y la española. Por unos días, los catalanes se sintieron húngaros.

Muere Negrín en París. Médico y político, socialista y comunista, era un hombre de rostro abundante y grande, gafas redondas, mirada grave, bigotillo, boca sensual e inteligencia práctica. Él enviaría las reservas de oro del Banco de España a Moscú, por salvarlas del franquismo venidero. Llegó a gobernar la República, pero era también un intelectual frente a los grandes generales de Franco.

El cine español triunfa en Venecia. Bardem y Berlanga, esta vez por separado, hacen valer su cine diferente, crítico, irónico, más duro, seco y testimonial en Bardem, más lírico y compadecido en Berlanga. El jurado de Venecia, como el de Estocolmo con el Nobel, sabe que está premiando antifranquismo. De eso se trata.

Ruiz Giménez.

Con Marruecos se le va a Franco toda una parte de su mejor biografía militar, ya que él es ante todo un africanista encastado en legionario intelectual, digamos.

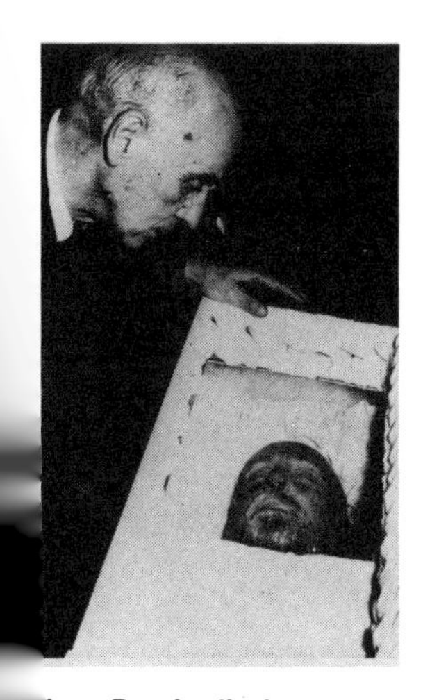

Negrín. (En la foto, con Mariano Ansó, ex ministro de Hacienda republicano.)

Juan Ramón Jiménez, en Puerto Rico, gana el premio Nobel y pierde a Zenobia. (En la foto, Daniel Vázquez Díaz ante el féretro de J. R. Jiménez.)

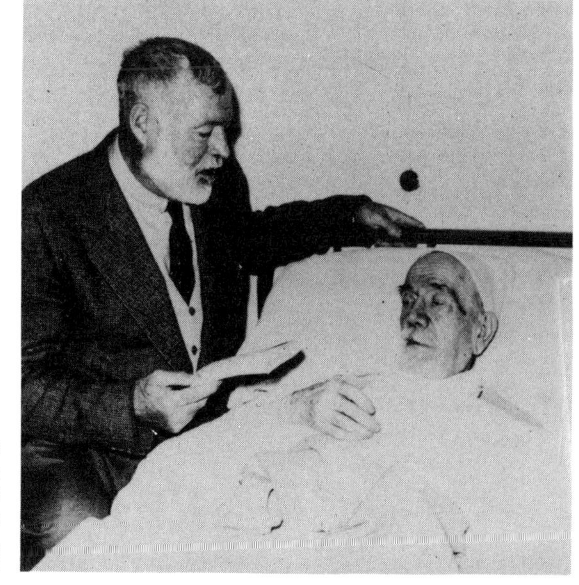

Pío Baroja tenía la soberbia callada de su desprecio y la condición sedentaria que tanto contradice su autoleyenda. (En la foto, con Ernest Hemingway.)

Lo de Hungría supuso una confusión considerable para la intelectualidad comunista española (y occidental), que era casi toda. Pero al fin se optó por marginar el tema y seguir con la lucha interior. Hungría fue utilizada por unos y por otros, dialécticamente, según. Sólo el pragmatismo del PCE decidió a tiempo evitar comparaciones y reanudar su lenta marcha hacia la libertad. No sabían que el franquismo, muerto Franco, se iba a liberalizar a sí mismo. Y que el motor de la libertad venidera no iba a ser un comunista, sino un Borbón.

1957: El Opus Dei

España consigue los resguardos del oro que Negrín mandó a Moscú. Nunca pasaríamos de los resguardos, pero un papel siempre consuela. Pinito del Oro gana el premio internacional del circo.

En febrero, el Opus Dei, auspiciado por Carrero Blanco, toma el Gobierno y el poder. Los Ullastres son los dueños de la situación. Los viejos falangistas míticos, como Arrese y Solís, son relegados el primero a Vivienda (y había sido casi la reencarnación de José Antonio) y el segundo a lo suyo, Secretaría General del Movimiento, Alcalá 44, una fachada vieja con unas flechas que ya no matan a nadie. Ocurre que la economía autárquica de Franco ya no da para más y el general decide entregar el poder a los economistas modernos, a los tecnócratas, una cantera financiero/espiritual que el Opus Dei ha cuidado mucho. Por encima de su beatería convencional representan una modernidad europeizante contra el ya impresentable fascismo, viejo y vencido. Sus planes de desarrollo, que no desarrollaron nada, encandilan a Franco, que de eso sabía poco.

Al fin, un Gobierno de gentes que no han hecho la guerra. Apunta la huelga en Asturias, pero es reprimida directamente mediante el terror, como siempre. Muere el cardenal Segura, que le había retirado a Franco el palio, en Sevilla, y se había negado repetidamente a ir detrás de doña Carmen Polo en los protocolos. Fueron famosas sus «espantás» en este sentido. Pero no era un cardenal rojo, sino un príncipe de la Iglesia que quería para ésta el dominio absoluto de España. La Falange le parecía pagana. Se llamaba a sí mismo, con falsa humildad, «el párroco de Sevilla». Sara Montiel estrena *El último cuplé*, con lo que nos devuelve toda una época, una España alegre y confiada, pobre y sentimental, entre dos siglos, una España cantarina y acabada.

El Generalísimo preside la final de Copa en Barcelona. Los españoles ya tienen olla exprés y utilitario, el entrañable seis-

Opus Dei, auspiciado por Carrero Blanco, toma Gobierno y el poder.

Secretaría General del Movimiento, Alcalá 44, una fachada vieja con unas flechas que ya no matan a nadie.

Lola Flores.

Segura no era un cardenal rojo, sino un príncipe de la Iglesia que quería para ésta el dominio absoluto de España.

«El último cuplé» nos devuelve toda una época, una España alegre y confiada, pobre y sentimental, entre dos siglos, una España cantarina y acabada.

cientos, o sea que un progreso y un consumismo de pobres va calando, en este final de los cincuenta, en una sociedad con agujetas de hambre, postguerra y tedio. Principia a nacer lo que llamaríamos el franquismo sociológico. La gente, en fin, empieza a sentirse «instalada» en el sistema. Modestamente, pero instalada. Cartas municipales para Madrid y Barcelona, que suponen un régimen económico de privilegio para estas dos grandes ciudades, aunque ninguna autonomía política. En julio, el calor llega a ser catastrófico, pero eso pasa todos los años. La memoria recalentada de la gente lo que pasa es que se olvida de un año para otro. El régimen utiliza incluso la democracia del clima, del buen tiempo, para halagarnos y halagarse a sí mismo. No somos nadie, pero hace bueno. Con el otoño, y como réplica a la demagogia del verano, viene la gripe asiática y todos nos morimos un poco. Algunos del todo. Inundaciones en Valencia. Se casa Lola Flores con el Pescaílla. De blanco, por supuesto, qué pasa. Apertura de las Cortes. Comienza la guerra de Ifni, el penúltimo rebrote de una vieja y triste epopeya colonial. Además de tropas, mandan a Carmen Sevilla para que cante y baile a los soldados, que eso da mucha moral. Los más sentimentales se suben al escenario para tener descendencia de la guapa estrella y hay que suspender estas cosas. Aquí no funciona lo de Gilda en Corea o Marylin en Vietnam. Ya dice Franco que no estamos maduros. El Opus Dei, en fin, adecenta un poco el país, la economía y la cultura, hasta que Fraga y Solís descubren el caso Matesa, se cargan el invento y vuelven los camisas viejas, ahora en plan aperturista. Pero eso ya se contará en su momento. Franco ha quemado a la Falange y en unos años quemará al Opus. Utiliza a los contrarios como Napoleón a los generales enemigos.

1958/1959: Hacia otra década

Muere en Méjico el general Miaja, el mítico defensor de Madrid. Sáhara e Ifni se convierten en nuevas provincias españolas. Es la manera militar que tiene Franco de resolver los problemas en su pequeño imperio local. Se suicida el gran director de orquesta Ataúlfo Argenta, parece que con el gas de su coche. Pero el caso nunca estuvo claro.

Desaparece Sáenz de Tejada, el gran cartelista nacional de la guerra, que no tuvo equivalente en la zona republicana. La base americana de Rota ya funciona, completando una constelación militar que incluye Torrejón, Morón y Zaragoza. Las bases son de utilización «conjunta», pero los americanos no han permitido a Franco utilizarlas durante la reciente guerra de Ifni, y en cambio ellos las tienen preparadas para su ofensiva en Oriente Medio, que no es cosa nuestra, salvo que puede ocasionar réplicas mortales para el pueblo español, todavía no muy enterado de este juego. El general, pues, se ha entregado al amigo americano sin condiciones. No se puede ser feliz sin otro amigo en esta vida que Portugal. El Madrid, imparable. En mayo, nueva cruzada por la decencia.

El comunista catalán Joan Comorera muere en el penal de Burgos. Franco presenta a las Cortes los Principios Fundamentales del Movimiento, que no son sino la vertebración oficial de una dictadura. El general prepara una frase para este evento: «Nuestro régimen vive de sí mismo y se sucede a sí mismo.» Luego se ha visto que no. Pero la preocupación del Caudillo por crear su propia legitimidad es constante y reiterativa, también un poco inútil. Muere en Puerto Rico Juan Ramón Jiménez, el Rilke español. El Atlético de Bilbao, campeón de Copa. Bahamontes destaca en el Tour.

Escisión en el PNV y radicalización nacionalista de los vascos. Pero ETA aún estaba lejos. Muere el gran escultor catalán Clará.

Inesperadamente fallece Tyrone Power en Madrid, durante

nco se retira a la pesca del cachalote en el Catánbrico. Los cachalotes puede decirse que le
nen en la mano, como los falangistas y los obispos.

un rodaje, vestido de rey Salomón. España está menos tensionada, un poco más abierta al mundo, más volcada a la calle, pero el régimen, en lo político, sigue siendo personalista. Franco lleva corona de hierro.

Pena de muerte para Jarabo, un asesino civil e insistente que iba por libre. Franco autoriza el filme *¿Dónde vas, Alfonso XII?*, que da más bien una versión rosa y llorona de la monarquía y los Borbones. Los españoles viajan en Iseta. Se abre al culto la cripta del Valle de los Caídos, construido por los presos políticos, como ya se ha contado aquí. Franco pronuncia un discurso: «Nuestra guerra no fue una guerra civil más, sino una verdadera cruzada.» «La antiespaña fue vencida y derrotada, pero no está muerta.» «Es necesario cerrar el cuadro contra el desvarío de los malos educadores de las nuevas generaciones.» La primera frase ya se ve que es una autolegitimación más de la guerra civil. El tema obsesiona a Franco porque comprende que el mundo no lo entiende así (lo de cruzada), y porque, quizá, la mortandad que dejó atrás le pesa demasiado. La segunda frase nos pone alerta contra la antiespaña, nos invita a ser los espías de nosotros mismos y a descubrir o inventar rojos por todas partes. La tercera frase va directamente contra los intelectuales, contra el magisterio cultural y moral de unas figuras que no son las que él había previsto.

El Barça gana Liga y Copa (1959). Muere el gran gimnasta Blume en accidente aéreo. Buñuel es premiado en Cannes. La antiespaña a que aludía Franco parece que efectivamente está viva y dando mucho juego por el mundo. Un escándalo. IV Copa de Europa para el Madrid. El Madrid no es antiespaña. Muere Anglada Camarasa, un pintor deslumbrante, mondain, afrancesado y muy sabio en su menester, frívolo en los temas y riguroso en el oficio. Desaparece Agustín de Foxá, el del huevo podrido. Monárquico, falangista, irónico, dandy, cínico, gran prosista y poeta, deja la mejor novela de la derecha sobre la guerra: *Madrid, de Corte a cheka.*

Bahamontes gana el Tour. En julio, Plan de Estabilización Económica. Ullastres y Navarro Rubio quieren normalizar (europeizar) la política española. Todos los economistas del Opus Dei están en ello. Se empieza por recortar los presupuestos fastuosos del Estado, los grandes gastos suntuarios. Hacerle recortes al Generalísimo hubiese parecido una cosa de paredón pocos años atrás. Claro que, en la práctica, todo siguió igual, pero el Plan parecía hasta liberaldemocrático, en materia económica. Un papel para enseñar al mundo.

Mueren los poetas Carles Riba y Manolo Altolaguirre. Se aprueba la Ley de Orden Público, que es como la contrapartida

Miaja, el mítico
defensor de Madrid.

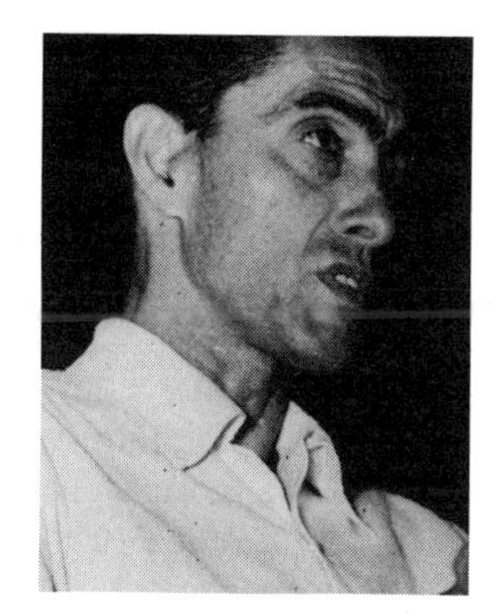

Ataúlfo Argenta.

Buñuel.

Agustín de Foxá deja la
mejor novela de la
derecha sobre la guerra:
«Madrid de Corte a cheka».

Severo Ochoa.

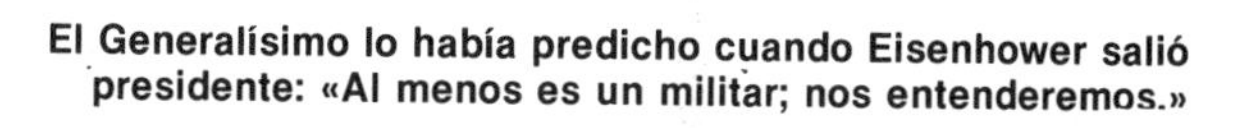

El Generalísimo lo había predicho cuando Eisenhower salió
presidente: «Al menos es un militar; nos entenderemos.»

al Plan de Estabilización. Parece que vamos a tener liberalismo económico y represión social, policial, política, callejera, intensificada como una vuelta a la postguerra. Así va alternando el general, mediante un paso adelante y dos atrás, su juego político con los españoles «robustos y engañados», que hubiera dicho Quevedo. El responsable de esta ley es don Camilo Alonso Vega. Timoner, campeón del mundo de ciclismo en pista. Franco, con las dos leyes citadas más arriba, considera su deber cumplido y se retira a la pesca del cachalote en el Cantábrico. Los cachalotes puede decirse que le comen en la mano, como los falangistas y los obispos.

Muere el científico Rey Pastor. Las españolas se lavan los bajos con jabón Maja, que la decencia no está reñida con la higiene. España descubre el turismo. Invierte en la Costa del Sol y no se equivoca. El turismo va a ser nuestro Plan Marshall. Se concede el Nobel a Severo Ochoa. En un diciembre lluvioso y triunfal, Eisenhower viene a ver a Franco. Se abrazan en Barajas. El Generalísimo lo había predicho cuando Eisenhower salió presidente: «Al menos es un militar; nos entenderemos.»

Los años sesenta: el despegue

Se celebran los 25 Años de Paz con grandes realizaciones materiales (clínica de La Paz) y grandes palabras retóricas. Manuel Fraga se encargaría de engrandecer el evento (un poco artificial) con sus numerosas iniciativas. En general, todo esto representa un culto al Acontecimiento muy propio de las dictaduras, desde los egipcios y sus pirámides (aunque hoy la democracia está cayendo en lo mismo).

El Acontecimiento, lo decimos repetidamente en este libro, representa bien la irracionalidad de todo sistema no estrictamente democrático. El Acontecimiento presenta varios aspectos muy positivos para el Poder:

a) Despliegue de toda la grandeza y colosalismo de un sistema (aparencial o real).

b) Desplazamiento de los problemas reales de un país, de los «acontecimientos» cotidianos de la escasez, el descontento o la disidencia, por la propia grandeza mayúscula del Acontecimiento.

c) Viaje colectivo a un tiempo extático (Heidegger dice que el pasado y el futuro son «los éxtasis del tiempo»), a una cronología venidera, o potenciada por el pasado: final de la guerra, con un potencial de expectativa general (ese día en que vamos a ser todos felices).

No se trata sino de aplazar los problemas pendientes y urgentes en nombre de una apoteosis venidera. El Acontecimiento, pues, tiene la doble función de carismatizar a un líder o un sistema (las democracias, sí, están empezando a copiarlo de las dictaduras) y de elevar a todo un pueblo a los cielos, lejos de su mediocre realidad terrestre, para que miren un horizonte de teatro, falso. Todo lo cual no es óbice para que el Acontecimiento suela ir acompañado, efectivamente, de grandes realizaciones materiales, como ya hemos dicho, más o menos eficaces en el futuro, pero incontestables en el presente, en *su* presente.

Y esto fueron los 25 Años de Paz, que casi llenaron por completo la década de los sesenta. Todo lo cual no desmiente el despegue que, efectivamente, realiza la sociedad española en esta década, por las razones económicas y un poco espurias que aquí se han apuntado: envío de divisas de los trabajadores españoles en Europa (el Estado se queda con los marcos y entrega pesetas a los familiares), llegada masiva del turismo, no por taumaturgia de Fraga, sino porque España es el país más pobre, y por tanto el más barato, de Europa. A todo lo cual hay que añadir los beneficios de una cierta racionalización de la economía por parte de los tecnócratas del Opus, aunque su éxito nunca fue tan real ni espectacular como ellos pretendieran y lo presentaron.

Hasta que Fraga y Solís, dos camisas viejas, digamos, dan con el caso Matesa, el gran affaire económico del Opus en el franquismo, como Rumasa lo sería en la democracia, y Franco tiene que cambiar ministros, si bien Carrero le persuade para seguir fiel a los hombres de la Obra. Debajo de Matesa hay una lucha política entre los cuellos blancos del eurocatolicismo y los cuellos azules de los falangistas, que se sienten marginados por el Caudillo.

En el 62, las fuerzas de la *oposición blanda* se reúnen en Munich para decretar la caída del régimen. Prescinden de los comunistas, como siempre, que eran entonces la formidable y espantosa máquina antifranquista, y de Munich, por tanto, no sale nada, salvo unas cuantas multas a los participantes. (En su año damos nombres y más detalles.) ¿Por qué la que llamamos oposición blanda se viene resistiendo, en todos sus conatos subversivos, a contar con el activísimo PCE? Hay dos razones, si simplificamos un poco: un radical rechazo de democristianos y socialdemócratas a la ideología carrillista y, por otra parte, un justificado temor a que el entonces poderosísimo partido comunista se quede al final con todo el botín y toda la gloria.

Y aquí nos encontramos otra vez con el casticismo de nuestra derecha antifranquista y endogámica que no quiere hipotecarse al internacionalismo comunista, pese a que el PCE, como ya se ha dicho en este libro, era por entonces el único poder fáctico contra el régimen, pues que podía movilizar grandes contingentes proletarios.

En aquella España sonriente de los sesenta se mata a Grimau, de modo que el régimen parece incorregible. La mitificación del Caudillo con los 25 Años de Paz culmina en la película *Franco, ese hombre*, de Sáenz de Heredia, un primo de José Antonio. Hacia el final de la década hay un referéndum nacional que no es sino un refrendo masivo a Franco (ya decimos que estos diez años estuvieron saturados de franquismo, quizá porque el régimen se sentía orgulloso del modesto despegue español). Este referéndum lo lleva Fraga, verdadero ministro de propaganda, utilizando todos los medios demagógicos y hasta represivos para ganarlo. Era un homenaje más al Caudillo «en su década», signado también por la preocupación de que el personaje iba envejeciendo. Hay asimismo una preocupación, que viene de lejos, por legitimar el sistema, por darle juridicidad a una victoria meramente militar, por vertebrar la llamada «democracia orgánica». Pero fuera de España nada de esto tiene trascendencia ni lograr convencer a nadie. Estamos haciendo una política barroca, de apariencias, castiza diremos una vez más, y eso se nota.

La década termina con la instauración de la monarquía. Franco insiste mucho en que no se trata de una restauración, pero dado que la línea dinástica se respeta (salvo el eslabón perdido de don Juan), la gente tiene claro que vuelven los Borbones, y no se para en sutilezas que son más bien sofismas.

Franco aparece como secretamente desesperado por legitimar su régimen enganchándolo a la Historia de España, para que no se quede en un paréntesis átono de cuarenta años. Pero es evidente que los Borbones no le van a ser fieles, ya que esa fidelidad supondría el suicidio dinástico. Y las dinastías no se suicidan. Sólo una cierta ingenuidad senil del Caudillo, como decimos más adelante, pudo hacerle creer (necesitaba creerlo) que los Borbones iban a ser franquistas por los siglos de los siglos. No lo fueron ni lo habían sido nunca. Gracias a Dios.

En estos últimos años sesenta y los primeros setenta, la vida nacional se encallejona en la política. El ritmo político de la calle se acelera y multiplica, el porvenir ya esta ahí, aquí, lleno de posibilidades buenas y malas. Nadie sabe lo que va a pasar después de Franco ni cree en los pronósticos de éste. Nuestra crónica del siglo, así, se hace a partir de ahora más ceñida, precisa y urgente, de acuerdo con la cadencia vertiginosa y apasionante que tuvieron aquellos años. La década de los setenta quedará partida en dos por la muerte de Franco y la proclamación de don Juan Carlos I. Los que viene después ya es presente, actualidad periodística, y por eso nuestra crónica se detiene ahí, en el año 75, en la charnela misma en que gira la Historia, con más suavidad que violencia, afortunadamente, y España, tanto la castiza como la *europea*, vuelve a encontrarse a sí misma, consigo misma.

Entre la década de los cincuenta y la de los sesenta, piensa uno que sería el momento (mitad «poética» del siglo, si no cronológica, o al menos de *nuestro*, de *mi* siglo y vida) de hacer un alto y reconsiderar qué cosa sea ésta del siglo XX, que en lo nacional venimos explicando como una eterna pugna casticismo/europeísmo, y que en lo internacional supone la cultura del automóvil, las revoluciones intelectuales, más que sociales, la crisis de Estados Unidos (resuelta en falso con el asesinato de Kennedy), el nuevo auge de las monarquías socialdemócratas, la minifalda, que libera en la mujer mucho más que las piernas, la caída de la Luna en nuestras manos, tan espectacular como la caída de la manzana en las manos de Newton, aunque de resultado mucho menos brillante, la guerra fría, que fue (hoy lo vemos) un largo y difícil equilibrio sostenido por el diablo, ya que Dios parecía incapaz de tanto, y que hoy algunos añoran como extraña y duradera fórmula de supervivencia y convivencia, el renacimiento sindicalista en España e Inglaterra —Trade Unions—, todo atravesado por el submarino amarillo de los Beatles, que navega entre hogueras y ministerios, etc.

El siglo XX es el *Guernica* de Picasso, la vuelta de la izquierda al poder español, el tenista Santana, el crepúsculo de las ideologías, anunciado por un reaccionario que tenía razón, el Tercer mundo como presencia y Hitler ya como ausencia, el fútbol, Lenin, Franco y Alfonso XIII, el poder negro, la vuelta bíblica de los fundamentalismos, el Che, Mao, un modern style de Anís del Mono y los niños de Biafra, monstruizados por el hambre y cantados por Joan Baez. El siglo XX es, en fin, el gran salto de la humanidad hacia ninguna parte. Inmóvil en ese salto, como Nijinski en el suyo, y por tanto al borde de la locura, como el bailarín, hemos querido sorprender al siglo mediante el flash incansable, innumerable y apasionado de este libro.

1960/1961: Veinticinco años de franquismo

Quico Sabater, como antes Facerías, es otro bandolero/terrorista abatido por la Guardia Civil. El aventurerismo y la guerrilla tienen poco que hacer contra el régimen, que va a cumplir veinticinco años.

Franco se ha entendido bien con la revolución cubana de Fidel Castro y el diario falangista *Arriba* llega a identificar esta revolución con la nacionalsindicalista que ellos, por otra parte, nunca hicieron en España. Pero un día Fidel se desmadra por la televisión y el embajador español, Lojendio, se presenta en la emisora y le da una bofetada a Castro. Franco «destierra» a Lojendio en la remota embajada de Berna. Muere Marañón, un ilustre exiliado que no sólo volvió, sino que llegó a concelebrar en actos presididos por Franco. Galinsoga, director de *La Vanguardia* de Barcelona y autor de *Centinela de Occidente*, una famosa hagiografía del Caudillo, denuncia a un cura catalán por echar el sermón en esa lengua. Los catalanes boicotean el periódico, dejan de comprarlo y hay que cambiar a Galinsoga por Aznar.

La oposición española se une. PSOE, PNV y democristianos. Prescinden de los comunistas, entonces la gran fuerza antifranquista, porque son una oposición blanda y ambigua. No llegaron nunca a ninguna parte. En 1961 aparece ETA, una oposición fáctica bastante más radical que la que acabamos de reseñar. Piden Patria Vasca y Libertad. Proceden de una revista clandestina vasca y del ala radical del PNV. Pasan directamente a la acción callejera y boicotean trenes, aunque con poco éxito. Los cronistas de la época les daban poco futuro. Se anuncia la boda del príncipe Juan Carlos con doña Sofía de Grecia. Parece una noticia de la Prensa del corazón, pero hoy sabemos las consecuencias letales que tendría para el franquismo. Se cumplen gloriosamente veinticinco años del régimen, en este 61. España está despegando gracias al turismo, las divisas que mandan los emigrantes y el ya comentado Plan de Estabilización. El fran-

ontra la teoría tópica y lo que pueda parecer a primera vista, lo cierto es que a los dictadores los ean los pueblos.

Galinsoga.

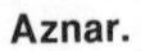

Aznar.

ETA.

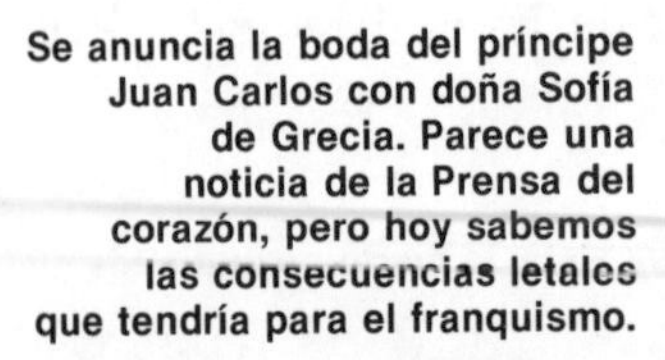

Se anuncia la boda del príncipe Juan Carlos con doña Sofía de Grecia. Parece una noticia de la Prensa del corazón, pero hoy sabemos las consecuencias letales que tendría para el franquismo.

quismo sociológico está en su mejor momento. El pueblo, que había estado junto a Franco por solidaridad en el hambre, lo está ahora por solidaridad en la abundancia (relativa).

Si Franco tuvo un carácter vitalicio, no fue sólo por su peculiar habilidad para marear procelas, sino porque toda España (salvo los conocidos grupos disidentes, siempre minorías intelectuales, políticas, nacionalistas o monárquicas) fue culpable por omisión, cuando menos. Algo parecido a lo que había pasado en Alemania con Hitler. Contra la teoría tópica y lo que pueda parecer a primera vista, lo cierto es que a los dictadores los crean los pueblos. Tras la atroz guerra civil, los españoles, en su inmensa mayoría, se dejan llevar por un hombre dispuesto a asumir todo el trabajo. La represión no sólo había matado gente, sino ideas, ideologías y sentimientos.

Y, así, un pueblo malherido y sin biografía, va pasando del dolor estático a la modesta felicidad irresponsable y cotidiana de los sesenta.[1]

1. Por entonces llegaba el cronista a Madrid, o mejor dicho volvía, siendo madrileño de nacencia, y la ciudad era un emporio de «gusanos» o cubanitos huidos de Castro, que vivaqueaban por los alrededores de la Gran Vía, calles de Silva, Madera, Barco, Ballesta, Peligros, todo eso, con sus restaurantes baratos y su plato único, «arroz a la cubana», de modo que había un momento extático, heideggeriano y nauseabundo en que toda la gran arteria olía a arroz a la cubana, con su plátano frito, estragado y repugnante. Pero había una alegría nueva en la calle, o quizá sólo era una brisa. Las mejores putas de Chicote estaban a mil pesetas y la gente veía a Alfonso Sánchez por la televisión, explicando a mediodía las películas de la semana. Pero la televisión, con y sin Alfonso (amedrentador Jesús Suevos) seguía siendo un No-Do a domicilio.

MADRID, SABADO 9 DE JUNIO DE 1962 · EJEMPLAR TRES PESETAS

ABC

DEPOSITO LEGAL - M. 13 - 1958

DIARIO ILUSTRADO AÑO QUINCUAGESIMO QUINTO. NUM. 17.546 108 PAGINAS

MARCEL NIEDERGANG HA ASISTIDO A LA REUNION ULTRASECRETA DE MUNICH

"FRANCE-SOIR" DESCUBRE LA INDIGNA MANIOBRA CONTRA ESPAÑA

EL CONTUBERNIO DE LA TRAICION

París 8. (Servicio especial de la Agencia Efe.) En crónica telefónica, fechada en Munich, "France Soir" publica una información de Marcel Niedergang, en la que queda al descubierto lo que puede llamarse el contubernio de la traición a España, por estar conjurados elementos de diversas tendencias aliados a comunistas y socialistas, figurando entre ellos Jiménez Fernández; el jefe del partido socialista, Llopis, y Gil Robles.

El cronista informa que esta reunión secreta ha tenido lugar en Munich durante los días 5 y 6 de junio, en vísperas del Congreso del Movimiento Europeo.

Durante cuarenta y ocho horas, en los salones de la capital bávara han cambiado impresiones. Han pasado revista a sus sueños y a sus esperanzas y se han cambiado, también, sus amarguras. Todos ellos llegaron al acuerdo de condenar formalmente al régimen y desear su sustitución en el plazo más breve posible, dice textualmente Niedergang en su crónica.

La resolución final, adoptada por unanimidad, es, en efecto, una auténtica declaración de guerra, ya que en ella se exige la organización de los partidos políticos y la autonomía separatista de las regiones.

Se dice en la crónica que 60 delegados consiguieron su visado de salida bajo los más diversos pretextos. Siete tendencias principales estaban representadas en la mayoría de los casos por sus propios dirigentes, los monárquicos liberales partidarios de la vuelta a España de la Monarquía en la persona de don Juan de Borbón; los demócratas-cristianos de la derecha, al frente de cuya delegación figuraba el escritor Sr. Gil Robles; los demócratas cristiano de la izquierda, cuyo líder es, según el cronista, el ex ministro Jiménez Fernández; la Acción Católica Obrera (H. O. A. C.), que, según Niedergang, ha sido la organizadora principal del reciente movimiento huelguístico que ha paralizado a varias provincias españolas durante más de un mes; el Frente de Liberación Popular; los movimientos catalanes, en los cuales están comprendidos los anarquistas, han aprobado los principios de esta reunión, así como los vascos.

La España de la emigración había mandado a Munich unos 30 representantes encabezados por el Sr. Llopis, jefe del partido socialista español, refugiado en Francia.

Todos los delegados asistieron con emoción al primer apretón de manos entre Llopis, el socialista, y Gil Robles, el monárquico. No se habían visto desde 1946. El cronista lo describe así:

Llopis, pequeño, frágil, con pelo gris, sucesor de aquel papa intransigente que fue Prieto.

Niedergang estima que la gran debilidad del plan de los conjurados de Munich salta a la vista. Están de acuerdo en lo que desean, pero aspiran a que otros se encarguen de la operación. ¿Quién? Interrogados separadamente los delegados tienen la misma obsesión: los militares. El Régimen de Franco posee dos pilares, la Iglesia y el Ejército. Si el Ejército comprende que la mayoría de los españoles desean un cambio de régimen se pondrá de nuestro lado. Por ahora los españoles cuentan con los europeos. Aunque su resolución no ha sido firmada, sería adoptada por el Congreso del Movimiento Europeo, que se reune en Munich el jueves y viernes, concluye el cronista.—Efe.

Un nuevo «Pacto de Munich»

Munich 8. (Del corresponsal de la agencia Efe.) Los salones del Gran Hotel de la capital de Baviera fueron testigos hace unos días de una escena pintoresca, aunque ciertamente no nueva en los anales de la más estéril politiquería española. Dos hombres, ayer enemigos irreconciliables, se estrechaban cálidamente la mano y, olvidando fácilmente las consecuencias que gestos análogos trajeron para su pueblo, quisieron así subrayar una aparente reconciliación que, cual nuevo "Pacto de Munich", fuese firme promesa de mil venturas para los españoles.

Estos hombres se llaman José María Gil Robles, antiguo jefe de la C. E. D. A., y Rodolfo Llopis, actual secretario general del Partido Socialista Obrero Español en el exilio. Ambos fueron importantes protagonistas de los avatares que condujeron a España a la guerra civil. Separados por las trincheras de aquella lucha por ellos provocada, tienen ahora la osadía de proceder a una teatral reconciliación en público y ofrecerla a los españoles como adecuado dintel de un futuro más o menos democrático, en el que, naturalmente, serían ellos quienes dirigiesen el cotarro. Como si los españoles no tuviésemos memoria...

La conmovedora escena fue contemplada, casi con lágrimas en los ojos—según afirma una crónica de *France Soir* que acaba de llegar a nuestras manos—por algo más de un centenar de flamantes "delegados" de grupitos y subgrupitos en el exilio o clandestinos. En curioso maridaje, que no dejará de asombrar al lector, había nombres como los de Prados Arrarte, Alvarez de Miranda, Fernández de Castro, Alfonso Prieto, Satrústegui y Ridruejo, de una parte, y de otra, Fernando Varela, ministro del llamado Gobierno republicano español; Irujo y Landáburu, por los separatistas vascos; el inefable Salvador de Madariaga, Martínez Pereda, Javier Flores, etc.

Para esta reunión se había buscado solapadamente el amparo del Congreso Internacional del Movimiento Europeo, que se ha celebrado estos días en Munich. El movimiento Europeo es una de las numerosas asociaciones privadas que han hecho suyas la idea de lograr la unidad continental. Goza de cierto prestigio por reunir en su seno personas muy conocidas del mundo político internacional. Nombres como los de León Blum, De Gáspari, Churchill, Adenauer, Robert Schuman y Spaak se han sucedido en su presidencia de honor.

Este corresponsal tiene noticias fidedignas de que por lo menos desde abril último los dirigentes políticos del exilio español estaban preparando cuidadosamente una maniobra para transformar el Congreso Internacional del Movimiento Europeo en una plataforma de ataque a España.

La maniobra había de tener dos aspectos: el primero sería la "mise en scène" de una aparatosa reconciliación entre las fuerzas en el exilio y los españoles residentes en

DECRETO-LEY POR EL QUE SE SUSPENDE EL ARTICULO 14 DEL FUERO DE LOS ESPAÑOLES

Las campañas que desde el exterior vienen realizándose para dañar el crédito y el prestigio de España han encontrado eco y complicidad en algunas personas que, abusando de las libertades que el Fuero de los Españoles les reconoce, se han sumado a tan indignas maniobras.

El propio Fuero de los Españoles ofrece los recursos que la ocasión exige. En su virtud, visto el artículo 35 de dicho texto legal, a propuesta del Consejo de ministros en su reunión del día de hoy,

DISPONGO:

***Artículo 1.º** Se suspende, en todo el territorio nacional y por el plazo de dos años, el artículo 14 del Fuero de los Españoles.*

***Artículo 2.º** Se encomienda al ministro de la Gobernación la adopción de las medidas que, en cada caso, se juzguen necesarias en aplicación del artículo anterior, de las que dará cuenta al Consejo de Ministros.*

***Artículo 3.º** Del presente decreto-ley se dará inmediata cuenta a las Cortes.*

Dado en El Pardo, a 8 de junio de 1962.

FRANCISCO FRANCO

Los artículos 14 y 35 del Fuero de los Españoles a que se refiere el decreto-ley dicen lo siguiente:

Artículo 14. Los españoles tienen derecho de fijar libremente su residencia dentro del territorio nacional.

Artículo 35. La vigencia de los artículos doce, trece, catorce, quince, dieciséis y dieciocho podrá ser temporalmente suspendida por el Gobierno total o parcialmente mediante decreto-ley que taxativamente determine el alcance y duración de la medida.

El «Arriba» y el «Ya» hacen mucha literatura mala contra el Contubernio. Están matando un gigan[te] que ellos mismos saben bien que sólo es un molino de viento.

1962: El contubernio

Inundaciones en Sevilla. Más tarde, el diluvio universal sobre toda España. López Rodó pone en marcha el Plan de Desarrollo Económico. Su equipo es un curioso aglomerado de tecnócratas católicos, europeístas de derechas, economistas antirrégimen y opusdeístas modernizados. Ya se ha contado aquí que el Opus Dei consiguió mejorar la imagen económica y social de España, más en la apariencia que en la realidad. En todo caso, Franco compraba europeísmo, entregando el poder a estos cuadros, con vistas al naciente Mercado Común.

Dentro de esta misma política europeizadora, que el Caudillo ha entendido muy bien, se crean los cines de arte y ensayo, una especie de elitismo pornointelectual para minorías. Franco piensa fríamente en engañar a Europa con unas modernizaciones aparenciales y sin renunciar al más pequeño espacio de su poder. Mueren en el exilio Martínez Barrio y Prieto. La desaparición fatal del viejo álbum republicano, que se va deshojando, favorece los propósitos del Caudillo, ya que la Historia le va limpiando el camino de testigos incómodos. Triunfa *La camisa* de Lauro Olmo, una obra abiertamente obrerista. En un momento de la función un personaje dice «coño» (exclamativo). La censura pone un duro de multa al teatro. Todas las noches vuelven a decir coño y a pagar el duro.

Muere en Madrid Juan March, de complicado historial financiero y político. Ya se había beneficiado de la dictadura de Primo, de modo que ayudó a Franco con mucho dinero para que trajese una nueva dictadura militar, de la que también obtendría largos favores. Mientras los españoles se mataban por las idea, los financieros pagaban una guerra para seguir siendo los dueños de las cosas. Nunca ha sido de otra forma.

Se suicida el mítico Juan Belmonte. Una muerte digna y literaria para un torero que fue mito nacional y fetiche cultural de los intelectuales que consideran la fiesta como una expresión de la España profunda.

Huelgas en toda la cornisa cantábrica. Con el incipiente bienestar social, muchos españoles se «afilian» al socialfranquismo, pero las clases radicalizadas, mineros y otros trabajadores, van perdiendo el miedo y se manifiestan todos los días. A más dinero más libertad, inevitablemente, y el pueblo proletario va creando sus propios ámbitos de libertad día a día. El contexto internacional, donde Franco quiere integrarse, ya no permite fusilar obreros rebeldes. Buena parte de la Iglesia y las organizaciones católicas se ponen de parte de los huelguistas. Es como si el nacionalcatolicismo quisiera purgar su complicidad en la guerra. O, más bien, que los curas jóvenes se avergüenzan de sus viejos obispos franquistas. Franco está dejando de ser útil para la Iglesia, en cualquier caso, y esto le va privando de popularidad. Irónicamente, España estaba con él, la España del hambre, mucho más antes que ahora, cuando el país empieza a ser soportable. El Vaticano II, que vendrá en seguida, refuerza esta rebeldía del clero frente al francocatolicismo oficial.

Se casan en Atenas Juan Carlos y Sofía. Serán la pareja decisiva para liquidar el régimen a la muerte de Franco, y esto ya se va sabiendo. El dictador empieza a ver carenado su sistema por muchos puntos. Mairena es premiado como gran intérprete del jondo. En junio, la oposición exterior e interior se reúne en Munich, el famoso «contubernio»: socialistas, nacionalistas, socialdemócratas, democristianos, los de siempre. Gil Robles, Llopis, Satrústegui, Madariaga. Una oposición blanda que no cuenta con los comunistas, como de costumbre, y por tanto no llega a nada, ya que sólo el PCE tiene detrás a los obreros y por tanto un poder fáctico (las huelgas de que venimos hablando) contra el régimen.

El *Arriba* y el *Ya* hacen mucha literatura mala contra el Contubernio. Están matando un gigante que ellos mismos saben bien que sólo es un molino de viento. Muere Raquel Meller, tan imitada luego por improvisadas tonadilleras que se despegan ya de la España euroamericanizada. Nuevo Gobierno con la sorpresa de un vicepresidente, el general Muñoz Grandes. Franco delega en él funciones mínimas, por cansancio más que por otra cosa. Muñoz Grandes va a los toros a pie, por Alcalá, y la gente le aplaude. En el Gabinete aparece, entre los opusdeístas, el joven falangista Fraga Iribarne, que traerá pronto una apertura convencional, pseudocultural y dirigida. Si el Opus va a «europeizarle» a Franco la economía, Fraga hará lo mismo con la cultura y la Prensa. Pero nada de esto pregna apenas la sociedad española. En cuanto al mundo, nadie se da por enterado. España sigue siendo Franco.

Mueren los literatos Leopoldo Panero y Pérez de Ayala. Un terrorismo indiscriminado —¿Juventudes Libertarias?— atenta

López Rodó: Su equipo es un curioso aglomerado de tecnócratas católicos, europeístas de derecha, economistas anti-régimen y opusdeístas modernizados.

Juan March. Mientras los españoles se mataban por las ideas, los financieros pagaban una guerra para seguir siendo los dueños de las cosas. (Retrato de Ignacio Zuloaga.)

Juan Belmonte.

Muñoz Grandes.

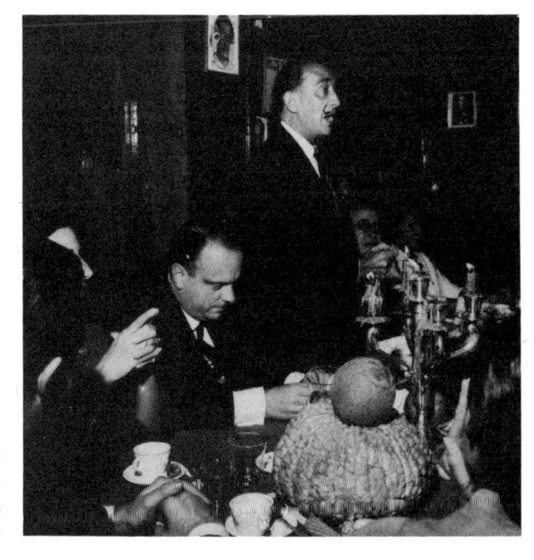

Fraga Iribarne traerá pronto una apertura convencional, pseudocultural y dirigida. (En la foto, en un homenaje a Dalí.)

contra el Valle de los Caídos, el palacio de Ayete, residencia veraniega de Franco, en San Sebastián, y varios periódicos. La prosperidad, aunque sea poca, trae libertad, aunque también sea poca, y la libertad trae nuevas formas de expresión, desde el antifranquismo de los curas hasta el terrorismo de los jóvenes. El monolitismo del sistema empieza a conocer su sensurround. Tromba de agua en Cataluña.

Con el arranque de los sesenta, como vemos, principia el fin del franquismo. Las masas se «instalan» mejor que nunca en el sistema, pero las minorías se multiplican y son cada día más activas, de palabra o de obra. Y una situación social hay que juzgarla siempre por lo que Juan Ramón Jiménez hubiera llamado «las inmensas minorías».

1963/1964: España es diferente

Es detenido y ejecutado el comunista Grimau, con gran escándalo de la intelectualidad española, los medios internacionales y hasta el Papa, cuya solicitud de clemencia no ha atendido Franco. Grimau había brujuleado mucho por Madrid, con Semprún y Pradera, como enviado de Carrillo para organizar, entre otras cosas, el gran Paro Nacional, que nunca llegó a tener lugar. Parece que hubo un primer intento, en la Dirección General de Seguridad, de deshacerse de Grimau arrojándolo por una ventana a un patio, para luego alegar suicidio. Hubiera sido una sutileza muy del régimen para resolver la disyuntiva Grimau. ¿Matarle o no matarle? Mejor que se mate solo. Pero Grimau sobrevive y al final se le ejecuta. En este año se lanza el eslogan turístico de que España es diferente. Para Grimau sí lo fue.

Nace el Tribunal de Orden Público, el famoso y temido TOP, contra comunistas, masones y gentes en general que no le caigan bien al régimen. Entre esto y lo de Grimau, la España desarrollista de los sesenta parece volver a las represiones de la postguerra. En vano los economistas de Dios (Opus) lanzan el Plan de Desarrollo, para mejorar la economía española, y sobre todo la imagen. Con incidentes y medidas como los reseñados, Franco ofrece al mundo una imagen insólita, solitaria, que más que combatible es ya anacrónica. El general se está haciendo viejo y envejece mal. España es diferente, *Spain is different*, según el citado eslogan de Fraga. Los turistas de toda Europa, que no saben muy bien quién era Grimau, nos traen muchas divisas, y este enriquecimiento lo quieren capitalizar los tecnócratas como fruto de su política, y Fraga como resultado de su acertada manera de «vender España». Pero lo cierto es que los turistas vienen por razones muy concretas: nuestra moneda es baja y mala, España es barata y el sol es gratis. Se siguen cazando y matando anarquistas y guerrilleros como Caraquemada, que, en la línea de Facerías y Sabater, apuntan un tipo muy español, entre bandolero generoso, romántico, y guerrillero po-

CUMPLIMIENTO DE SENTENCIA

Madrid, 20.—Ha sido cumplida, en la madrugada de hoy, la sentencia de pena capital dictada por la Jurisdicción competente contra Julián Grimau García.

En este año se lanza el slogan turístico de que España es diferente. Para Grimau sí lo fue.

lítico. Una lámina para viajeros del XIX. La España de Merimée pasada por la guerra civil. Va a tener razón Fraga: España es diferente.

Hasta en el garrote vil, que es lo que se aplica a estos ciudadanos, España es muy española. En las huelgas asturianas de este año aparece Comisiones Obreras, un colectivo sindical en el que parece que hay de todo, desde católicos hasta anarquistas, pero luego se verá que eso sólo era la guarnición y el camuflaje. Comisiones es un sindicato crudamente comunista que ha optado por el posibilismo y se presenta a las elecciones sindicales, compitiendo con el verticalismo oficial.

El abad de Montserrat, monseñor Escarré, hace unas declaraciones denunciando el régimen como poco o nada cristiano, por su falta de sentido social. Pero también denuncia a la iglesia española, consentidora y disfrutadora de la vieja y eterna Victoria. Escarré se define como español catalanista, «pero no castellano». Parece una obviedad, pero no lo es. Al régimen se le están yendo los sindicatos y los abades. El Plan de Desarrollo y el turismo mejoran la calidad de la vida, que todavía no se llamaba así, pero ya hemos escrito en este libro que la abundancia es una forma de libertad, y con la libertad (vigilada), el país real se pone en pie, desde los curas a los proletarios.

Se sigue explotando el Acontecimiento, o sea los 25 Años de Paz, que para los nacionales se hacen evidencia en el consumo de más televisores, frigoríficos y automóviles. Pero la respuesta a todo esto la ha dado el abad Escarré, como ya se ha contado en este libro, distinguiendo lúcidamente entre paz y victoria. Pero alguna realidad contiene el Acontecimiento, pues que Franco sigue inaugurando grandes pantanos, ahora en Aldeadávila. Todos los dictadores se han caracterizado, según se dice, por las obras públicas. Prefieren el hormigón a las ideas. Pero el pueblo también. Franco sigue siendo rechazado en el mundo, pero los españoles sabemos que el Caudillo es una consecuencia del viejo sueño regeneracionista y el «cirujano de hierro»: Ganivet, Costa, Mallada, Picavea. Toda una tradición de reformistas y arbitristas que creían más en un hombre fuerte, «providencial», que en el caduco y falseado sistema parlamentario que estaban viviendo. El general Primo fue el primer esbozo, una acuarela, del cirujano de hierro, que encarna plenamente en Franco. Lo que no habían pensado los regeneracionistas e institucionistas es que el cirujano de hierro, el sanador de un pueblo, a veces sana matando, o mata sanando, y Franco mató mucho.

El régimen, obstinado en salir de la indigencia por procedimientos mágicos, muy españoles, busca petróleo en Valdeajos,

Grimau.

Semprún.

Pradera.

Carrillo.

Monseñor Escarré. (Con Franco, en Montserrat.)

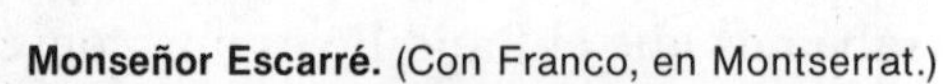

Bergamín, un golfo beato, lúcido e ilegible.

Burgos. Hace casi treinta años y todavía no ha salido nada. En octubre, nueva Ley de Asociaciones, que es un círculo cerrado y hasta vicioso. Sólo podrán asociarse, o sea aislarse, apartarse, quienes previamente estén integrados en el sistema con todas las garantías. El sinsentido es cómico. Una asociación siempre se hace para «disociarse» de otros, para distinguirse. Si la asociación ha de estar totalmente integrada en lo que hay, no tiene sentido. Pero nuestros legisladores juegan a cuadrar todos los días el círculo o inventar un álgebra sentimental. Lo imposible.

José Bergamín es el intelectual más activo, incluso activista, de los que han vuelto del exilio. Encabeza una carta de intelectuales al ministro Fraga, con muchas e importantes firmas, denunciando las torturas con motivo de la represión en las huelgas de Asturias. Fraga tarda en contestar a Bergamín y los 102 firmantes, pero al fin lo hace diciendo que en Asturias sólo ha habido «corte de pelo al cero a algunas mujeres».

Parece que hubo mucho más, pero, en todo caso, esta humillante tortura, que a Fraga le parece agravio mínimo frente a la denuncia desmesurada, ya sería razón suficiente como para dejar de creer en su pregonada «apertura». Fraga incluso se permite chistes fáciles sobre el tema y dice que todo es «una tomadura de pelo». Su ingenio parece que no da para más. El que Fraga cuente y admita lo del pelo como cosa de poco momento manifiesta inconscientemente, en él, hasta qué punto el uso de la fuerza priva de sensibilidad a cualquier gobernante.

Pero Bergamín es muy peleón e insiste. La correspondencia Fraga/Bergamín es muy amena y cruel. Finalmente se aconseja al ensayista y poeta cristiano/marxista, unamuniano de vida y obra, que abandone de nuevo España. Cuando vuelve, tras la muerte de Franco, coge un piso en la plaza de Oriente, tiene reservada mesa en el restaurante de abajo, recibe jóvenes y bellas admiradoras que sólo quieren cogerle una mano, esa mano que ha escrito tanto y acusado tanto. Luego, cuando la nueva democracia empieza a pudrirse, se refugiaría en el País Vasco, donde muere al filo de los 80/90 del siglo y de su edad. Le habían gustado mucho los toros, las mujeres y las procesiones. Fue un golfo beato, lúcido e ilegible.

RNE

1965/1966: «Franco, ese hombre»

José Luis Sáenz de Heredia, pariente de José Antonio Primo de Rivera, estrena *Franco, ese hombre*, una hagiografía cinematográfica del Caudillo. Cinco mil estudiantes se manifiestan en Madrid contra la prohibición de celebrar una conferencia universitaria por la paz. Por entonces, todos los estudiantes eran comunistas, pero los obreros hacían bien en no fiarse demasiado de ellos, ya que pronto se tornarían burgueses, reaccionarios y algunos fascistas. El proletario nunca ha creído en el señorito como compañero de viaje, y su instinto no le engaña.

Catedráticos como Aranguren y Tierno Galván son expulsados *para siempre* de la Universidad, con otros, por las mangas de agua de los bomberos. Decididamente, el bienestar no ha traído libertad, como suele, sino más represión. Y es que la mantequilla sienta peor cuando se toma a la sombra de los cañones. Los mineros de Asturias están en huelga crónica. Los eternos teóricos hablan de una conjunción estudiantes/obreros, pero ya acabamos de decir que eso no ha funcionado nunca. Sería el ideal revolucionario, la Utopía, pero las utopías son creaciones literarias para lucirse (el que las escribe), no para llevarlas a cabo.

La Codorniz presentaba a Fraga en portada con su nueva Ley de Prensa en brazos. La caricatura es casi amable. Pero esta ley no es sino un cepo para cazar periodistas. Te autorizan a escribirlo todo, pero te castigan por casi todo. Otro intento de vestir de domingo democrático al régimen. Pero en España nunca es domingo. Los estudiantes han conseguido abolir el SEU, tan ominoso, y se organizan por libre. Se organiza un homenaje al poeta Machado en Baeza para instalar una hermosa cabeza de don Antonio, en bronce, por Pablo Serrano. Dos mil intelectuales se congregan en este pueblo, donde el poeta fue humilde profesor. Pero la fuerza pública, los famosos «grises» de Franco, deshicieron el acto (no autorizado) violentamente y persiguieron a la gente. Yo recuerdo que le dije a un gris que me sujetaba:

anco presenta la Ley Orgánica del Estado con estas palabras, muy de ironista galaico: «La mocracia, que, bien entendida, es el más precioso legado de la cultura occidental.»

José Luis Sáenz de Heredia.

Aranguren y Tierno Galván son expulsados «para siempre» de la Universidad, con otros, por las mangas de agua de los bomberos.

Esta ley (la de Prensa) no es sino un cepo para cazar periodistas. Te autorizan a escribirlo todo, pero te castigan por casi todo.

Comisiones Obreras: A nadie se le oculta su origen comunista y su intención de desgualdrajar el viejo sindicalismo vertical de los falangistas.

—Oiga, a mí suélteme usted, que yo soy de Juan Ramón Jiménez.

Estudiantes y sacerdotes se levantan contra el régimen en Cataluña. Catolicismo, catalanismo y antifranquismo forman una curiosa y poderosa trilateral. Comisiones obreras, el sindicato ilegal, se presenta programáticamente como apolítico y libre, pero a nadie se le oculta su origen comunista y su intención de desgualdrajar el viejo sindicalismo vertical de los falangistas. España arde políticamente por todas partes. La CEE se lleva de España la mano de obra cualificada, hasta medio millón de hombres. Aquí se quedan los inútiles, lo que repercute en nuestra industria, nunca de buena calidad. Pero los emigrantes obreros mandan divisas (no por mucho tiempo, Europa empezaba a decaer) y los turistas nos traen el dinero a las manos. Gracias a estas limosnas vamos viviendo y somos unos mendigos cada vez más prósperos, los españoles. Los tecnócratas del Opus tratan de vender esto como éxito propio, pero nadie les escucha. Por otra parte, el español quiere pelas y no le importa de dónde vengan. El dinero no tiene color ni ideología. La calderilla de los pobres tampoco.

En estos años van a la cárcel ritualmente algunos intelectuales, siempre los mismos: Moreno Galván, Caballero Bonald, Ridruejo, Sastre y López Salinas. Son los eternos rehenes de una conspiración mucho más vasta, ya nacional. Franco, con una medida muy propia del militar táctico que es, cierra Gibraltar por este lado, como cuando cerró el Pirineo anticipándose a Francia. Antes de que le aíslen, aísla él. Ruiz Giménez tiene problemas con su revista *Cuadernos para el diálogo*, que no es más que una publicación democristiana. Franco presenta la Ley Orgánica del Estado con estas palabras, muy de ironista galaico: «La democracia, que, bien entendida, es el más precioso legado de la cultura occidental.»

FRANCO
SÍ

1967/1968: El referéndum

Abrumadora mayoría por el *sí.* «Tu voto les asegura el porvenir», decían los carteles a favor (carteles en contra no se permitieron). Las monjas y los viejos votaron mucho. Incluso se llevó la urna al lecho de los moribundos, para que votasen. ¿Y qué es lo que votaba España? La Ley Orgánica del Estado, formidable y espantosa máquina creada para otorgar juridicidad a un régimen nacido de la fuerza. Ya nos hemos referido a esta Ley. Hacía falta que los españoles la votasen. La votaron sin conocerla. (El español no suele leerse los papeles.) Fraga Iribarne, como ministro de Propaganda, aunque con otro nombre, fue el encargado de llevar adelante el referéndum. En algunas empresas se amenazó a los empleados con quitarles un jornal si no votaban (había que presentar en la fábrica o la oficina resguardo del voto). Salieron más *síes* que votantes. Fraga se vio desbordado por su propia eficacia.

Como ya se ha dicho en este libro, era un intento más por vertebrar democráticamente un régimen personalista, pero sólo un intento aparente. La eficacia de Fraga, la presión ambiental y la «instalación» de las mayorías en el tardofranquismo decidieron este resultado reventón y abrumador. Hubo un momento en que Franco hubiera ganado igual unas elecciones democráticas y honestas. Pero no tuvo el valor de intentarlo. La Ley Orgánica contempla la creación de familias políticas, pero sólo se les otorga la libertad de asentir. Lo que se hace, pues, es matizar la calidad de los síes a Franco en el futuro, desechando absolutamente el *no* que está en la calle, los intelectuales y los comunistas.

En febrero del 67 los estudiantes piden libertades multitudinariamente. El referéndum va siendo desmentido así día a día. En cuanto a la eficacia del mismo fuera de España, es nula.

Muere Azorín, el último del 98 y el único que fue abiertamente franquista. Ahí está (o ya no está) su discurso sobre los países gobernados por hombres a caballo, inspirado en un retrato

y Orgánica del Estado: Salieron más «síes» que votantes. Fraga se vio desbordado por su propia icacia.

ecuestre de Franco hecho por Vázquez Díaz, aquel cubista de papier mâché. Marcelino Camacho, cabeza visible de Comisiones Obreras, es encarcelado. Marruecos nacionaliza las minas del Rif. España se había dejado mucha sangre en el Rif y había sacado mucho oro de allí, oro que nunca vieron los españoles. Franco, el gran africanista, tiene que ir desprendiéndose ahora de lo que en buena medida fue su obra personal. Se retira Muñoz Grandes por razones de salud, y el Caudillo, más bien satisfecho, pone a Carrero Blanco, en quien tiene una gran confianza. Carrero es un hombre limitado y fiel, enérgico y franquista. Se le ve ya como sucesor del Caudillo incluso bajo la venidera monarquía. El nombramiento de un hombre duro, como Carrero, incluso para sustituir a Franco en algunas labores, desmiente el impulso aperturista de la Ley Orgánica. Franco sigue avanzando con un paso adelante y dos atrás.

Después de lo del Rif, España tiene que conceder la independencia de Guinea. Francisco Franco, aunque nunca lo dice, vive su vejez bajo la abrumación de ver cómo la obra colonial, tan apuntalada por él, se viene abajo para siempre. Lo malo de los dictadores es que vivan mucho para verlo.

Nace el infante Felipe de Borbón/Grecia, y ésta es una noticia que no inquieta tanto a Franco como lo de Guinea, pero que resultaría mucho más peligrosa para el futuro de su sistema. La Corona ya tiene un heredero masculino. Ahora hay tres Borbones esperando suceder (y rectificar) a Franco. Con motivo del bautizo del infante Felipe, se reúne en Madrid toda la familia real. La reina Victoria Eugenia, don Juan de Borbón, los príncipes, las infantas y el recién nacido. Esto no ocurría desde Alfonso XIII. No sabemos si el Caudillo empieza a darse cuenta de que ha metido en casa al enemigo. sin duda confía (uno de los pocos errores de su vida) en que Juan Carlos va a hacer franquismo coronado, pero, aunque así hubiera sido (que venturosamente no lo fue), las monarquías, que cuentan siempre con el tiempo por delante, tienen mala memoria cuando les conviene. Franco no podía esperar fidelidad a su nombre a través de los siglos y los nietos (ni siquiera los suyos propios se la han conservado).

Estamos en el 68, el año de las revoluciones imposibles y líricas. París, Nanterre, Praga, Méjico e incluso España. Lo de los estudiantes va siendo ya grave en Madrid y Barcelona. Se crean oficinas y se buscan nombres contra la agitación estudiantil, pero los estudiantes son el futuro de un país y ya se ve que el futuro, monárquico o no, está contra el Jefe. ETA empieza a matar guardias civiles, o sea que los separatismos entoñan y reflorecen en la España que creíamos pacificada para siempre

Azorín, el último del 98 y el único que fue abiertamente franquista. (Con Franco y, de espaldas, Rafael Sánchez Mazas.)

Marcelino Camacho, cabeza visible de Comisiones Obreras.

Massiel.

Carrero Blanco, un hombre limitado y fiel, enérgico y franquista.

Nace el infante Felipe de Borbón/Grecia: La Corona ya tiene heredero masculino. Ahora hay tres Borbones esperando suceder (y rectificar) a Franco.

por una guerra atroz e inolvidable. Hasta los curas vascos se manifiestan separatistas, si no etarras. España vuelve a ser plural. Las Españas, para bien y para mal.

Unos cuantos procuradores del tercio familiar (elegidos democráticamente, digamos) se reúnen en Ceuta, e inmediatamente son amonestados y las libertades de los procuradores en Cortes se recortan, fijan, desaparecen. No. La Ley Orgánica no había traído la democracia. En el sistema de Franco principian a disentir hasta los franquistas. Massiel gana Eurovisión.

1969: La instauración

Se decreta el estado de excepción en toda España. Se suprimen las pocas libertades que había. Carrero Blanco parece decidido a acabar con los disturbios estudiantiles, que son ya agobiantes y abiertamente comunistas. Profesores e intelectuales dirigen al Gobierno un manifiesto contra la tortura. El Gobierno responde con unas líneas donde se da por enterado de haber recibido el manifiesto. Sin más.

Se permite que, en la enseñanza primaria, los niños se mezclen con las niñas, pero sólo cuando rigurosamente lo exijan las circunstancias: falta de espacio o de maestros, etc. La duquesa de Medina-Sidonia, gran terrateniente, hace una pequeña revolución al frente de sus propios braceros. Hasta la aristocracia se le está poniendo levantisca al régimen. Treinta años después de terminada la guerra se decreta la prescripción de las responsabilidades políticas, con lo que una gran cantidad de «topos», como en seguida se les llama, vuelven a la luz. Son rojillos que llevaban todo ese tiempo escondidos en la bodega de su casa, en un pozo, en un pajar. Están muy viejos y deteriorados por el enclaustramiento, claro, con lo que se diría que son los muertos de la República que ahora se levantan contra Franco.

Monseñor Cirarda, obispo de Bilbao, hace unas homilías muy proletarias y viene a pedir sindicatos libres. Ya nadie sabe por dónde ni hasta dónde va la Iglesia. El franquismo se termina y la Madre y Maestra quiere limpiarse apresuradamente de culpas. Pero unos cuantos sacerdotes comparecen ante el Consejo de guerra de Burgos, y algunos son condenados a muchos años de cárcel. El nacionalcatolicismo se disipa. Fraga Iribarne aísla Gibraltar. Es un gesto bizarro que no le importa a nadie. Franco designa a su sucesor en don Juan Carlos, dejando claro que esto no es una «restauración», sino una «instauración». «El reino que hemos establecido nada debe al pasado.» Como Scaramouche, el héroe de Sabatini, Franco se siente creador de reyes.

omo Scaramouche, el héroe de Sabatini, Franco se siente creador de reyes. Con una cierta genuidad oonil, piensa que los Borbones le van a ser fieles.

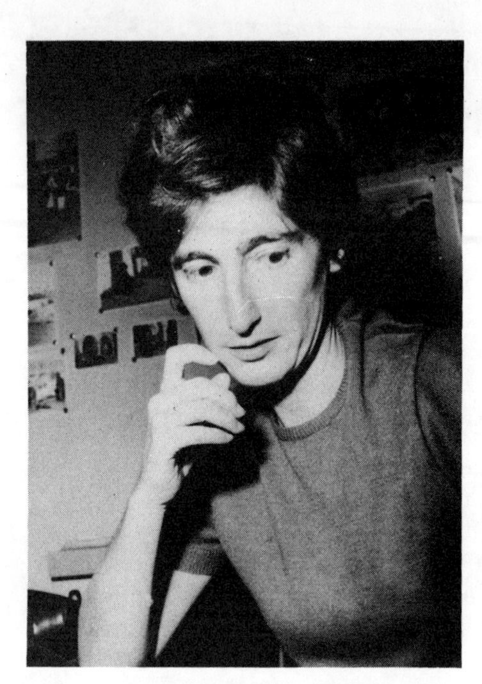

Duquesa de Medina Sidonia: Hasta la aristocracia se le está poniendo levantisca al régimen.

Monseñor Cirarda, obispo de Bilbao. El franquismo se termina y la Madre y Maestra quiere limpiarse apresuradamente de culpas.

Escándalo Matesa: Un affaire industrial/económico del Opus Dei, con lo que se viene abajo la credibilidad (poca) de estos tecnócratas para arreglar la economía española.

INFORME AL CONSEJO DE MINISTROS SOBRE EL ASUNTO «MATESA»

FONDOS DEL CREDITO DE PREFINANCIACION HAN SIDO UTILIZADOS INDEBIDAMENTE

El Juzgado Especial de Delitos Monetarios ha ordenado la detención de los seis principales directivos de la empresa «Maquinaria Textil del Norte de España»

La Coruña, 14. — «El Gobierno ha sido ampliamente informado por los ministros de Hacienda y de Comercio, acerca de la situación por que atraviesa la empresa "Maquinaria Textil del Norte de España (Matesa)"», dijo hoy a los periodistas el ministro de Información y Turismo, don Manuel Fraga Iribarne al recibirles a las seis de la tarde en la sede de su departamento en La Coruña, para ampliar la referencia del Consejo de Ministros celebrado esta mañana en el Pazo de Meirás bajo la presidencia del Jefe del Estado.

Dedicada fundamentalmente a la exportación de telares de un determinado modelo —dijo el señor Fraga Iribarne— «Matesa» ha venido utilizando a través del Banco de Crédito Industrial la modalidad del crédito oficial relacionado con las operaciones de exportación en la forma y condiciones que son comunes a las actividades exportadoras de acuerdo con la legislación vigente. No obstante haber venido satisfaciendo el pago en sus respectivos vencimientos del principal e intereses de los préstamos concedidos la Administración tuvo conocimiento de la existencia de posibles irregu-

El saldo actual del total de los créditos concedidos a «Matesa», incluidos los anteriormente mencionados de prefinanciación asciende a la suma de 9.968.983.924,59 pesetas, cuyos vencimientos se encuentran escalonados a lo largo de los próximos cinco años. «El Gobierno —dijo el ministro de Información y Turismo— encomendó a los ministros de Hacienda y de Comercio que continúen la más amplia, minuciosa y completa especificación para el total esclarecimiento de los hechos y existencia de las responsabilidades de todo orden —subrayó con énfasis el señor Fraga— a que hubiere lugar.» Por último y en relación con esta declaración sobre «Matesa» el señor Fraga Iribarne dijo también que «el ministro de Hacienda dio cuenta de que había aceptado la dimisión presentada por el director general del Banco de Crédito Industrial y que había nombrado para dicho cargo a don Francisco Merino Guinea, al mismo tiempo que ha ordenado realizar una estricta inspección a los distintos servicios de dicha entidad oficial de créditos». El señor Merino Guinea era hasta hoy director de la Fábrica Nacional de Moneda y Timbre.

Con una cierta ingenuidad senil, piensa que los Borbones le van a ser fieles.[1]

En agosto estalla el escándalo Matesa, que es un affaire industrial/económico del Opus Dei, con lo que se viene abajo la credibilidad (poca) de estos tecnócratas para arreglar la economía española. En el fondo lo que hay es una lucha de los viejos falangistas, Fraga y Solís, contra los tecnócratas que les han desplazado. Franco tiene que formar nuevo Gobierno, en el que, pese a todo, siguen predominando los opusdeístas. Lo que se ha hecho es depurar los nombres directamente implicados en el caso Matesa. Carrero Blanco sigue protegiendo a esta mafia blanca.

Los etarras se fugan masivamente de la prisión de Basauri. El cocinero y el leñero de la cárcel se van con ellos.

1. Hoy, cuando escribo, otoño del 91, está claro que los Borbones han sido fieles a sí mismos y a la Corona, y no a un militar fanático de su propio nombre. A la hora de valorar, empero, la buena instalación de la monarquía juancarlista en España, hay que tener en cuenta, desde la izquierda y desde la derecha, que Franco, traicionado por sus propias condiciones de gran estadista (que hoy ya nadie niega), creó la ecología política más adecuada para traer una monarquía constitucional, parlamentaria, democrática y hasta socialista. La monarquía como obra abierta, que es el gran tema de nuestro tiempo, y que no veo abordado por ningún pensador político de la nueva situación.

Los años setenta: la conquista del presente

Podemos decir que la década se inicia con el famoso proceso de Burgos, que es el primero y quizá el más importante que se le hace a ETA. Por entonces, casi todo el país estaba con ETA, como única guerrillera operativa contra la dictadura. Hubo muy duras penas incluso para los sacerdotes incursos en este proceso. Pero Franco, como contamos más adelante, se reservaba «la séptima cara del dado»: la clemencia navideña que dio por televisión.

Pero esta clemencia navideña no va a conmover a ETA, que en 1973 atenta contra Carrero Blanco, el sucesor fáctico del Caudillo. (Luego se ha dicho que en el eficaz atentado colaboró la CIA, en un intento americano de democratizar al «amigo español».) Supuesto el final biológico de Franco como inevitable e inmediato, la piedra que cerraba el túnel era el almirante. Así lo entendieron los españoles. La muerte de Carrero fue un poco como la muerte vicaria de Franco, un anticipo, un ensayo, un aviso, pero no parece que el viejo general lo entendiese así, sino que siguió gobernando con cierta impasibilidad y como seguridad en el futuro, que bien puede atribuirse a un natural cansancio de su mente para «imaginar» qué cosa pudiera ser ese futuro.

La muerte de Franco, 20 de noviembre del 75, era *deseada* ya, digamos, incluso por muchos franquistas, que se habían europeizado y veían en el dictador un inconveniente para su despliegue más allá del Pirineo, en las finanzas, la política, los negocios y la cultura. Este respiro de alivio, discreto y callado, que el régimen se concede a sí mismo, ante el cadáver de Franco, es más digno de reseñar que la alegría obvia de los antifranquistas, que eran multitud. También es de reseñar el gesto ético y elegante de Felipe González, que se niega a celebrar con los compañeros la desaparición del Caudillo:

—Yo no brindo por la muerte de un compatriota, aunque sea mi peor enemigo.

La consagración definitiva de don Juan Carlos I[1] como monarca, más todos los incidentes de la transición, son ya presente, actualidad, algo de lo que aún seguimos viviendo. La endogamia casticista de los Borbones ha estado entreverada siempre de su natural afrancesamiento de sangre e ideas, y ahora es el momento de poner en juego (don Juan lo había visto claro, y su hijo también) el tirón europeísta de la Casa. Lo que va a venir, pues, con unos partidos o con otros, es una monarquía democrática y parlamentaria, una conquista de todas las libertades y, como hemos escrito en el título de este capítulo final, una conquista del presente. Los socialistas han capitalizado finalmente, y por largos años, la modernización y actualización de España, pero aquí podemos decir, como en la letrilla famosa, que, con unos o con otros, «el impulso es soberano».

1. La idea de monarquía como obra abierta, que hemos esbozado al paso en algún momento de este libro, es algo sobre lo que habría que volver. Se trata, por supuesto, de todo lo contrario de una monarquía absolutista o un despotismo ilustrado, pero tampoco es exactamente, esta idea, una consagración de la monarquía constitucional, democrática y parlamentaria, sino un llevar todo esto más lejos, hasta sus últimas consecuencias, a ver lo que da de sí. Más que un referéndum monarquía/República, que se ha pedido algunas veces (yo mismo), por saber lo que quieren o piensan los españoles (aunque eso ya está consagrado en el plebiscito de la Constitución), de lo que hablo ahora es de un dejar hacer, dejar pasar, y si las cosas toman un día un pacífico, lubrificado y natural giro republicano, aceptarlo sin traumatismos. Esto es lo que entiendo, sumariamente, por monarquía como obra abierta.

1970/1972: Burgos

La conflictividad minera en Asturias es una enfermedad crónica del régimen. Las exigencias laborales se complican políticamente con la floración de sindicatos libres. El gobierno ha tenido que comprar carbón en el Este para no cerrar Hunosa. Más de cien intelectuales escriben una carta al embajador norteamericano, Rogers, protestando por la presencia de las bases en España. La carta no tiene respuesta, pero un mes más tarde son multados por el Gobierno español algunos de los firmantes: Areilza, Tierno, Morodo, Ridruejo, Sopena, Vidal Beneyto, etc. La carta es considerada como «impertinente».

Desaparece Muñoz Grandes. El Caudillo dicen que lo ha sentido. Quizá, más que por el muerto, por cómo se va disipando su generación y se va quedando solo dentro de su natural y secreta soledad. Soledades concéntricas le aíslan. La represión huelguística en Granada origina tres muertos. Tres obreros, por supuesto. A los treinta años de la guerra, está claro que Franco ha sabido mantener la Victoria, pero la paz se le ha escapado siempre, y ahora definitivamente.

En el frontón de Anoeta, durante un acto, en presencia del Caudillo, un vasco se quema a la manera de los bonzos, gritando consignas separatistas. A Franco no es que le impresionasen mucho los muertos, pero ya no puede ignorar lo que se le pone delante de los ojos: que la unidad de España es otro de sus sueños fallidos, como la pacificación. Viene el presidente norteamericano Nixon y Franco lo recibe en Barajas. «La amistad hispanonorteamericana es la base de la paz en el Mediterráneo.» Se refiere, claro, a las bases. Ahí tienen la respuesta a su carta los intelectuales que habían escrito a Rogers.

Muere en el exilio Jiménez Asúa, en Buenos Aires. Un histórico del PSOE. Los hombres de la guerra y la República van desapareciendo y el pueblo español ya se ha olvidado de aquello. Etarras y sacerdotes son juzgados en Burgos, en grave proceso que anuncia penas de muerte. El mundo entero pide clemencia a

Franco, incluso la Santa Sede. Está claro que Franco no ha conocido ni conocerá nunca la paz. Su régimen nació de una guerra y la guerra le persigue durante cuarenta años, por otros caminos.

El proceso de Burgos, lleno de irregularidades e incidentes, se resuelve con varias penas de muerte. En su discurso navideño de televisión, Franco indulta a los condenados. De este modo ha dejado constancia de su fuerza, de su seguridad, de su decisión, reservándose el efecto final, el gesto humanitario y navideño del perdón. El Caudillo está viejo, pero sigue administrando bien su imagen. Todo esto se acompaña de vastas manifestaciones profranquistas (lo que uno ha llamado el «plazaorientalismo»), con lo que Franco utiliza la ocasión, como él sabe hacerlo, para darse un baño de multitudes. Pero ahí sigue el problema de ETA.

Nueva Ley sindical que garantiza representatividad, unidad, generalidad y otras abstracciones, pero no garantiza el sindicalismo libre. Se trata sólo de dar una respuesta convencional al sindicato comunista CC.OO., cada día más presente en el mundo laboral. Se cierra por cuatro meses la revista *Triunfo*, que viene acentuando su ya tradicional línea izquierdista de crítica al sistema. Asimismo, el ahora ministro de Información, Sánchez Bella, menos inteligente que Fraga, cierra el diario *Madrid*, también de línea dura, alegando irregularidades económicas y administrativas en la empresa. Una firma privada compra el inmueble y lo somete a voladura controlada, para hacer un edificio de apartamentos. Todo el mundo entendía que el sistema había volado un periódico. Y aun debiéramos dar gracias porque no lo hubiesen volado con los redactores dentro.

El tardofranquismo, así, se libra de las dos publicaciones más hostiles e influyentes del momento, el semanario y el diario. Muere don Camilo Alonso Vega y Franco siente que se va quedando sin sus hombres fuertes y duros. Los españoles siguen emigrando a Europa porque en España no hay trabajo. La euforia de los sesenta empieza a decaer en esta nueva década.

Prensa, nacionalismos, sindicalismo, son ahora los tres grandes problemas de la dictadura. Nunca sabremos si Franco llegó a comprender que su régimen se extinguía o murió con el convencimiento, ingenuo y senil, de que lo había dejado todo «atado y bien atado», como diría en su testamento. ETA, otro cáncer del sistema, comete uno de sus primeros secuestros, un oficio en el que llegarían a ser grandes y peligrosos maestros. Se trata del industrial vasco Lorenzo Zabala. La Iglesia sigue despegándose del Movimiento: la Conferencia Episcopal cambia de nombres y elige presidente al cardenal Tarancón, notorio aperturista. Sin embargo, es Tarancón quien casa a la nieta de Franco, Carmen Martínez Bordiú, con Alfonso de Borbón. Esta boda supone el

anco utiliza la ocasión —el proceso de Burgos— como él sabe hacerlo, para darse un baño de ultitudes.

Nixon.

«Triunfo».

Sánchez Bella. (Condecorando a Adolfo Suárez.)

Diario «Madrid»: Todo el mundo entendía que el sistema había volado un periódico. Y aún debiéramos dar gracias porque no lo hubiesen volado con los redactores dentro.

Camilo Alonso Vega.

entronque de la familia Franco con la familia real. Todos los españoles se preguntan si el Caudillo no habría preferido a este Borbón como rey de España, fundiendo así el Movimiento con la monarquía, incluso físicamente. ¿Lo pensó tarde Franco, lo pensaron tarde los novios? Los analistas de buena voluntad, a izquierda y derecha, incluso los monárquiscos, prefieren pensar que Franco ha elegido respetar la legitimidad (relativa) continuando la línea directa que viene de los Alfonsos, XII y XIII, y que la República interrumpió. Sólo se ha saltado nada menos que a don Juan. En todo caso, la boda fue muy bonita.

Se nos va Popoff a los 92 años, el gran payaso que había metido la risa en nuestra infancia, como primera noción involuntaria del absurdo. Se llamaba José María Aragón y era el abuelo del hoy famoso hombre televisivo Emilio Aragón. Con su hermano Teodoro, Thedy, formaría el conocido dúo Popoff y Thedy, que llenó tantos domingos circenses de nuestra primera memoria. Fundaron el llamado Circo de la Alegría, denominación un poco redundante, pero simpática. Hacia 1970 parece que en España, por fin, «volverá a reír la primavera». Menos el circo. Picasso deja novecientas obras a Barcelona, en homenaje a la ciudad que más y mejor le formó (y más pronto), y en recuerdo de su amigo Sabartés. El Gobierno no parece muy conforme con el legado, y hay una nota oficial que rechaza a Picasso por «republicano». Significativamente, no se dice comunista. Pero el Museo Picasso ahí está, rico y múltiple, en la Barcelona gótica. Y alguien dijo que lo gótico es «el carácter». Picasso también.

En mayo, con el golpe de Estado de la primavera, que implanta siempre una nueva vida, ya que no un nuevo Gobierno, se produce la revolución del bikini en Zaragoza (ciudad no muy progresista ni dada a estos alardes), cuando cincuenta muchachas son expulsadas de una piscina local por vestir la citada prenda natatoria, que aún se considera inmoral. El resto de las mujeres que había en la piscina, por solidaridad con las chicas, recortaron sus bañadores clásicos hasta convertirlos en unos sugestivos bikinis. Como siempre, ganan las mujeres. Desde Grecia. Esto es *Las Troyanas*, pero en versión acuática Esther Williams.

Boda de Julio Iglesias e Isabel Preysler en Illescas. Les casa el consiliario de Acción Católica, que no sabía, el buen pastor, el culebrón que estaba desencadenando con aquel matrimonio, culebrón de dos cabezas que dura hasta nuestros días. Isabel iba muy sencillita. Todavía no era una chica porcelanosa ni se había hecho del socialboyerismo.

El Lute, que sólo es por entonces el famoso atracador de Bravo Murillo, muy en la tradición híbrida del bandido generoso/guerrillero romántico, pero en versión quinqui, se fuga del

Carmen Martínez Bordiú/Alfonso de Borbón: Todos los españoles se preguntan si el Caudillo no habría preferido a este Borbón como rey de España, fundiendo así el Movimiento con la Monarquía, incluso físicamente.

Raphael, nuestro gran Rapa, se casa en Venecia con Natalia Figueroa, periodista y aristócrata, borrando así el rumor zafio y sucio de una boda homosexual en Copenhague.

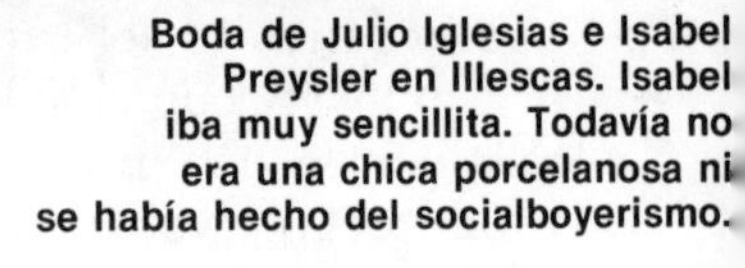

Boda de Julio Iglesias e Isabel Preysler en Illescas. Isabel iba muy sencillita. Todavía no era una chica porcelanosa ni se había hecho del socialboyerismo.

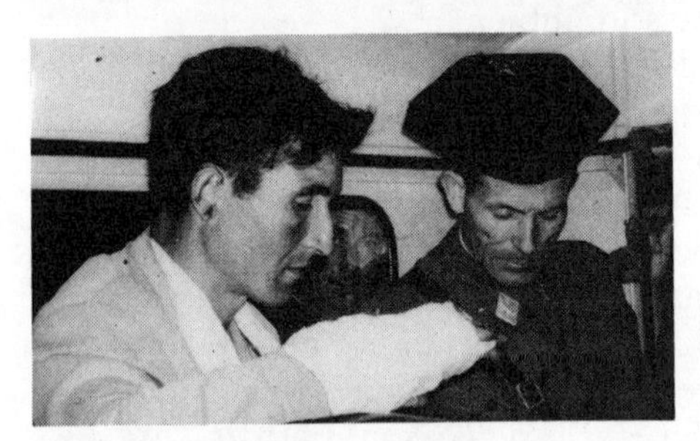

La saga/fuga de la biografía del Lute le puso argumento y episodio a aquellos últimos años del tardofranquismo, que no lo tenían.

Fernando Arrabal presenta en el Festival de Cine de Cannes su película «Viva la muerte», llena de blasfemias contra España, la Virgen, Franco y su propia madre, por este orden. Pese a que Nuria Espert enseñaba mucho el coño en este filme, la cosa pasó inadvertida y el premio se lo dieron a «El sirviente», de Losey.

penal de Santa María, Cádiz, saltando el muro con una cuerda. La guardia civil dispara y cree haberle herido, pero El Lute no aparece en mucho tiempo. La saga/fuga de la biografía del Lute le puso argumento y episodio a aquellos últimos años del tardofranquismo, que no lo tenían. El gran músico catalán Pau Casals es nombrado por la OEA «Ciudadano de Honor de las Américas», en Washington, mientras en España se le ignora. Es por entonces cuando una millonaria norteamericana le invita a una de sus cenas fastuosas y, conseguida la aceptación del maestro, le dice como de pasada:

—Ah, y si es posible se trae usted el violonchelo.

Y el catalán genial, presintiendo un concierto gratis:

—Perdón, señora, pero el chelo no cena.

Otro español universal, el ceutí o melillense Fernando Arrabal, presenta en el Festival de Cine de Cannes su película *Viva la muerte,* llena de blasfemias contra España, la Virgen, Franco y su propia madre, por este orden. Pese a que Nuria Espert enseñaba mucho el coño en este filme, la cosa pasó inadvertida y el premio se lo dieron a *El sirviente,* de Losey.

Jorge Mistral se suicida en Méjico, en abril. Tenía 51 años. Fue uno de los grandes galanes de la postguerra española, exiliado en Méjico por razones más eróticas que políticas (se le decía homosexual, pero estaba casado y una de las tres cartas que deja a su muerte es para su mujer, otra para un amigo y la tercera con ese tópico negro que suena ya a chiste tremendista: «Señor juez, no se culpe a nadie...»). Se llamaba Jorge Llosas y había hecho 61 películas. Era un galán breve por la estatura y por el talento, incluso por el talante. Se suicida asimismo, en este año, el poeta Ferrater, en Sant Cugat del Vallès. De enorme influencia catalana, poeta y lingüista, había nacido en 1922, glosado a Chomsky y escrito libros como *Cómete una pierna.*

España vive las incertidumbres del tardofranquismo más nublado y prometedor. Pedro Carrasco pierde, frente a Mando Ramos, su campeonato del peso ligero, en el Palacio de los Deportes de Madrid, después de tres enfrentamientos con su rival en distintas ciudades. Luego casaría con la cantante Rocío Jurado y hoy ni se sabe.

Raphael, nuestro gran Rapa, se casa en Venecia con Natalia Figueroa, periodista y aristócrata, borrando así el rumor zafio y sucio de una boda homosexual en Copenhague. La boda veneciana fue en San Zacarías. Rafael estaba delgadísimo y adolescente. La novia, de tul ilusión. En seguida partieron para Moscú, donde el Rapa tenía muchas fans, mientras en Méjico se producía un levantamiento femenino con pancartas: «Casado ya no le queremos.»

1973: Carrero Blanco

En junio se nombra a Carrero Blanco presidente del Gobierno. Franco ha encontrado por fin su sosias, su alter ego, cuando más lo necesita. Franco está cansado y Carrero, más joven que él, es un hombre duro, firme, franquista absoluto, que se mueve entre la tecnocracia del Opus Dei y su acendrado militarismo. Su mandato es para cinco años y será el encargado de presentar a la aceptación del Caudillo los nuevos Gobiernos que vaya formando. Pero el 20 de diciembre de este mismo año el presidente es víctima de un atentado terrorista (vieja tradición española de los magnicidios, que ya hemos reseñado en los primeros años del siglo).

El coche en que se embarca Carrero Blanco tras salir de su misa diaria, a la nueve y media de la mañana, es volado por una poderosísima carga subterránea que eleva el automóvil a veinte metros de altura, hasta su caída en el interior de un patio religioso. Mueren el político, un policía y el chófer. Posteriormente se investiga y comprueba lo complejo y preciso de la trama golpista, lentamente elaborada. Pronto se identifica a los ignorados autores del golpe con ETA, aunque versiones muy posteriores no niegan una posible colaboración de la CIA, por la perfección y el rigor del atentado. En cualquier caso, Fernández Miranda, presidente en funciones, presidente sólo de una consternación nacional, se muestra seguro, frío y duro por televisión. Franco, cuando sale, dirá una cosa entre inefable y cínica, un refrán: «No hay mal que por bien no venga.» Nadie ha entendido nunca lo que quiso decir. La finalidad del golpe, sin duda, era cortar la continuidad del franquismo (la muerte de Franco se daba por biológicamente inmediata), y esa continuidad estaba en Carrero, que la hubiera impuesto incluso por encima del Rey. A partir de este atentado la dictadura se desintegra aceleradamente. Franco tenía razón: «No hay mal que por bien no venga.»

Ana Belén cumple 23 años y decide dedicarse de nuevo a la

Versiones muy posteriores no niegan una posible colaboración de la CIA, por la perfección y el rigor del atentado.

Fernández Miranda, presidente en funciones, presidente sólo de una consternación nacional, se muestra seguro, frío y duro por televisión. (En la foto, en el entierro de Carrero Blanco.)

Franco: «No hay mal que por bien no venga.»

Ana Belén.

canción, tras haber intentado en el 66, con un filme malgraciado, competir con Marisol. No sólo la canción, sino la interpretación, el cine, el teatro, la televisión, harían de ella una primera figura y una *estrella*, esa cosa tan difícil en España. Hoy, 1992, está en su mejor momento artístico, humano y de prestigio.

Carmona y agosto. Sed. Hay un muerto por la querella del agua. Un sangriento tribunal de las aguas en Carmona. Miguel Roldán, de 37 años, con tres hijos, es muerto por la guardia civil en la querella del agua. Las mujeres de Carmona han cortado la carretera Madrid/Sevilla en una manifestación por el agua, movidas por algo tan elemental, sencillo y decisivo como la sed de sus hijos. La guardia civil carga contra ellas y los hombres las defienden. Ahí es donde muere de un tiro Miguel Roldán. Es un capítulo que le falta a *La familia de Pascual Duarte*, y que prueba la actualidad del libro, ayer, hoy y siempre, como documento atroz de España.

Frente a tanto tercermundismo, el 4 de noviembre se inaugura el puente Aéreo Madrid/Barcelona, con veinte vuelos diarios. Somos ya unos modernos. Se espera, aparte el adelanto técnico, que este puente sirva para un mejor entendimiento entre ambas capitales, las principales de la península. Desgraciadamente, no es así. Sólo los intelectuales y hombres de buena voluntad, españoles y catalanes, siguen tratando de comprenderse, con o sin puente. Franco ponía las estructuras, lo cual ya es mucho, pero no las otras estructuras, más importantes, las culturales y políticas. En fin.

Arias no es el hombre duro (lo fue en su juventud) que Franco querría para este momento crítico.

1974: La caída del Imperio Romano

Nuevo presidente, Arias Navarro, quien el 12 de febrero hace una declaración programática llena de buenas palabras y algunas promesas de libertad. Lo suyo queda como «el espíritu del 12 de febrero», que parece un espíritu aperturista. Los falangistas Girón y Utrera se enfrentan a lo que consideran una disipación de las esencias franquistas. El moderadísimo proyecto de Arias, que hace sonreír a la izquierda, en la extrema derecha del régimen resulta subversivo. Arias se asusta pronto y empieza su proceso involutivo.

Añoveros, vicario de Bilbao, lanza una homilía étnica, racista, llena de demagogia vasca. Es una manera de alancear al régimen por otro costado. En Cataluña se le da garrote vil al terrorista Puig Antich. La muerte de Carrero está endureciendo de nuevo a Franco. Sin embargo, en julio le aqueja una flebitis y es internado en la clínica de su nombre. El enemigo está en el cuerpo del sistema y en el cuerpo físico de su creador. Una bomba terrorista, en la madrileña calle del Correo, causa once muertos entre la clientela de un restaurante. Se detiene a algunos intelectuales y actrices, y el nombre de ETA se va perfilando con nitidez y sentido en la mente de los españoles.

España está otra vez en llamas y Franco, con sólo leer el periódico en su cama de hospital, puede comprobar que su guerra y su obra de tantos años se vienen abajo como un imperio podrido y en ruinas. Todas las fuerzas políticas de la extrema izquierda y la extrema derecha están en la calle. Y el terrorismo ilustra con fuego y sangre estas páginas finales del franquismo. Sólo una cierta irrealidad senil puede mantener a Franco en la ilusión de que todo sigue igual. Pero Arias no es el hombre duro (lo fue en su juventud) que Franco querría para este momento crítico. ¿Habrá llegado el momento de llamar a la monarquía? El Generalísimo se pasea, en zapatillas y bata, por los pasillos de la clínica. España arde en torno.

Luis Buñuel gana el Oscar con *El discreto encanto de la burguesía,* que no es precisamente su mejor película. Pensamos

Puig Antich.

Añoveros. (Con Tarancón.)

El enemigo está en el cuerpo del sistema y en el cuerpo físico de su creador.

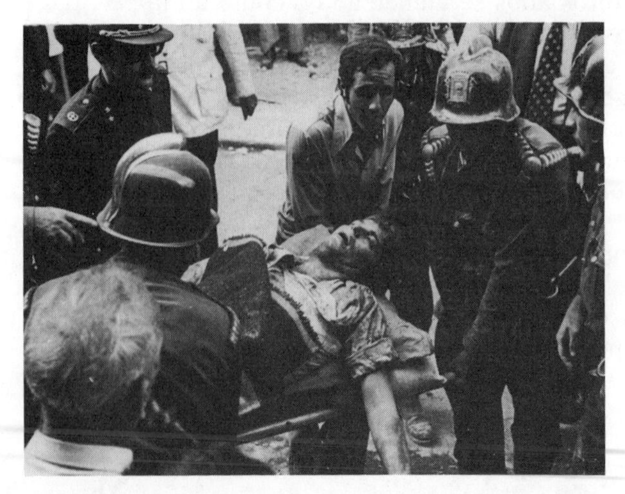

Calle del Correo.

que más bien se premia toda la labor de un gran cineasta ya en el final de su carrera. Buñuel escribía ya en un apartamento de la Torre de Madrid (donde nunca pude entrevistarle), pero el Gobierno prohibió la filmación de esta película en Madrid, que era el proyecto de Buñuel, con lo que España se perdería su primer Oscar, que no llega a nosotros hasta el gran José Luis Garci.

Muere Manolo Caracol, la mejor voz flamenca de todos los tiempos, rota de rute y madrugada. Corrió por Madrid, ciudad/mentidero desde los tiempos de Torres Villarroel, la nueva de que Caracol había muerto en la cama, y un pariente con iniciativas, dijo: «Así no cobramos seguro ni ná. Se le mete en un coche y se le estrella.» Era la manera de cobrar seguro por accidente. Como amigo de Caracol y su familia, siempre ha desmentido uno esto como infamia. La versión legal es eso, la legal: muere contra un árbol en la autopista de La Coruña. ¿Pero adónde iba solo y a tales horas camino de La Coruña? Cada quién su vida, como dicen los mejicanos. Caracol había tenido su tablao, Los Canasteros, entre Chueca y Barbieri, donde cantaba para sus amigos en privado: el gran pintor Manuel Viola y yo.

Fallece Picasso. Aquí podría decirse que fallece el siglo.

Joaquín Camino, hermano del gran Paco Camino, es un banderillero que muere de corná en la ingle, cuando los banderilleros suelen morir en la cama, como naipes menores que son en la gran baraja taurina. Esperpentistas, cantaores, Picasso, banderilleros muertos. Qué año éste tan atrozmente español.

Rodríguez de la Fuente, un médico de Poza de la Sal, Burgos, donde hay un peñasco natural que es, de perfil, como la efigie espontánea de Félix, inaugura en televisión su *Fauna ibérica*. Trata del lobo, las aves de presa, el gran buitre europeo y Doñana. Y consigue erradicar un viejo tópico: que los españoles no aman a los animales. Su serie es la más vista de la tele (que por una vez tiene una función educativa), y la vida de las culebras apasiona al personal como hoy los «culebrones».

Desaparece en Roma (o asciende a los cielos) monseñor Escrivá, fundador del Opus Dei en 1928 y nacido en Aragón en 1902. Ha tenido tiempo de ver cómo su Obra se extiende por el mundo y secuestra el Estado español a través de Carrero Blanco. Imaginamos, pues, que muere feliz. (Ahora, la Roma vaticanista que nunca abandonó lo está beatificando.) Cantaba muy bien por Concha Piquer.

Fallece Dionisio Ridruejo (Burgo de Osma, Soria, 1912), que hoy sólo queda como el primo pobre de mi gran Pitita Ridruejo. Creyó en Hitler, Mussolini y el fascio. En quien no creyó fue en

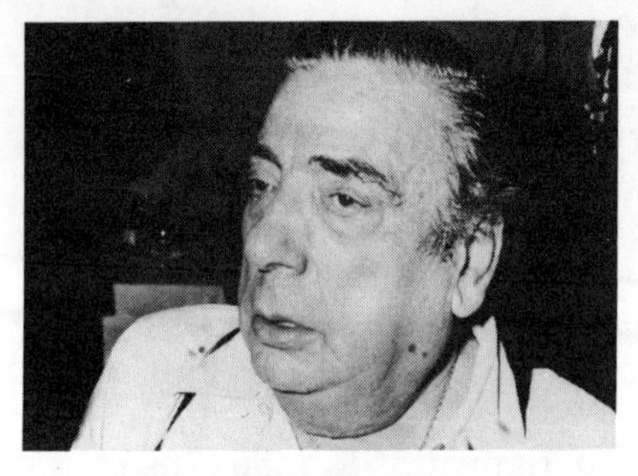

Manolo Caracol, la mejor voz flamenca de todos los tiempos.

Rodríguez de la Fuente (en el centro de la foto) **inaugura en televisión su «Fauna Ibérica». Y consigue erradicar un viejo tópico: que los españoles no aman a los animales.**

Monseñor Escrivá ha tenido tiempo de ver cómo su obra se extiende por el mundo y secuestra el Estado español a través de Carrero Blanco.

Dionisio Ridruejo creyó en Hitler, Mussolini y el fascio. En quien no creyó fue en Franco, sino en José Antonio.

Franco, sino en José Antonio. Pero Franco le quería y le tuvo exiliado en varios pueblecitos españoles y en París. Cuando le presenta una gran reestructuración sindical al Caudillo, éste le dice que lo que hay que hacer es dar bicicletas a los productores. Eran el poeta contra el hombre fáctico. Como poeta queda adscrito a la generación del 36, con el gran Rosales, pero es más bien un garcilasista de García Nieto. Celaya: «Al llegar al soneto 3 013 la máquina Ridruejo se detiene.» Yo iba mucho a hacerle la pelota a su casa de la calle Ibiza y a pedirle un prólogo para mi *Larra*, por consejo de Rafael Borràs, pero se negó. La justicia poética sobre DR la ha hecho Camilo, como siempre: «Este desmedrado mozo que aquí veis, que no ha hecho otra cosa en la vida sino equivocarse...»

1975: Juan Carlos I

Arias Navarro, poniendo en marcha su «espíritu del 12 de febrero», pone en marcha el asociacionismo, un pálido fantasma de los partidos políticos. El proyecto es tan recortado, estricto y tímido que no lleva a ninguna parte. Como advertencia final, el Consejo Nacional del Movimiento se reserva la facultad de suprimir cualquier asociación cuando le venga en gana. Así no hay un dios que se asocie.

El espectacular proceso 1 001, seguido contra Comisiones Obreras, que al fin ha caído en la trampa política que al sindicato comunista se le había tendido, registra rebajas importantes en las penas: Camacho, seis años en lugar de veinte. Sartorius, cinco años en lugar de diecinueve. Etc. Rumasa empieza a despertar sospechas entre los observadores económicos. Es otro invento comercial del Opus Dei que acabaría, años más tarde, pegando el petardazo, como Matesa. Herrero Tejedor, falangista ilustre e ilustrado, el maestro de Adolfo Suárez (que en seguida será llamado a altos destinos), muere en accidente de automóvil. Muere Dionisio Ridruejo, que empezó de nazi y terminó de socialdemócrata cristiano. Un político honesto, confuso, inteligente, frustrado, y un mal poeta. Fallece en Roma monseñor Escrivá, fundador del Opus Dei, cuando ya había dejado a sus mejores hombres colocados en el aparato del Gobierno.

En septiembre se fusila a tres terroristas del FRAP y dos de ETA, ante la sorpresa e indignación del mundo. Es evidente que Franco, desde la muerte de Carrero, ha vuelto a endurecer sus sentencias máximas (no así las meramente políticas, como ya se ha anotado respecto del proceso 1 001). Franco sabe que su enemigo, ahora, ya no son los políticos, sino los terroristas. Y él conoce la manera de responder a la violencia con más violencia. Para responder a la injerencia del extranjero en los asuntos de España (asuntos de muerte, como estamos reseñando) y desagraviar al Caudillo de tantas acusaciones e injurias, volvemos al plazaorientalismo y se montan grandes manifestaciones en favor del Generalísimo. El lema es «Esta vez porque sí».

or fin gente joven en los viejos balcones.

Herrero Tejedor, falange ilustre e ilustrado.

Director: Horacio Sáenz Guerrero — DOMINGO, 28 septiembre 1975

LAS CINCO SENTENCIAS DE MUERTE FUERON EJECUTADAS POR FUSILAMIENTO

En la mañana de ayer, de día y con publicidad como prescribe la ley, fueron ejecutadas las cinco penas de muerte de las que se dio por "enterado" el Gobierno en el Consejo de Ministros del viernes. Los textos oficiales que han facilitado las Capitanías Generales de la IV, la I y la VI Regiones militares, son los siguientes:

BARCELONA

«Una vez firme la sentencia dictada en causa sumarísima seguida contra Juan Paredes Manot, alias «Txiki», recibido el correspondiente enterado del Gobierno y cumplimentados todos los trámites pertinentes, a las ocho treinta y cinco (08.35) horas del día de hoy, ha sido ejecutado dicho sentenciado, siendo pasado por las armas, como reo de un delito de terrorismo del que resultó la muerte del cabo primero de la Policía Armada, don Ovidio Díaz López, hecho ocurrido en esta ciudad el día seis (6) de junio del año en curso.

Barcelona, 27 de septiembre 1975.»

MADRID

«A las 10.15 horas del día de hoy se han cumplido las sentencias dictadas por un consejo de guerra, reunido en El Goloso, para ver y fallar la causa núm. 245/75, aprobada por la correspondiente sala del Consejo Supremo de Justicia Militar el 20 del presente mes, en relación con el reo José Humberto Francisco Baena Alonso, condenado a la pena capital por un delito de agresión a Fuerza Armada del que resultó muerto un policía; e igualmente la dictada por el consejo de guerra, reunido en el mismo acantonamiento, que conoció del procedimiento sumarísimo número 1/75 y condenó a la misma pena a los reos Ramón García Sanz, y José Luis Sánchez-Bravo Sollas, por un delito de terrorismo. Para la ejecución de las sentencias se recibieron del Gobierno de la nación los correspondientes enterados.

Madrid, 27 de septiembre 1975.»

BURGOS

«Cumplidos todos los requisitos que marca la ley, en el día de hoy se han ejecutado la sentencia de pena capital impuesta al terrorista Angel Otaegui Echevarría, alias «Cara Quemada», coautor del asesinato del cabo primero de la Guardia Civil, don José Posadas Zurrón, hecho perpetrado el 3 de abril de 1974 en Azpeitia (Guipúzcoa). El reo ha sido pasado por las armas, conforme a la legislación militar, y ha sido acompañado por sus familiares directos.

José Antonio Garmendia Artola, alias «El Tupa», condenado también como autor del mismo hecho y con iguales circunstancias a la pena capital, ha sido generosamente indultado por el Jefe del Estado, debiendo cumplir la pena de 30 años de reclusión. Burgos, 27 de septiembre de 1975.»

(Ver más información en página siguiente)

Franco sabe que su enemigo, ahora, ya no son los políticos, sino los terroristas.

Volvemos al plazaorientalismo y se montan grandes manifestaciones en favor del Generalísimo. El lema es «Esta vez porque sí».

España comprueba que se vive igual sin Generalísimo, que siempre se puede prescindir de los hombres imprescindibles.

Tarancón.

ATE contra ETA. Se trata de una organización terrorista/antiterrorista que tuvo poca eficacia, como luego ocurriría, ya en la democracia, con el GAL. En ambos casos, los Gobiernos parecen responsables de estas organizaciones paralelas o «terrorismo de Estado». Franco coge la gripe y Juan Carlos es nombrado interinamente Jefe de Estado. Debe ser algo más que gripe cuando se toma esta importante medida. Franco muere el 20 de noviembre, el mismo día en que había sido fusilado José Antonio Primo de Rivera. Franco había eclipsado al Ausente toda su vida y ahora le va a eclipsar en la muerte. Unos españoles lo celebran con champán y chorizo, otros hacen grandes colas para mirar al muerto, Arias Navarro llora mucho por la televisión y España comprueba que se vive igual sin Generalísimo, que siempre se puede prescindir de los hombres imprescindibles.

Juan Carlos I, Rey de los españoles. Las Cortes se visten de paisano para el juramento del Rey. Su discurso de la Corona está lleno de promesas que luego serían realidades. Asimismo el discurso de Tarancón. La Iglesia está con la monarquía democrática. Ahora sí que en España empieza a amanecer. La Reina doña Sofía va de rojo y sonrisa. Los Reyes son aclamados en el palacio de Oriente. Por fin gente joven en los viejos balcones. Y lo dejamos aquí porque el presente ha comenzado. Lo que resta es actualidad, larga y feliz actualidad. Todavía un municipal de Cáceres retira de un escaparate *La maja desnuda* de Goya, por pornográfica. Es el último gesto, esperpéntico, del pasado.

ÍNDICE ONOMÁSTICO

Las cifras en cursiva remiten a las ilustraciones